赵志明 著

看不见的生活

GUANGXI NORMAL UNIVERSITY PRESS
广西师范大学出版社
·桂林·

KANBUJIAN DE SHENGHUO

看不见的生活

图书在版编目（CIP）数据

看不见的生活 / 赵志明著. --桂林：广西师范大学
出版社，2022.10
ISBN 978-7-5598-5211-3

Ⅰ．①看… Ⅱ．①赵… Ⅲ．①短篇小说－小说集－
中国－当代 Ⅳ．①I247.7

中国版本图书馆 CIP 数据核字（2022）第 137189 号

广西师范大学出版社出版发行

（广西桂林市五里店路 9 号　　邮政编码: 541004）
（网址：http://www.bbtpress.com）

出版人：黄轩庄

全国新华书店经销

唐山富达印务有限公司印刷

（唐山市芦台经济开发区农业总公司三社区　　邮政编码: 301501）

开本：880 mm × 1 240 mm　　1/32

印张：10.75　　字数：213 千字

2022 年 10 月第 1 版　　2022 年 10 月第 1 次印刷

定价：69.00 元

目 录

看
不
见
的
生
活

1.

老林辞世之际，特意把长子大林叫到跟面前，千叮咛万嘱咐，让大林务必照顾好其弟小林。大林自然含着眼泪再三下保证，以让老父亲宽心离去。

小林原本是一个活蹦乱跳的少年，却在十三岁时突然变成了盲人。变故来得毫无征兆，小林在课堂上发热晕倒，送到镇上的卫生院，没有检查出具体原因，第二天送往市中心医院，才得以确诊，因此延误了救治的最佳时间。并发症让小林的视神经系统严重受损，视力几乎全毁，即使在大白天的强光下也只能看到实物影影绰绰的轮廓线。而且医生明确告诉家属，小林所剩无几的视力能保持多久也不容乐观，说不定哪天他就突然什么也看不见了，一定要做好这个准备。

这无疑是当头一棒，少不更事的小林，唯有心下暗自怨恨父母。那时小林在镇上中学读初二，成绩在班级里算是拔尖的，按班主任的说法，照这个态势下去，小林升上初三的时候再努把力，考上省内最好的技校是完全没有问题的，那个时候技校很吃香。没想到天有不测风云，小林居然摊上了这样的倒霉事。

为了医治眼睛，老林带着小林四处求医问药，不经意间耽搁了小林很多的学习时间。开始老林还心存侥幸，只是到学校为小林办了休学手续，幻想小林恢复视力之后马上去复读，好比复耕一样。指望——破灭之后，心灰意冷的小林索性辍学，连学校后来破了规矩颁发给他的初中毕业证书也不想要。

辍学在家的小林，不愿意见人，亲戚、老师和同学闻讯登门看望，他一视同仁让来客吃闭门羹。都说小林这孩子心高气傲，一时半会儿接受不了这样的打击，也就随他去，不予计较。其实很多人也不是十分清楚为什么来看望小林，似乎是人情世故的习惯使然，要对遭遇不幸的身边人表达一下同情。他们比当事人更快更轻易地接受了他已经成为一个盲人的事实和现实，至于接下来如何与盲人小林打交道，他们并没有想到那么远。显而易见，他们的生活势必飘离小林的视线，日后双方都不可能发生任何关系。唯一不能也不愿置身事外的是小林的家人，因此之故，他们名义上是来看小林，实则是来安慰小林的父母，至于能不能见到小林，小林愿不愿意见他们，完全另当别论，根本无足轻重。

情况也确实如此。小林在接受、熟悉自己是一个准盲人的过程中，把气一股脑儿都撒在了自己父母头上。他还是一个孩子，不是一个成人，这种两眼一抹黑，与过去戛然两立、与未来几乎一刀两断的生活，是他始料不及的。丰富让位给单调，鲜艳被黑白取代，形状隐匿于一团模糊之中，而棱角却颇具恶意般地凸显出来，不要说他猝不及防毫无准备，即使他已经经年累月训练有素，不是一样要磕磕碰碰地艰难忍受吗？小林难免怨天尤人，一度自暴自弃，让老林夫妻俩苦不堪言。

不过，儿子是他们亲生的，儿子生这场大病是他们不愿意看到的，儿子日后铁定要遭罪吃苦更让他们难逃其咎，夫妻俩只能捏着鼻子受气，当着小林的面半点也不敢表现出来，只有背着小林的时候才相对神伤。谁能想到呢，好端端的一个家庭，突然如坠冰窟。更没想到的是，小林还把父母当成了仇人，一直没个好面色，也没有好声气。他在家里慢慢适应眼前的新环境，摸索着探路移动，少不得要故意重手重脚，不是把自己碰得全身青一块紫一块，就是把桌椅撞翻把碗碟打烂，丁零当啷，满地狼藉。

　　大林那时候已经结婚，分家出去另过，加上女儿林雪刚过完周岁，也是忙得焦头烂额，胞弟出了这样的事，他自然不可能袖手旁观，免不得经常抽出时间来陪伴开导小林。好在小林只是将矛头对准父母，倒没有伤及无辜，看到大林过来，尤其是大林抱着这么点大的林雪过来，小林也会收敛性子，重新变回一个初中生模样，甚至愿意让牙牙学语的侄女用胖嘟嘟的小手触摸他的眼睛，遮盖他眼中那残余的一线光亮。看到小林如此表现，大林更觉心痛，他和父母商量，不管举债多少，也一定要把小林的眼睛治好，这些钱都由他这个做哥哥的来偿还。然而，错过了最佳治疗时机，小林的视力就像太阳落山一样不可挽回，命运已然如此，小林迟早将陷入完全的黑暗中。

　　似乎看到了不可更改的结局，老林夫妻不再对小林提出哪怕一点点要求，此时增加任何负担都是不必要的，任何合情合理的建议在小林那儿都有可能是不近情理的，进而成为压垮骆驼的最后一根稻草。如果小林自己情愿成为一个懒汉，过上衣来伸手饭来张口的生活，他们在有生之年就会以此为自己唯一的责任和要务，而不会敦促小林做任何改变，不管这些改变对小林的未来有多么重要。小林的性格再乖张，情绪再多变，再怎么不好相处，他们都甘愿受之。小林即使把他们如老狗苍头般使唤，他们也会心甘情愿、习以为常。这个家庭唯一能确定的，病患和灾难唯一不能改变的，即他们依然是他的父母，而他永远是他们的儿子。他们念念于心的，就是担心他们百老归天之后，小林一个人该怎么生活，会不会有人能像他们一样容忍和照顾小林。大林是一个人选，但兄弟如同水桶的木板，要说中间完全没有缝隙是假的，何况即使大林能够效仿父母，把照顾小林的责任挑在肩上，大林的媳妇也难保能不打折扣地持之以恒，久病床前还无孝子呢。小林的妻子是一个人选，但一来小林能不能娶到妻子现在还是个疑问，二来娶到的妻子有没有好心肠也得两说。这成了夫妻俩的一块心病，长年累月地横亘在体内，消耗着他们的精力，无形中加速了他们的衰老。

在此期间，小林倒是无忧无虑，也许是过于无忧无虑了，更像是刻意为之装傻充愣做出来的一般。他让大林给买把二胡，说什么眼盲之人都有一把二胡相伴。大林喜出望外，如果小林天天这么在家里闷着，迟早闷出别的幺蛾子，绝对不是长久之计，想买二胡，练习拉二胡，也许是从黑暗困局里走出来的第一步。二胡买回后，小林就把自己关在房间里，整天不停歇地拉二胡，拉到手指勒出血，大腿上嵌出块铜钱大的老皮，一开始嘶哑嘈杂吱吱呀呀，渐渐地曲调有了点眉目，最后还真能把一首曲子拉个囫囵，就是那首《二泉映月》。除了拉二胡，小林的兴趣还转移到了唱黄梅戏上，《天仙配》《女驸马》《玉堂春》

等，小林轮流反复不厌其烦地听这些磁带，边听边跟着学唱。

小林正处于变声期，喉结渐鼓，胡须芽稀疏冒出，一会儿粗着嗓子演绎男声，一会儿尖着嗓子模仿女声，没弄清楚情况的人，不经意听到这些铁定会起一身鸡皮疙瘩。大林也假装不经意地问小林，怎么突然想起学黄梅戏了。小林还是用老一套话搪塞他，谁规定盲人就不能听歌唱歌听戏唱戏呢，黑漆漆的生活固然不需要花团锦簇的点缀，可是也不能缺乏歌声的陪伴。大林于是给小林买来了市面上所有能买到的黄梅戏磁带，带着一丝心酸苦涩——像小林这个年龄段的青少年，都热衷于听流行歌曲，如果小林不是因为眼睛坏了，怎么会听这些黄梅戏呢。

就这样，从老林的家中经常会传出断断续续如泣如诉的二胡声和男女声相杂颇为喜庆热闹的黄梅戏，如此一来，村人就知道小林终于找到了散心的方法，慢慢地他们也就适应了。如果哪天老林宅子里安安静静，没有听到二胡演奏和黄梅戏演唱，他们反倒会吃上一惊，以为小林出了什么事，要相互打听探问一番。

2.

一般来说，男主外女主内，老林对外负责家里的经济来源，老林的老婆对内负责一家人的日常生活起居，主要是看顾小林，有时也会帮衬一下大林那边，做顿饭餐，带带孙女林雪。老林像一头老牛一样，什么活都争着做，什么钱都盘算着省。有时候大林实在看不过去，便会喊父亲到自己家喝两杯，即使这样老林也不是十分领情，会心疼唠叨半天，觉得应该喝散装酒，不应该喝瓶装的好酒，太贵了，舍不得喝。

相对而言，做母亲的更为辛苦，她迫不得已要目睹小林对黑暗的适应过程。小林的一举一动她都看在眼里。反映到梦中，便是她经常看见一个黑影走在自己身边，那个黑影喊她妈妈，是小林。可是她看不见他，一点也看不见。她想拉住抱住黑影，可是黑影里空无一物。黑影旁行经过她，径直撞在墙壁上，咚的一声，又咚的一声，又咚的一声。黑影不甘心地持续撞击着墙壁，撞得她心痛，心在滴血。她很想把自己的眼睛剜出来，安到黑影的眼眶里，可是小林不接受，他要自己的眼睛，他只要自己完好无损的眼睛，害病之前的眼睛。醒过来后，做母亲的就再也睡不着，不管离天亮还有多久，都没法儿再闭上眼睛入睡。如此对着长夜，免不了长吁短叹，唉声叹气。

有一天，她就这样过世了——在夜里睁大着眼睛，直到再也不能自行合上。天亮后老林先是看到这双圆睁的眼睛，然后才意识到这双眼睛已经什么也看不见，既看不见小林，也看不见小林眼中的那团混沌黑暗。

对于母亲的死，小林也很伤心，从他快要完全失明的眼睛里流出的泪水，不比父亲老林和兄长大林少。

丧事办完，老林犯难了，他无法兼顾家里家外，一人不能既做爹又当妈。他想找大林帮忙，让大林媳妇偶尔照应一下小林，但想到大林老婆正怀着二胎，他又开不了这个口。小林对老林说，家里不用担心，他能照顾自己，毕竟他又不是十足十的盲人，还能看到一丝光亮，这丝光亮足够他去河边提水淘米洗菜，在灶头间生火煮饭烧菜。

就这样，在众人眼里消失了好几年的小林，重新回到了大家的视野里。他长高了，身体敦实了不少，可能是很少见阳光的缘故，整个肤色显得有些青白。他开始出现在某些特定的场合，偶尔带上他的二胡，给大伙儿拉上一段《二泉映月》。有的人想听《潇洒走一回》，有的人想听《千年等一回》，但小林只会拉《二泉映月》，他就拉《二泉映月》。其实众人也不是真的想听什么，不想听什么，只是觉得既然盲人小林会拉二胡，会拉《二泉映月》，只要他高兴了，他想拉什么就拉什么，其他人听着就是了，更多时候是也听不出什么来，就像耳旁风，就像过眼烟云。这把不起眼的二胡瞬间让人印象深刻，变成了小林和众人沟通交流的中介，有所交流总比毫无交流要好。在二胡声中，大家又想起曾经的小林是多么优秀，而现在，很多当时成绩不如小林的同龄人，上学的上学，工作的工作，人生都翻开了崭新的绚丽篇章，反观小林，怕是一辈子就这样了，就如此了，难免唏嘘不已。小林还想给大家演唱黄梅戏，但黄梅戏太耳熟能详了，那些经典唱段几乎人人会唱，不足为奇，不足为听，不像二胡，会拉的人毕竟少数，因此得以保留为小林的拿手好戏。

走出家门的小林，开始慢慢扩大自己活动的范围，他甚至专门去了几趟中学，沿着学校围墙走完一圈才返回。小林侧耳倾听，发现短短几年间，日常生活的声音已经发生了巨变。沿途的高音喇叭不再广播，早晨和中午的"新闻和报纸摘要时间"已经被彻底抹去。那种回荡在天地之间充塞在阳光和风中的电台声音已经销声匿迹，好像蜗牛的触角缩回去，重新变成了空气中不可见的长短波。只有学校那个小小的角落里，在上午和下午特定的时间段会响起广播体操和眼保健操的欢快口令，让他流连忘返。走在小镇的石板街上，更多更嘈杂更陌生的声响使他迈步更显迟疑，录像厅外置音箱发出的打斗声、枪炮声震耳欲聋，真是不堪忍受，理发店播放的是他从来没有听过的歌曲，像潮水一般拍打他的耳郭，连商场和小吃店的服务员招徕客人的声音都格外殷切诱人，让他驻足不前。小林点了一份雪菜大肠盖浇面，狼吞虎咽地吃完。在过完最初的一千多个日夜之后，小林好像复活之人刚从无边的黑暗中爬出，感到难以忍受的饥饿。

　　小林在十三岁时失去了绝大部分的视力，现在的他还能看到什么呢？他看不到小桥流水，看不到花草树木，看不到房子车子，凳子和椅子，床和枕头。离远了看不清，凑近了看不全。他的眼睛现在只能勉为其难地撑开一条微小的缝，透过细缝，他使出吃奶的劲头才得以扫描到事物模糊的局部，由此推断描画出可能的全部。这还有赖于他经验所知的事物，如果是此前从未接触过的，比如煤气灶，就像一个不安好心闯入他的生活进行窥伺的怪物，每次他按上去都会有触电感，心惊肉跳。他越来越觉得，他的空间被卷起来了。桌子被卷起来，床被卷起来，房子被卷起来，学校被卷起来，村子和镇子都被卷起来，只露出一个角，像水面的一个漩涡，让他一头栽进去，迷失在残缺之阵中，仅靠一线光亮和微弱的火焰，既不可能洞察全部的黑暗，也无法发现自己究竟置身何处。即使调动所有的记忆，把曾经熟悉的过去重新拉回眼前，那也是脆弱的，转瞬即逝的。

有了这种体验的小林，再去拉二胡，同样的《二泉映月》，不再有烦躁灵魂的不安跳动，而是多了细水长流的感觉。在浩渺黑暗的宇宙中，清幽的月亮发出冷光，而两口泉水，犹如两只眼睛，反射出些微的光芒。这光芒闪烁微暗，几不可见，同样深陷在幽静沉浮的茫茫黑暗中。十三岁之前，为了学会凫水，他有一次差点儿溺毙在河水的层层包围中，虽然河水是半透明的，像能透光的玻璃一样，可这两种感觉何其相似，喘不过气来，无所不在的窒息感。一次两次，好像能看到东西的眼睛也在呼吸，能提供源源不断的能量给肺部，让它愉快地工作。每一次看见，都是一次呼吸。和目之所遇的轻盈快捷相比，手的触摸显得太过笨重缓慢，好比身家性命都托付在每一次的盈盈一握之中。

如果说现在的小林还有让人难以捉摸的地方，就是他和老林依然心存芥蒂，他依然不能原谅老林，不仅因为他的眼睛，还因为老林是他的父亲。如果人生中必须选择一个仇恨的对象，有谁比至亲使用起来更顺手，比父母更无须计较后果呢？可惜这个时候，老林也倒下了。对于老林来说，虽然小林没有同他和解，但小林的种种变化已经大出他的意外，他终于可以如释重负地离开人世，并把这个不再压得人喘不过气来的负担移交给大林。长兄如父，父母去世后大林照顾小林是义不容辞的责任，同时大体上能够照顾自己生活的小林想必也不会给大林添加太多麻烦。正因如此，老林没有像妻子那样死不瞑目，倒是可以平静地撒手人寰。老林万万没有想到的是，在他死后，小林竟然决定自力更生自食其力。可惜老林没有在活着时看到这一幕，大林自然也不会存心虚伪地阻止。小林报名参加了盲人按摩的培训，并顺利毕业，之后成了一个盲人按摩中心的技师。

3.

大林的二胎是个小子，取名叫林园。在叔叔小林看来，林园的个头见风长，也许是因为小林成为按摩中心的技师后，生活作息有了规律，时间不复像一个人关在房间里那么缓慢难熬。等到林园也上了初中，快十三岁的时候，小林明显紧张起来，他害怕当年自己遭遇的不幸会降落到侄子头上。受到小林情绪的感染，大林也如临大敌，好在林园除了发现眼睛近视，没有其他任何不祥的迹象，大林这才彻底放下心来。

在按摩中心上班的盲人技师，都采用计件薪酬制，多接活多挣钱，平时住在集体宿舍里，可以一周回家一次，或者一个月甚至一个季度回家一次。林园上初中后，小林回家次数频繁起来，有时甚至一周在家待两天。每次回来，小林和大林一家吃在一起，但晚上还是回自己的住处。小林依旧喜欢拉二胡和唱黄梅戏。他把二胡留在宿舍，晚上偶尔给同事们拉段《二泉映月》解解闷。但在宿舍里他从来没唱过黄梅戏，按摩中心的盲人们都不怎么唱歌，最多也就是低声哼给自己听。

盲人们对声音都很敏感，习惯于静默，交谈时尽量轻声细语，不愿意大声喧哗，好像声音大了也会冒出好多棱角，会硌碜人扎人一般。

小林勤于回家，一方面是因为有点儿惊弓之雁，效仿了杞人之忧；另一方面是和林园很投缘，叔侄俩有一个共同的爱好，就是喜欢唱歌。当然了，小林唱的是黄梅戏，林园唱的是小虎队和四大天王的歌，两者不可相提并论。不过，林园喜欢用旧的磁带翻录自己唱的歌曲，然后多遍回放，陶醉欣赏，并从中找到自己的不足。

这个发现让小林如获至宝，豁然开朗。多年以来，他只知道用录音机播放黄梅戏给自己听，百听不厌，边听边学唱，以至于黄梅戏中的经典选段他现在已经如数家珍，张口就能唱。虽然在公开场合，他一向只拉二胡，但他更为自许的其实是黄梅戏，他觉得自己的黄梅戏唱腔已经在糅合严凤英、马兰等名家的基础上自成一派，完全可以登台表演，只可惜他是一个盲人，没办法让更多的人知道自己。现在这个遗憾眼看就能弥补，他完全可以用空白磁带刻录下自己独一无二的唱腔，然后寄给广播电台的经典栏目《我爱黄梅戏》。《我爱黄梅戏》拥有无数听众，长盛不衰，一个原因就是每期都会选播热心听众寄来的唱段，圆了很多黄梅戏发烧友的一个梦。小林甚至想好了自我介绍："主持人你好，我叫小林，是一名纯粹的黄梅戏爱好者，也是《我爱黄梅戏》的忠实听众，坚持收听了好多年。像很多听众朋友一样，我也经历了从听别人唱到自己开口唱的阶段。所谓台上一分钟台下十年功，我很珍惜自己能唱黄梅戏的机会，希望主持人能播放我的唱段，也希望其他的听众朋友们批评指正。"

每次在周末，叔侄俩都会关在房间里捣鼓上一天，准备，录音，播放，倒带，快进。小林唱黄梅戏时，林园为他录音。轮到林园唱歌时，林园还经常停下来，手把手地指导叔叔小林。小林就这样边学着录音边强行记忆，很快就掌握了录音的方法。以后他就能为自己灌唱带了——手指搭在录音键上，重重地摁下去，然后唱起那些他了然于胸的黄梅戏选段。

七仙女（声音尖细）：树上的鸟儿成双对

董永（声音厚实）：绿（lù）水青山带笑颜

七仙女（声音尖细）：从今不再受那奴役苦

董永（声音厚实）：夫妻双双把家还（huán）

七仙女（声音尖细）：你耕田来我织布

董永（声音厚实）：我挑水来你浇园

七仙女（声音尖细）：寒窑虽破能避风雨

董永（声音厚实）：夫妻恩爱苦也甜

——黄梅戏《天仙配》经典唱段节选：《树上的鸟儿成双对》

冯素珍（声音柔媚）：为救李郎离家园

谁料皇榜中（zhòng）状元

中（zhòng）状元，着（zhuó）红袍

帽插宫花好哇好新鲜哪

我也曾赴过琼林宴

我也曾打马御街前

人人夸我潘安貌

原来纱帽罩哇罩婵娟哪

我考状元不为把名显

我考状元不为做高官

春红（声音调皮）：为了多情的李公子

夫妻恩爱花好月儿圆哪

冯素珍（声音柔媚）：手提羊毫喜洋洋

修本告假回故乡

监牢救出李公子

我送他一个状元郎

——黄梅戏《女驸马》经典唱段：《为救李郎离家园》

　　只有把房门紧闭，在侄子林园面前，小林才能完全放得开。他唱的时候，有时自然而然地带上点表演的成分，身段步法，抬头耸肩，挤眉弄眼，顾盼生姿。在林园看来，叔叔的表演有些颇为惊艳。林园知道叔叔的遭遇和故事。如果不是眼睛失明，叔叔现在说不定也是状元郎，也能遇上他的七仙女。那些丰富多彩的生活，叔叔的两只好眼睛窝肯定盛不下，会四下漫流，引起别人羡慕，哪里会像现在，空洞干涸的两只眼睛就像一副镣铐——叔叔已经失去自由，他的生活也几乎不存在变数。

　　在那几年里，刻录黄梅戏唱段，邮寄磁带，等待电台回信，成为叔侄俩隐秘的欢乐。虽然小林的磁带一次也没有转化成空中电波，但他并不气馁。每次守在收音机前听节目，全程他都屏息静气，就像一个猛子扎进水里憋着气不出来，唯恐漏掉自己的声音。等到节目结束，他才跃出水面，像充满格的电池一样重新蓄满了信心。小林觉得，像自己这样，眼睛看不见，又特别喜欢唱黄梅戏的，肯定大有人在，大家都渴望上节目，都在排队。话说回来，别人确实唱得也不错，没这么快就轮到自己，虽然自己唱得也不见得有多差。

4.

转眼林园就要去外地读大学了。开学前，他让叔叔拿出状态，把拿手的黄梅戏都唱一遍，整整录了三盒磁带，然后写了一封给电台主持人的信，连着磁带一起寄了出去。在信里，林园写了叔叔小林在十三岁变成盲人的不幸遭遇，以及随后三年怎么靠二胡与黄梅戏支撑过来，一直到现在四十多岁了，依旧对黄梅戏痴心不改。叔叔唱黄梅戏的水平当然比不上那些黄梅戏名家，甚至还不如普通的发烧友，更不要说平时只有自己这么一个听众。现在自己要去外地上大学了，希望主持人能满足自己的一个愿望，哪怕是播放叔叔的一个选段，哪怕是播放其中的一两句唱词，也算是自己帮叔叔圆了一个梦。

幸运的是，主持人读到了这封信，她对这个叫小林的听众还有印象，因为他差不多每隔两周就会寄一盒他的作品磁带到电台，同时附带一份雷打不动的介绍："主持人你好，我叫小林，是一名纯粹的黄梅戏爱好者……"字写得很认真，但不平整，像是一个初中生写的。他的唱功也只能说是一般，没有什么特别之处，所以一直没有选放。听众小林倒是坚持不懈，发挥屡败屡战的精神，一直坚持给节目组寄作品，寄了五六年，也不问有没有结果，那些磁带堆起来差不多也有一人高了。节目组的人都没想到小林是一个盲人，而且依靠黄梅戏走出了困境，现在是按摩技师，自力更生，自食其力。当时台里需要打造和推出典型黄梅戏爱好者，小林正是不二人选。

主持人播放了盲人小林的黄梅戏唱段，并且在随后的节目里专门朗读了林园写给她的信：

主持人您好，我叫林园，我是为我的叔叔写这封信的，他是一名黄梅戏爱好者，一直有给你们节目投寄作品。

二十多年前，那时我还没有出生，叔叔也才十三岁，因为一场可怕的疾病，导致他永久性失明。说叔叔是一个盲人可能并不准确，也许是上天仁慈，他还残留一点视力，大概也就零点零一。可是这零点零一的视力并不能让叔叔继续回学校读书，甚至对他重建生活的信心也起不到任何帮助。因为这缝隙里露出的一点光，反而让叔叔的适应过程更加困难。听我父亲说，在最初的两三年里，叔叔把自己关在房间里，除了自己家里人，不见任何外人。谁也不知道叔叔当时想什么，会做出什么出格的举动，没有人能走进他的心田，他更是从不对任何人说心里话。怕他一时想不开做出傻事，奶奶在世的时候只能寸步不离地守着叔叔。

都说后天性盲人比先天性盲人更绝望，因为他曾经看到过这个世界，而现在不仅无法再继续看，甚至记忆中的世界，所有的色彩、图案、形状，都将慢慢涣散，直到完全模糊遗忘。他一直在告别，这个过程很残忍，没有人能够提供任何形式的支援。

我们家人都很痛苦，既不愿不幸降落在叔叔身上，也不忍这不幸后面跟着更大的不幸。好在叔叔在二胡和黄梅戏上找到了精神寄托。叔叔拉二胡，叔叔唱黄梅戏，都是自学的，没有人教他，他也找不到人沟通交流，却不影响那种实实在在的快乐。虽然二胡的音质是凄切的，但在我们家人听来，叔叔拉的《二泉映月》异常动听，美妙非凡。

有一件事能证明叔叔当年受到的打击有多大，后续影响有多深。在我十三岁时，叔叔特别害怕同样的事情会降落在我的身上。我能够完全感受到他的担忧和希冀，在某一方面，我甚至觉得叔叔能否顺利地完全走出昔日的阴影，就看我会不会避开厄运。幸运的是，在那一年，我只是因为近视配了一副眼镜，此外没有遇到任何意外和波折。

在我的记忆中，这是叔叔的分水岭，之后他明显放下了心理包袱，变得乐观起来。我们叔侄俩经常一起录磁带，他唱他的黄梅戏，我唱我的歌。我忘不了叔叔忘情演唱黄梅戏的场景，简直就像换了一个人。也许，叔叔唱的黄梅戏，真的应该让更多人听到。有了这样的想法，我开始鼓励叔叔给你们栏目寄磁带。

我初二初三，再加上高中三年，叔叔一直把给你们寄磁带当成他人生中的大事，我不知道是他自己从中找到了希冀的乐趣，还是仅仅为了向我证明他能做到。现在我高中毕业了，马上要去外地上大学，和叔叔一起录歌的机会肯定会越来越少。高三假期抬眼就要结束，这是我和叔叔最后一次录歌，我录了很多，共录了两份，一份寄给你们，一份我自己留作纪念。真的希望我能帮叔叔完成这个夙愿，而我的叔叔也能为此感到高兴。

5.

谁能想到呢，这封信造成的激荡结果。小林没有想到，主持人有一天竟然选播了他的磁带；林园更没有想到，主持人竟然还读完了自己写的信。然而，让他们更加吃惊的还在后面。那期节目产生了巨大的影响，很多听众打进热线电话，希望和小林成为朋友，交流黄梅戏、二胡、按摩以及生活中的所有事情和问题。打不进电话的听众，给小林写了很多热情洋溢的信，都投到了电台的《我爱黄梅戏》栏目。

栏目组按照信上的地址，找到了小林，给小林带来了整整一麻袋的信件，此外还有不计其数的礼物，诸如二胡、磁带、爱心有声卡片，还有毛衣。尤其是磁带，很多黄梅戏爱好者都希望和小林交流演唱黄梅戏的心得，其热情甚至远超对《我爱黄梅戏》栏目。电台领导当即决定，增开一档节目，就叫《我爱黄梅戏·特别版》，聘请小林担当特邀嘉宾，专门针对残障人士中的黄梅戏爱好者，提供无门槛无障碍的交流。这些黄梅戏的特殊发烧友，带来了他们的人生故事和对黄梅戏的独特体验，节目甫一推出，就创下了收听佳绩。小林一举成为当地的名人，其名声更是延及其他毗邻省市地区。《特别版》的热心听众打进热线电话，不会说"我爱黄梅戏"，而是代之以"我爱小林老师"。

此时林雪早已毕业工作，结婚生子，她和丈夫双双下海，成立了公司，业务蒸蒸日上，又开设了代工厂。夫妻俩忙得团团转，想到把大林夫妻接过来，这样的话，外公可以帮助看顾代工厂，外婆可以接送小外孙上学。若是父母都来到北京，老家就只剩叔叔小林一个人，身边没有人照应，难免牵肠挂肚，放心不下。林雪和丈夫商量，何不趁机把叔叔小林也接到北京，他想要工作可以就近找一家按摩院，不想工作就在北京安心养老，林园正在北京上学，这样一来，家人至亲就都在北京了。

可是，小林拒绝了。他让哥嫂放宽心去北京，他现在并不是完全看不见，还能照顾好自己。他又感谢侄女和侄女婿，等到他养不动自己了，到时候再麻烦他们。好在家里早就装了电话，林雪又给叔叔小林配了一部盲人手机，嘱咐有事一定要记得打电话，千万不要自己逞强。到了北京之后，大林也是三天两头打电话回去。

邻居问小林，侄女丫头要接你去北京享福，去首都北京看看转转，有什么不好，为什么不去？小林说，我一个看不见的人，北京在我这里有什么看头，我又去看什么呢。北京再大再好再繁华，能入我眼帘的也就只有一条缝，透过这条缝看到的北京，和这里那里又有什么区别呢？别人想想也是，又问小林，你不想去北京，是不是因为舍不得在电台的工作？小林说，电台里的不是工作，是兴趣爱好，和拉二胡唱黄梅戏一样，我的工作只有一个，那就是做按摩。我就是按摩技师。

曾经有人问过小林，按摩院的工作环境怎么样。小林说，不过多了几个房间几个人，和家也没有什么区别。所不同的是，按摩院的空间是变化的，有时候很拥挤，人挤人，有时候又很空荡，半天撞不着一个人。也有人问电台的演播室。小林说，我看不见。确实如此，每次小林上节目，都会有人负责接送，把他领到演播室坐下，主持人坐在小林旁边，轮到小林说话的时候，她就摇一下小林的手示意。节目结束后，那个接他的人又把他送出去。很多时候，小林的台词并不多，他似乎只是演播室里的一个道具。好在，电台每周只要去一次，当一回木头人，这对小林不算是难事。

6.

小林二十几岁时，大家是揪心他的个人问题不容易解决，现在小林快四十岁了，在这个问题上大家反倒不解起来。按理说，小林在当地多少算是个小有名气的人，也有一份能来钱的工作，老家面临拆迁，老宅价格不菲，侄女在北京开公司开厂当老板，这些都能给小林长分。小林若是真的想找个伴，放出话风来，十里八乡还怕找不出一个合适的对象来？可惜得很，小林就是不开尊口。皇帝不急，倒是把身边的太监急死。

小林的笃定是有原因的。换句话说，《我爱黄梅戏·特别版》中那句"我爱小林老师"不是白喊的。小林通过电台结交了很多朋友，遍布五湖四海，其中不乏女性。小林习惯了黄梅戏，习惯了电台热线电话和邮件往来的沟通方式，一个人在这头，一个人在那头，若隐若现，似有似无。在现实生活中，他反倒放不开，害羞得像个十三岁的孩子。

像是佐证，有两个女人先后短暂地出现在小林的生活中。

前一个是四川女人，个子小小巧巧的，有点儿跛脚，走路一斜一斜，偏的幅度并不大，脸庞子很干净，手脚也很勤快。四川女人的出现让大家很惊讶，没想到会是这么俊俏。四川女人一来，就把小林的住处收拾得焕然一新，像婚房。小林为她拉二胡，唱黄梅戏，这是四川女人来这里之前都了解的，足以证明眼前的小林是真实的、有才的。她在这边住了两个礼拜，然后不声不响地离开了。没有人知道其间发生了什么，只是觉得怪可惜的。

大林在老家安排了眼线，负责报告小林生活中的一些大动静。大林给小林打电话，问四川女人是怎么回事。小林老实交代，四川女人在四川结过一次婚，丈夫对她不好，醉酒后经常打她，后来离婚了，有两个孩子。四川女人很勤快，在这里待了半个月，把家里收拾得很干净。说实话，能找个这样的女人挺好的。但是她现在回去了。

大林急了，因为眼线告诉他，四川女人其实还蛮标致的，那几天，邻近几个村的人都过来看稀奇，都说小林比有眼睛乌珠的人还好本事，比看得见的人还好福气。这么好的女人，怎么能让她回去呢？大林的意思，女人既然千里迢迢来看望小林，小林就不应该让她这么打道回府；虽然女人打道回府了，小林也应该去四川把她迎回来。可是小林劝大林打消这个念头，四川女人在老家有孩子，即使把女人找回来，情能留下来，心也留不下来。大林默然。小林之所以这么想，是自认为配不上那个四川女人了。大家都觉得这个女人好，小林岂能感受不到，只可惜他看不见，真的是看不见。

还有一个是湖北女人，很普通的一个中年妇女。小林也为这个女人拉二胡，唱黄梅戏，这些是吸引女人来到这里的原因，足以证明小林是可爱的、真诚的。湖北女人向小林坦承病史，她患有一种奇怪的血液病，会慢慢地一点一点地失去视力，最终全盲。这个病现在的医学还不能攻克，最要紧的是它还会遗传。这拉近了两个人的距离。小林和她同病相怜，都是要被老天无情收回视力的人。两个人在一起也很投机，有好多话说——讨论到底是如山倒般一下子砍去百分之九十九的视力比较残酷呢，还是如抽丝般每天损耗一点儿视力更加凶残？也许最幸运的是，两个人不是同时变老，而是同时失明，执子之手，与子偕暗。

不过，包括大林、林雪和林园在内的所有人，都反对他们结合。两个盲人生活在一起，生活太不方便了，到底谁照顾谁呢，还是两个人都需要别人来照顾？这是一个问题。这是一个很重要的没法儿回避的问题。这是天大的问题。小林拗不过大家，说到底他也不愿意生活在无数双眼皮子底下，便和这个即将或者必然失明的湖北女人友好分手了。

　　说来也奇怪，此后小林就完全失明了，眼前那时间裂缝一般镶嵌在过去和未来之间的一抹光线终于完全消失，黑暗终于得以圆满。小林什么也看不见了，这对他而言倒是好事，从此他可以如释重负，了无牵挂。反正他一直是这样生活的，些微改变，无须掩饰，别人也丝毫看不出来。

如果你是我

这个男人，我想要喊他爸爸，可是他不让。有人喊他爸爸，两个女孩儿，都是他跟他老婆生的，却不跟他姓。他是招女婿。什么是招女婿？我想破脑袋也不明白，问起其他人，他们都笑话我，说傻子也想当上门女婿了，真是什么人跟什么货在一起啊。

好吧，我就是他们口中的傻子。好多人我想不起来了，好多事情我也记不住。只有这个男人，我记得他，和他有关的很多事情，我听过就忘不掉。我想喊他爸爸。每次看到他，我都会央求，你做我爸爸吧，就一次，行不行？他没答应，好像在犹豫，在做什么奇怪而可怕的决定，需要时间去考虑，然后他伸手摸我的头，眼睛里也有好多笑意。我能感觉到，他打心里是想做我爸爸的，可是怕他的那两个闺女不同意。我们形同父子，这就够了。

晚上睡觉前，他时不时会过来看看我，如果在那个家里不见我，他会打着手电满世界地找我，有时候在树上，有时候在草垛里，有时候在桥洞底下，我的世界也就巴掌这么点大的地方，他总能把正在熟睡的悄悄消失的我找到，再背回去。他阻止我变成鸟，变成鱼，变成老鼠或者蛇，变成其他的他再也认不出来的东西，他不希望我就此不见。早晨我醒过来，发现自己又变回我了，入睡前的各种幻想消失了。这样也好，要不然我变成鸟不会飞，变成鱼不会游，变成蛇鼠不会钻洞，肚子饿了该怎么办呢？现在我又能把心放回肚子里，变成人的样子也不赖，有脚就能四处走动，有手就能要到吃的。

　　我用水胡乱洗了一把眼面屎，抬脚去找吃的。我总是径直先去那个男人家，他会塞给我一些吃的：山薯、煮鸡蛋、馒头、一碗稀饭，或者一捧炒米。这得要他在家里，而且先撞见的是他，如果是他的老婆，她会舞动着大扫帚轰我，让我落荒而逃，她在后面丢下一连串的谩骂，像点燃了一串小鞭炮为我送行。她最经常咒骂的那句是"这个家就是给这个小要饭佬吃穷了"。

　　可见，在大多数人眼里，我既是个傻子，又是个小要饭佬。傻子是因为我傻，小要饭佬是因为我要饭。只有在这个男人眼里，我是一个没有娘老子的无依无靠的可怜孩子，他经常摸我的头，看我的眼神也不像其他人。那些人，他们都怕我，我能看出来，当然我也怕他们，无端地慌乱恐惧。如果在路上老远打个照面，随着越走越近，他们和我都会很迟疑，就看谁心里更打鼓，腿脚更发软，谁会抢先一步夹着尾巴避开逃走，像癫皮狗。获胜的一方，无论是我还是他们，都会如释重负，然后哈哈大笑。在这个游戏中，我和他们完全是一样的，是一伙的。而且我也逐渐清醒地意识到，随着我个子长高块头变大，双方堆砌的畏惧在不断增加，甚至要屏住呼吸才能确保大家相安无事。可是话说回来，越是喘不过气来，获胜之后就会越有快感。每次落荒而逃时，我会突然疑惑，"这些人在笑什么"，如果反过来，我笑着笑着就会突然顿住，然后想我在笑什么，究竟有什么好笑的。

　　只有这个男人，他不怕我，我也不怕他，我们两个能面对面走到一起。擦身而过时，我会极度渴望喊他爸爸，向他行一个歪歪扭扭的军礼，像吊儿郎当的逃兵败卒。而他会停下来，用手——他的手真大，手指撑开能罩住我的头，我的头在他的五爪下就像一颗熟透了的地瓜，也像一颗快要爆炸的地雷——摸一下我的头。"乖，摸摸头。"他似乎这样说，眼睛里也满是笑意。如果他扛着一捆甘蔗经过，就会扯出一根递给我。如果他拉着板车，我就会在后面推一把，推着推着我就坐上去。我总有办法爬上去，让板车尾巴那里更沉重，车轱辘几乎每转一圈，车尾横杠都会刮擦一下地面，然后反弹起来，然后又落下去，板车前部的两根车把手就会翘得更高，他的两只手臂得使劲吊住稳住把手，看上去被抻长了好多。两根车把手、两条手臂和一个人，这个画面就好像拉满的弹弓，要把一颗石子射出去，击中正在高空飞过的看不见的鸟儿。

这一幕让我兴奋不已，嘴里一会儿模拟着赶车的声音，"驾驾吁——"；一会儿模仿着火车的开动声和汽笛声，"呼哧呼哧——呜"；一会儿化身军官挥舞军刀号令手下士兵冲锋陷阵，"冲啊——"。这是我和他之间的游戏。他允许我在他身边像八手八脚的猢狲那样大呼小叫着喊"冲啊——"，他不会落荒而逃，我也不会落荒而逃。有什么东西在我的声音中落荒而逃，但既不是他也不是我，这让我意犹未尽，乐此不疲。我不会产生笑声戛然而止的空虚感，就好像捏碎一只鸡蛋，蛋清和蛋黄四下溃散，小鸡也跑远不见。这让我非常满足。

在去他家的一路上，我会压制着我的兴奋，这相当稀奇。这个男人，他反复地告诉我，不应该在村里大呼小叫，也就是说，不能在村子里喊"冲啊——"，那样会惊着大家，弄得鸡飞狗跳。他用手摸着我的头，像是叮嘱我，又像是给他自己提醒："在村子里，你要表现得和其他人一样。"他是这么说的。每次我向他家走去，我就会想起他说的话，好像这会儿他就走在我旁边，不间断地提醒着我，注意这个，注意那个。我也知道，只要我把脚步放慢些放轻柔些，眼睛里不闪现狂乱的神色，我就能更容易得到食物，然后作为犒劳，我可以马上找个舒服的地方美美地睡一觉，睡一长天也没事。没有人会来打搅我，他们巴不得我一天到晚不会出现在他们眼面前。只有这个男人，就好像晚上要吆喝鸡鸭归笼一样，每次都会把我带回我住的地方。

在这个男人的家门口，我小心翼翼地模仿姑姑鸟，发出"咕咕咕咕"的叫声。如果他在家，就会在手心里藏些食物带出来。他的手真大，手心里握着的食物够我消化一天，而且也不会被他老婆轻易看穿，不然两个人会吵架。我清楚地记得，刚开始时，两个人还只是小声地争执，一个大量的人，和一个小气量的人，相互的斗气像拔河；后来就不一样了，女人的音量会像高音喇叭，盖得男人一点儿声音头也没有；而且女人会抢先跑出来撵我走，像撵走糟蹋稻壳的鸟雀。于是他说，下次再来这里，学鸟叫好吗？他听见了就出来，免得给她撞到。学来学去，我只会学姑姑鸟叫，单调的声音像打鼓。几次下来，到底还是被她瞧出了破绽。这一次，她撵走的是名副其实的一只姑姑鸟。都说姑姑鸟是住在坟墓中的鸟，为死者打鼓，所以它的叫声就像鼓声。他们好像都讨厌姑姑鸟，只要我往门口一站，家就好像变成了坟墓。有的人也给我食物，但更像是以此求着我赶快离开——他们可不想我站在门口，长时间地像姑姑鸟一样叫唤。

抢在前面出来的是他的老婆。她只是看了我一眼，不像之前的气急败坏，更显得不屑一顾。这是因为她大肚子了，而且一手牵着一个女孩，腾不出手来捉扫帚，所以才对着我两个鼻孔里喷出一声哼来。她这是要回娘家去。其实她娘家就在村子里，抬个腿就到了。只有吵架吵得很凶，她才会做出这番举动。回娘家，好像就是回到她做姑娘的时期，潜台词就是大不了不过了离婚。很多时候只是虚张声势，趁着傍晚人多，在众目睽睽下回娘家，以此作高调宣示，寂寂人定后又不声不响地回来。我以为是这个男人把熟睡的她背回来的，就像背我一样，不然她也会变成其他东西，和他再无联系，没有一点关系。像现在，大早起的，还带着两个孩子，回娘家就显得很不一样，情节很严重，像最后通牒。别人家夫妻也吵架，都说牙齿和舌头再好也会咬到，但没有他们这么频繁和激烈，每次都像越来越过不下去了。这就是做上门女婿的短处，他们在背地里议论说，一旦男人镇不住女人，自己又是背井离乡，自然就短了气焰，被女人蹬鼻子上脸，受够捏鼻子气。何况这个女人又不是一般二般的厉害，这个男人就更没好日子过。

我让过这个女人和她牵着的孩子，看着她们走远，打不定主意是否要换个人家去讨吃的。我在门口等了一会儿，屋子里一点儿声音也没有，好像男人在此之前就出门了。他当然也可以回娘家，虽然我不知道他娘家在什么地方，但总还是应该有个落脚的地方。他回娘家去歇上几天，等着女人叫辆拖拉机去把他接回来。换了我，我就会这么做。别人骂我什么，尽管我不明白意思，但不妨碍我原封不动地骂回去。别人扔我东西，我也照样扔回去。相骂打架就是这样，即使最终一定有个输赢，但肯定会经历势均力敌的过程，要么是互不相让，要么是同时落荒而逃。狗打架也是这样的。我和他们在路上遇到，也是这样的。

我从没有这么长时间咕咕地叫唤了，叫得我口干舌燥，而且肚子越来越瘪……咕咕的声音更像是肚子里发出来的，好像那里是一座坟墓，里面也住着一只姑姑鸟。又过了很长时间，屋子里还是一点儿动静也没有，也越来越像是一座坟墓。但我一点儿都不怕，我还经常抱着坟头睡觉呢。我轻手轻脚地走进去。这是我第一次踏入他的家门。平时我都不会闯入其他人的家门，一来是没有机会，二来也是害怕。一般我只是站在门口，看着门槛，我觉得我跨不过去，会被绊倒，那就出洋相了。我站在门口要吃的，要到要不到，我都会转身离开。那道门槛，就像门闩一样，让我如芒在背，说起来院子里的大扫帚都不会让我这么害怕。

这个男人，他在家，坐在堂屋的一张小板凳上抽烟。听到声响，也不抬头，好像知道我会走进来。我陪他坐了一会儿，肚子饿得厉害，好几次开口想问他要吃的，但置身在别人的家里，我突然就忘记该怎么乞讨了，好像这辈子第一遭正经做客一样，心头拘谨，浑身不自在。我默默地在他旁边席地而坐，开始集中精力听肚子里那只姑姑鸟的叫声。他也听见了，抬起头看着我。我避开他的眼睛，看到他面前一地的香烟屁股，它们也都很饥饿的样子，三口两口就被男人吸断了。我听见他站了起来，走进厨房，乒呤乒唥，他在做饭，香气很快就一个劲儿地直朝我鼻孔里钻。一会儿，他端着饭菜出来了。我们两个人坐上桌，一人面前一碗饭，他往我碗里夹菜，我往肚子里的姑姑鸟嘴里塞食物。这会儿它不叫了，张着嘴嗷嗷待哺。姑姑鸟的喉咙真深，像一口枯井。我曾在鸟窝里捉到一只雏鸟，给它喂青菜叶子上的虫子，但不是姑姑鸟，我从来没有见过姑姑鸟。后来小鸟死了，身上刚披上一层绒毛，怪可怜的。村里的那口枯井我也照过。有人告诉我，可以躲到井里面睡觉。我有点儿心动，但我怕睡着了变成水面，谁在井口照一下，我就会变成谁的脸。有的人还好，有的人我一点儿都不喜欢，不想变成他们。吃饱了饭，我还沉浸在小鸟和枯井的回忆中，想赶快找个地方睡觉，说不定会梦到曾经的那只小鸟。他跟我说，以后饿了就直接来家里吃饭。就算他不在家，大门也不会锁上，饭菜都在桌上，用罩子罩着，可以随到随吃。我很高兴。走出院子时我瞅见那把大扫帚，就把它拿起来扛在肩上，到了空阔地方，我得以挥舞着它，大喊"冲啊——"，威风凛凛，派头十足。有几个人经过，慌不迭地绕开走了，他们肯定是怕我的扫帚在他们脸上背上挠出几条痕，就像我曾经受到的教训一样。

"冲啊——"确实有什么东西在我的喊声里落荒而逃。扫帚在我手中变化无常，一会儿是旗帜，一会儿是刺刀，一会儿是冲锋号。我挥舞着扫帚，越来越顺手，它已经和我融为一体。这种体验妙不可言，我甚至希望扫帚可以是我，而我变成扫帚，让尘土飞扬，让人汗流浃背，苍蝇蚊虫一扫光，花草树木都拜服。

就这样，我几乎变成了这个男人的儿子，吃在一起，就差睡在同一个屋檐下，那就真成一家人了。他的老婆自那次离家后，就一直没有回来，在娘家待产。大家都在说，这个男人在等待一个大胖小子的诞生，虽然这个儿子依然不会跟他姓，还是跟他老婆的姓。我知道他在等什么，不是一个姓，而是一个家。那段时间，他的生活照旧，早起晚睡，吃饭睡觉，还有就是干各种活。

他种了麻，砍麻劈麻晒麻，把麻一端系扣在固定于我腰部的钩子上，然后吱吱嘎嘎地摇麻绳。我特别想笑，摇麻绳太好笑了，好像他在通过麻绳挠我痒痒。他让我站稳，要像一棵树那样，不能东倒西歪立不住脚。麻绳绞起来会产生一股力，我得站稳了抗衡住，这样麻绳才能上劲儿，才变得结实，否则的话，麻绳垂下来，织出来的麻绳就松动了。于是，我站成一棵树，心里想着树是不怕痒的，果然就不痒了。但我不能一直保持成一棵树，有时看到一只猫一只狗，我就不专心了，很想去外边儿撒野跑一会儿。当然，他有时也把钩子固定在树上，一样可以摇出足够结实的很长的麻绳。

男人还养蚕。本来是他老婆养的，老婆回家了，他只能接手。刚领回家的蚕蚁放在白棉布上，像是一块雪饼上撒了一层黑芝麻，盛在一张小匾里，暖暖的，酥酥的，又香又诱人。他只让我看，不让我上手，说蚕宝宝很娇气，怕我重手重脚伤了它们。他去采桑叶喂养这些蚕宝宝，开始采顶部的嫩桑，后来随着蚕宝宝变大，只要不是发黄的桑叶，都可以铺在蚕床上。这些蚕像我一样，除了吃就是睡，吃了睡睡了吃，但我什么都吃，它们只吃桑叶。如果我能吐出丝来，我想我也可以吃桑叶。我不吃桑叶，但我可以在男人采桑叶时，在桑地里四处找桑葚吃，红的酸，乌的甜，白的不能吃，据说被毒蛇的毒汁泡过，吃了会生病。采桑叶喂桑叶我都帮不上忙，但等到蚕要昂首上山，我就能发挥作用了。男人要为老蚕做蚕龙，先把稻秆或麦秸捋干净，然后用铡刀铡成鸡毛掸子一半长，一把把地扎好备用。做蚕龙的时候，先在地上敲一根木桩，拉两股线，一上一下，把铡好的稻秆或麦秸平铺在中间。男人用钩子钩住另一端，开始摇。男人摇的时候，我得用手压住草，慢慢往后放，放到木桩那里，把绕在木桩上的绳子褪出来。一条蚕龙就做好了，特别像没有把手的超长的鸡毛掸子。我们要扎几十条蚕龙。摇蚕龙的时候，也像摇麻绳，钩子发出咯吱咯吱的声响，让人心痒痒。不过，摇蚕龙不像摇麻绳那样需要发力。蚕龙摇成后，金灿灿的，也比麻绳好看。把蚕龙轻轻放在蚕床上，那些蚕就像接收到指令一样，纷纷爬到蚕龙的开叉处，在那里绕头吐丝，一个晚上不见，蚕就把自己变成了雪白的蚕茧。蚕茧是要拿去卖的。我偷拿了几枚蚕茧带回家。有一天，我发现蚕茧破了个孔，里面什么也没有。我的房间里多了几只粉蛾，翅膀上的粉一碰就掉。我猜着肯定是蚕变的，记号就是白，蚕和粉蛾都是白惨惨的。

时间就这么一天天过去，他的老婆生了，是一个男孩，然而女人还是不肯回来。事情闹得越来越僵，竟然有传言说，那个男孩是女人和别的男人生的野种，女人也要就此和男人分开，去找那个别的男人另过。我不知道这里面出了什么岔子，总之男人的脸色变得很不好看，好像阴云密布的天空，让我胆战心惊。我以前还没有这么恐惧过，总觉得会有什么不好的大事发生。蚕事结束，有一阵子淡季。男人依旧为我做吃的，好多好吃的，好像亏欠我一样。在我吃得满嘴油汪汪的时候，他用手摸着我的头，说"吃吧吃吧"。以前我讨饭，伸手要饭，饭来张口，从来没有像现在，升起吃了上顿没有下顿的隐忧。

男人有一把铡刀，铡水花生铡树枝铡稻草，咔嚓一下，似乎什么都能铡下来，一刀两断。他把铡刀从刀座上卸下来，整天整夜在那儿专注仔细地磨刀。他用手抄起一注水，滴在磨刀石上，然后一手捏住刀背，一手抵在刀刃上，来回地在磨刀石上刮擦。清水变成了乌黑黑的泥水，遮住了刀口子，他用一根手指把污水从刀刃上轻轻拭去，刀刃更显清亮，亮光闪闪，好像结了一层寒霜。每次我都担心他会一不小心把那根手指削断。染上男人鲜血的铡刀，变得削铁如泥。啊，我真的很想去摸一下这把铡刀，它更像指挥刀。如果把它扛在肩上，把它斜劈向天空，才更配那声"冲啊——"，我喊一声"冲啊——"，所有的花都离开了枝头，鸡鸭鹅的脖子全断了，它们摇晃着身子，因为看不清路找不到自己的圈而挤作一团。狗如果看见我还冲着我叫，我一铡刀挥下去，就把它们的尾巴削断，看它们还怎么夹着尾巴落荒而逃。如果可以，那些不给我饭吃的人家，我拿铡刀一挥，从他们家的烟囱冒出来的炊烟就被拦腰截断，浓烟再也出不去，在他们家里弥漫，让他们在浓烟里咳成一团。哎，我要是有一把这样的铡刀多好啊，又威风又解气。但这把铡刀是这个男人的，他把刀养得锋利可见，却不让我触碰。我更想喊他爸爸了，这样我也许有机会从他手里得到这把铡刀。我要勤加练习，因为铡刀在他手里像镰刀，但我却没有把握能让它挥舞成风。

这个男人，现在更像我爸爸了。他让我吃饱，还和我一起玩耍。我们结伴来到野外，有时刮风下雨打雷，有时月朗星稀万物沉寂，他说他是指挥官，负责喊"冲啊——"，我是冲锋战士，听到命令就要执行。我很高兴，虽然和他在一起我不能喊"冲啊——"了，但有人发布命令，还是让我很亢奋，鲜血在燃烧。我就听他的指令，快速跑上一个小坡地，跳过一条条渠沟，在地上匍匐前进，有时又一跃而起。他没有带上他的铡刀，但这又有什么关系呢？总有一天他会扛上那把铡刀，领着我，威风凛凛地投身战场。他喊"冲啊——"，刀之所指，我就化身为一把刀，勇敢无畏地冲上去。

连着好几个晚上，我们玩着相同的游戏，然后满身尘土，各回各家。我不再到处野睡了，也不想变成过路的野鸟和翻塘的王八，我只愿意睡在自己的窝里，两眼一睁开，然后用缸里的清水胡乱洗把脸，就去找这个男人，看他磨刀霍霍，吃他做的饭餐，在他的"冲啊"下投入地玩耍。

有一天晚上，我被他喊醒。他带着那把铡刀，我一睁开眼就看到了铡刀的轮廓，立马兴奋起来。这一天终于到了。他在前面走着，闷声不响，我在后面深一脚浅一脚地跟着。我忘了我之前做的是什么梦了，很难回过神来。而且这个夜晚很是奇怪，好像我走在这个男人的梦里。我一点儿也不熟悉这块田野了，经常踩到别人的脚印膛里，或者被横生出来的藤蔓枝条绊倒。我跌跌撞撞地赶着他，他一点儿也没有缓下来或停下来等我的意思。他闷着头赶路，而我几乎小跑着才能追上他。

月光好像浓了一些，树影子影影绰绰，被裹挟在一团雾中。我们就这样穿行，他扛着那把铡刀。铡刀上明一块暗一块，好像多了好几块锈斑。他穿着一件白色的汗衫，领口开得很大了，好像头要带着身体从衣服里挣脱出来。我想到了蚕茧。我没有见到蛾子破茧而出，但现在的情形很像，白汗衫像蚕茧，已经被咬开一个口子，他正在从茧里出来。我看到他脖子那边，一部分后背上，有暗稠的纹路，稀疏的地方像几点梅花，厚重的地方像一朵鸡冠花。也许是翅膀，翅膀正在长出来，还没有风干，因此黏答答地贴在他背上。

这次的游戏有点儿出乎我的意料。不仅是他带上了铡刀，还因为我喊了"爸爸"，他答应了。他把铡刀放在地上，然后躺在刀口下。我注意到他胸面前的花朵更多，繁盛得像火焰。他躺在铡刀下，看着星空，说"冲啊——"。他还是那个指挥官，但不是站立着的，而是倒下的，尽管如此，他的命令对我依然有效，因为我还是那个以服从命令为天职的小士兵。我把手搭到铡刀上，铡刀的一侧扎进土里，好像他身下的土地就是刀座。他的脖子在铡刀下，一会儿变长，一会儿缩短，一会儿变硬，一会儿变软，其实都是我的胡思乱想，似乎在增加游戏的难度。他微微侧过头，因为这会儿我蹲在他旁边，看了我好一会儿，又说"冲啊——"，声音提高了很多，因而多了更难拒绝的意味。

我也不知道怎么回事，竟然哭了起来。我竟然会哭了，我有多久没掉眼泪了？眼泪滑进我嘴里，我尝了下，有点儿咸，有点儿酸，还有点儿苦涩。我不知道怎么办才好，我想跑，跑得远远的。但是四周都是"冲啊——"的声音，紧紧地缠绕着我，那是我发明出来的，然后移交给这个男人使用的，我没法儿抗拒。何况铡刀还连着我的手，似乎现在铡刀变成了我，我变成了铡刀。铡刀的手握着我身体的刀刃，一点点往下沉。我很心慌，这辈子我还没这么慌过。我着急起来。我喊"爸爸"。我喊"爸爸爸爸爸爸"，这次他答应了。我看到他的眼角有些微光，像星星落在了他的眼睛里。

后来铡刀切下，一股股血激滋在地上，很快就渗透下去了。

如果你是我，你会怎么办？我来告诉你可能的答案，我也不知道，因为那会儿，我已经不是我，我是那把铡刀。至于那把铡刀，它血迹斑斑，锈迹斑斑，早被弃置不用，不知道事后被埋藏在什么地方，也许早就变成了尘土。

歧路亡羊

邻人亡羊，使寻者众，因多歧路，半途而返，终不获羊。杨朱闻之，戚然不乐，夜有所梦。歧路之中又有歧路，路之穷尽处，皆有一羊。梦醒，歧路、亡羊皆失其所。

——《杨子·梦羊篇》

老鲁

在陶菊英那里，空间简化，呈现一种"里外里"的关系。她只需说出两个词，"出去"意指去到家的外面，"家啊"就是回到家的里面。家也简化为东南西北任意一堵高竖而起的墙，或者一面窗，很可能只是作为触目可及的参照物，以不断被忽略的方式逐渐解体，缓慢消融。只有丈夫老鲁，她还可以凭借习惯依赖他，依循气味辨认出他。当她从身体里摇出一颗声音骰子，发出"出去"或"家啊"的坚定回响，老鲁便照做，陪着陶菊英出去，或者带她回来。

他们有一个共同的家，漂浮在二三十米的空中。名下还有一辆车，趴在车位里像生锈的甲虫，跑在路上像懒驴拉的辎重。在家中时，陶菊英喜欢坐在窗前，长久地看着外面。窗外通常一只鸟也没有，但不乏云和飞机。云无心以出岫，往往张挂在上下两道眼皮之间，造成一动不动的错觉。陶菊英盯住云，轻易不眨眼，怕把云咔嚓几下挤不见了。飞机出现的频率很高，半个小时左右一架，展开一双翅膀，或昂首攀高，或俯身下降。一旦飞机跳进窗格子里面，陶菊英的视线便随之移动，她的左右肩也呈现出阶梯的曲折，好像在用力帮助机翼维持平衡。

饱经风霜的六十八岁老人，倒像六七岁不谙世事的小女童，要"出去"的时候极其依心火。她有两张轮椅，笨重而宽松的只在家里使用，若外出便暂时移交托付给轻简可折叠的，进出电梯很方便，之后也能收纳进车后备厢。由于在外面的时间长短不定，老鲁会哄着陶菊英先上厕所，之后给她换好纸尿裤。车后座也嵌着"儿童座椅"，卡带会将陶菊英的身体牢牢固定住。虽然坐进去稍微费劲一些，但出于安全考虑很有必要。好在老鲁已经熟悉上手，不会让陶菊英撞着头，也不会别了腿，或者磕碰到腰和肩。

起初，老鲁希望陶菊英坐在副驾位，这样眼里便能时时照顾到她，右手也可以及时触抚。但空间实在太过拥挤，夫妻俩都坐在前面，竟然让车子显露出头重脚轻的疲态，经过缓震带时，老鲁更是担心车子会在马路上翻跟头。陶菊英独自坐在后面，老鲁也不放心，总要用一只眼留意着，因此车速过于缓慢，像是老夫老妻牵着手在马路上一前一后地走，举步维艰。另一个原因，陶菊英也喜欢隔着车窗瞧外面的热闹，太快了不容易看清楚。老鲁巴不得陶菊英看见什么就说出来，医院、学校、派出所、邮局、饭店、商场、电影院，哪怕不知所云。

但更多时候陶菊英只是望痴了眼，缄默不语，任道旁景物徐徐划过，双眼如两口枯井，溅不起一点语言的声响。对于陶菊英，世界且新且旧，老鲁往往因此悲欣交集。

有一次，陶菊英竟然想起了潮白河。他们此前周末常去潮白河岸边的林子里度假。于是乎，潮白河在老鲁心中泛滥，河身肥大，水质洁净，云的投影宛若白鹅浮动。老鲁为此不惜把车开往北京周边郊区的各个地方，以期唤醒陶菊英的任何相关记忆。虽然路程遥远，有时陶菊英还不免遗屎遗尿在身上，但很值得。

北京太大，一个人活着太小，经历有限，记忆更是不断缩减。像陶菊英，有朝一日怕是连老鲁都记不起来。像老鲁，如果陶菊英忘了他，即使他时刻寸步不离地守护在陶菊英身边，自身记忆清晰得如同南墙，不停地供他撞身取暖，哪怕撞得鼻青眼肿，他便也成了陶菊英眼里一堵会走动的陌生的墙。陶菊英时不时会问道于墙："你是谁？为什么我会在这里？"或者："我是谁？为什么你会在这里？"答案老鲁都知道，但于他是答案，在陶菊英那里就不是，可能连问题都算不上，因为她转瞬即忘，再难想起。好像所有将两个人箍在一起的关系词语，都松动脱落了，不产生作用，也毫无意义，甚至唤醒不了任何回忆。作用、意义和回忆倒是在老鲁这副躯体里越塞越满，陶菊英脑子里却空空如也，像她的一世人生。老鲁和陶菊英的关系，再也不是手伸手便能互相揽着的，更像一个孩子放一只线人风筝，陶菊英是那个孩子；或者是一只湿漉漉的线人风筝在放一个干净得出奇的孩子，老鲁是那只线人风筝；中间那根线说不定什么时候就断了。

　　这个身形臃肿总是显得好奇并且不时流露疲态的孩子，会突然想起"家"，于是说"家啊"，老鲁便开车返回。家在老鲁那里，自然是清晰的、固定的、明确的，哪个街道，什么小区，几幢几层几号，须臾不敢忘，连同陶菊英的那一份记忆也刻进脑子里。他负责手牵着手带她回去。陶菊英已经不能独自坐电梯，甚至忘了走路这回事。这些可怕的变故在老鲁眼前霎然生成，但也可能经过了缓慢积累，由量变到质变，只是他看不见细微的变化而已。陶菊英肯定通过孩子似的行为提醒过他，诸如拽着他的手或衣襟不放，不肯向前移动脚步，眼前认不出一张人脸，脑子里想不出一个简单的汉字。这是她的惊惧，源于嗅到了某种灾难散发出的可怕气味，在危险发生之前已经将她团团死命缠绕住。他却没有理会到，于是在他面前她就只保持了孩子的简单特性，连多余的表情都不给他。她像透明茧中的一颗蛹，无须意识丰满也能活下去，身体却不断干瘪迟钝。

　　谁能在另一个空间里加以阻止呢？老鲁因此经常琢磨时间。时间仿佛茧的厚度，是从蛹中不断抽离出来的丝，也等同于蛹体僵硬的过程。时间就是陶菊英坐在一个地方，不管是房间里还是车子里，看到的所有空与不空，以及所有动与不动。时间对老鲁来说就是不断延展的路面，为了开好车，他必须保持专注，而她不需要。她已经疏于感受，越来越无动于衷。当他担心陶菊英并通过后视镜察看时，时间总是瞅准时机汹涌地流过，她毫无抵抗地被裹挟而去，而他就像置身于洪水中毫发无损甚至连衣服都没有打湿的人。这令他沮丧，气急败坏。

　　他一再尝试着要她"听我说"，虽然明知道在陶菊英那里"我"

早就支离破碎，"你"也已经不复存在。固定"你和我"的卯榫已经断裂，之间的距离恣意汪洋，犹如银河，盈盈一握间，脉脉不得语。确实如此，夫妻之间再无对话，经常是各说各话。自说自话也是好的，不然房子和车子都会显得很空。人是房子的胆。只要不住人，房子会很快衰败。语言是人的胆。一旦语言不声不响地离开，人就会显得太孤零零，太无助，像一个被隔绝在广漠空间里的毫不起眼的个体，连遗弃也变得轻描淡写，如同光经过障碍物时留下的倏忽而去的影子。

如果陶菊英不再说话，不愿吐露一个字，无论是坐在家里的窗前，还是车里的专座上——他不敢设想这样的情景。到了那时，陶菊英鸿飞不计东西，彻底将他遗弃在此。他只能一个人守着所有的记忆艰苦度日，而他和她共有的记忆，折合成两个人共同度过的时间，也许连他一生的五分之一都不到。以五分之一对抗五分之四，他毫无胜算，因而更觉每过一天每延长一秒，都是煎熬，都没有意义。

一旦发生这样的情况，他希望不是在家中，而是在车上。为这一天，他等了不知多少天。陶菊英说"出去"，他便抱起她上厕所，为她换上纸尿裤，让她在可折叠的轮椅上坐好。拿起行李包，锁上门，推着陶菊英下电梯，打开车门，让陶菊英在车里坐好，收起折叠椅，放进后备厢，然后发动车子，坦然上路。这是完全意义上的"出去"，出去便不回来。因为在路上，当陶菊英再次感到困倦时，她会忘了说"家啊"。她忘了家，他便也没有了家，无法也不愿一个人回去。这是人间最大的恨事，有情未必白首，同去常不同归。即使在路上，即使开着车，只有他们始终在一起，这才是最重要的。他们所有的每一天，都是在为这一天做准备。他们所有的驾轻就熟，俱是为了不再返回。

　　对于老鲁来说，他已经想明白，也为不断争取到的延缓执行而暗自庆幸。他爱着坍缩在时光里的老妻。虽然这份爱除了守护别无良方。而她忘了她对他的爱。忘了而已，不代表不爱。过去、现在和未来。如果她忘记一切，他便和这一切一起沉没。这是他对她的爱。他想不到其他的表达。他也找不到更多的表达。

小蔡

　　据说，年轻的愤怒公牛会撞碎一切障碍，但最终也将倒在粉碎物之间，成为其中的一部分。

　　小蔡感受着自己的愤怒，无用的愤怒。他准备离开北京了。返程之前，他打算找自己的几个朋友喝一场酒。虽然不改灰溜溜地败退这一事实，与人告别似乎也能挽回一丝颜面。他不想就此一走了之，但只是不想而已，想其实反而更容易些，只是很少人愿意大方承认，并立即执行。咽不下的这口气，也喘不上来，横搁在胸口愤懑着，急需一场酒来浇洒。既然如此，利用一次酣醉来为自己的北京之行画上句号，或许可以兼顾放纵和体面。白日放歌须纵酒，青春作伴好还乡。他现在也只有青春的尾巴勉强相伴了。

　　这几个朋友的住处，都是以燕郊为圆心，像不起眼的果子结在长短不一的半径上。燕郊自然成为聚会的首选地。国贸和八里桥一带，总有一些私人车辆停在地铁站附近，偷偷跑客运。车是黑车，话曰趴活。到燕郊的费用，八里桥相对国贸便宜近一半，国贸上一位乘客五十，八里桥才只要三十。这是凑满乘客情况下的收费标准，如果是个人包车，国贸要两百，八里桥要一百。散客与包车的另外一个区别就是：散客需要集齐四人，车才会开，等待时间可能很漫长，足以让人泄气；包车是上车就走，天上的星星参北斗。

说到钱，小蔡倍觉泄气。说到时间，他又带着偏见。

小蔡也是个司机，来北京之后一直给私人开车，换过三任老板之后，突然面临无车可开的窘境。私人司机有个坏处，除了睡觉，其他时间都不再属于自己，要随时候命，像随从仆役。也像是趴活，趴在地上讨生活。特别是当老板赴外应酬时，小蔡需要做好后勤工作，先将老板送去饭店，随即找车位泊好车，在附近开始漫长的等待，最后将酒足饭饱的老板或者其某朋友搬上车送往指定的处所。小蔡的日常大致如此，不是接机就是送机，不是围绕老板转，就是围绕朱门酒肉转。似乎也因此，老板都会让自己的司机住在公司或寓所附近，以便随叫随到。

这种一成不变的生活，实在很磨人，好在有杯中之物还魂之汤，可以解忧去乏。小蔡也喜欢喝酒，但只有趁老板出差在外的日子才能过酒瘾，平时滴酒不能沾，保证干净准时地出现在老板面前。即使老板不在京，有时也会安排出车的任务。老板嘛，事情多，朋友也多。这时候更证明了车子是老板的，司机也是老板的。只是车子比司机值钱太多，小蔡的年薪甚至都不及车子一年的保养费。逢到坐满醉鬼，酒气冲天，满车胡话，小蔡坐在不是自身散发出来的酒味中，闻之欲呕，实在忍不住，自作主张给车里通风换气，也会招来车上人的无端詈骂。司机不懂事，没眼色，还开什么车呢，不如回家种地去。

酒醉之后人的本性方才显露，说话更是口无遮拦，让小蔡无意中了解到一些发财的内幕和捷径，也积累了颇多怨恨。怨恨深了，便发狠想，有朝一日一定要绑架老板的儿女或者情人甚至是老板本人，勒索巨额赎金扬长而去，但旋即害怕地打起心鼓来，知道这些钱有命挣没命花。近水楼台先作案，妥妥的第一嫌疑人，无疑是内定了法制频道的罪犯角色。

大抵穷人穷命，都有原因，不到万不得已，不愿破罐破摔，不到走投无路，不敢铤而走险。时间也仁慈，不会放任人间的这股怨气不管，总要提前下手，以让小蔡们解气。小蔡的三任老板，都在逍遥快活呼风唤雨时栽了跟头，一个客死异乡，一个远遁他国，一个银铛入狱，到了都未得善终。活生生血淋淋的教训，让小蔡的发财梦遭到当头棒喝，也切实断了小蔡的生计：不管他作为司机的口碑多么好，老板圈里都没有人再雇佣他了——怕触霉头成为那不幸的第四个。这是典型的疑心倒生暗鬼，树身不正却嫌影子歪。做不成司机，又不愿尝试其他谋生的门路，这是小蔡被迫离开北京的主要原因。

失业的小蔡舍不得多花钱，便从国贸坐地铁到八里桥；也不愿浪费时间在车里坐等其他的拼车乘客，左等一个，右等一个，还有一个可能横竖都等不来。那些趴活的司机在小蔡看来，一个个都像极了自己，在凄风苦雨里等待老板的指令。他已经脱身了，为什么还要坐在车里，和司机一起等待其他乘客呢？小蔡宁愿自己是被等的那一个，是凑满数的那一个。再说，现在只是下午，离约定的晚饭时间还早，可以慢慢赶往燕郊，完全不用着急。

正是在附近溜达的时候，小蔡看到远处还停留着一辆车。孤零零的，一副与人无争与世隔绝的样子。

那正是老鲁载着妻子陶菊英的"观光车"。陶菊英气色好时，上午就要闹着出来，到饭点吃些便当，还能赶回去补个午觉。如果精神不振，午休后她才会想起出门，老鲁随意兜个圈子便回家。在后一种情况下，陶菊英坐在车里也不兴奋，整个人木木的，风景入眼，毫无反应。这一天也是如此，老鲁将车子开出两三公里，陶菊英整个人显得很困倦，开始打瞌睡。老鲁随即把车停在八里桥一处辅路上，让妻子安心小憩。他知道这里很少查违章停车，很多黑车司机都选择在附近接载客人。老鲁不做生意，偶尔遇到路边有人误以为他开的是黑车而将他拦下来，他也乐得捎带一程。不图油钱，只指望一个生人的出现，或许会给妻子带来不一样的触动，让他的生活出现期望的转机。

这么多年老板的司机不是白当的，小蔡一眼瞧出了端倪。首先车子不一样，虽然显旧，但保养得不差，而且挂的还是京牌，这就和八里桥那一溜黑车拉开了档次。开车的人也不一样：黑车司机一开口就是浓浓的方言味，见到走路的人就要把对方忽悠进车；这个司机说话不疾不徐，穿着得体，一看就是一个有文化的体面人。而且，他不像急于招揽生意的黑车司机那样，人没走近便从驾驶窗探出上半身，迫不及待地搭讪拉客，而是等小蔡走到车子跟前弯下腰，他才摇下副驾的车窗。

"走吗，师傅？"小蔡问。

"去哪里？"老鲁问。

"燕郊。"小蔡说。

"我这会儿也正要回家，咱们恰好顺路。上车吧。"老鲁说。

这时候，小蔡才发现后座还有一个人。这也是他给老板开车多年的习惯使然。如果不是他开车，那么他坐在哪里是有讲究的。副驾位不能坐。副驾位后面也不能坐。这两个位置都属于重要人物，比如老板或者老板的朋友，即使空着，也轮不到他坐。若是其他人开车，他只能坐在司机后面的座上，那是他的固定专座。小蔡拉开后门时，赫然看到那个位置上竟然坐着一个睡了的老妇人。

"车上有人啊！"他说，顺手把后车门关上，没有上车。他不知道自己应该坐哪儿。

"忘了跟您说，那是我的妻子。她一直在车上。"老鲁解释说。

小蔡坐进副驾位。他又往后面扫了一眼。老妇人睡着了，看上去像一个生着病的人。"嗬，大姐还睡得挺香。我们去燕郊，不碍事吧？"他有点儿不放心地追问了一句。

"没事。她什么情况下都能睡着。我们就是把车开到美国去，也不会影响到她。"老鲁说，"我驾龄不长，不敢开快车，您担待。"

小蔡坐安稳了，微微闭上眼睛，脑中竟然跳出自己服务过的老板。一根身躯上安着三张脸孔。真是可怕的三头怪。

"小蔡，接下来我们去燕郊。不必赶时间。我有点儿困了，先睡一会儿。"老板们的声音像电子合成音，三股线绞成了一条绳，还挺有磁性。说话的同时，他们开始用两个大拇指轻轻按揉两边的太阳穴，身体渐渐放松下来，安然入睡。很奇怪，老板们似乎都喜欢这样，只要坐在副驾位上，好像不用大拇指堵住太阳穴，脑子里面就会涌出无数想法和计划。这些又都是极其值钱的东西，轻易不能示人。

巧玲

巧玲站在路边等车。

上班时间外出，她不得不向经理请假，言明有私事要处理一下。确实是私事，她没有撒谎说成家事。家事更顺理成章一些，但似乎一扯到家事，她和蔡荣顺两个人的关系就更加牵扯不清了。

蔡荣顺是她的男朋友，如果不是蔡荣顺，她也不会从老家来到北京。但最近这段时间，她希望蔡荣顺能冷静一下，好好考虑两个人的将来。是两个人的将来，而不是两个人各自的将来。但自以为被撇在一边的蔡荣顺偏偏要往枪口上撞，认为是她正式提出了分手，觉得她现在越来越好了而他越混越差，因此瞧不上他。他很沮丧，她则因为他的沮丧更加沮丧。巧玲无法处理弥漫在两个人之间的沮丧。她也知道他在打退堂鼓，要离开北京。她能怎么办？作为"前女友"，她既不能鼓励他离开，好像眼不见为净，那样一来没一撇的事在他那里就更坐实了；也不能挽留他，她不愿意自己的努力功亏一篑，他又会像狗皮膏药似的贴过来。"也许回去一趟，他就能想明白。"想明白的结果，无外乎两种：他再次整装回到北京，老老实实从头再来；他留在老家，安心生活，那么她也会回去。她不是蔡荣顺气急败坏时不知轻重加以诋毁的人，她也希望自己从来都没有看错过蔡荣顺。他们不再是初中生了，不能动辄就使小孩子脾气。年轻人谁不想挣钱，想挣钱想过好日子一点都没错，可是蔡荣顺走火入魔，总想着平步青云发大财，好像受够了穷，满脑子都是金光大道，上面走着一个个百万富翁，他自己很快也能跻身其中。近朱者赤近墨者黑，蔡荣顺之所以忘了自己是谁，眼睛长到脑门上，走起路来两脚发飘，肯定是那些富翁的影响使然。一开始，她就不同意蔡荣顺给这个老板那个老板开车。给老板开车还不如进公司开出租车。她现在只恨自己当时反对得不够坚决，才导致蔡荣顺竟然头脑发昏，莫名其妙给她发来了这样的短信："巧玲，我刚刚劫持了一辆车，绑架了一对老夫妻俩。如果在约定的地方和时间见不到你，我不能保证我还可以保持理智。"

这不像是蔡荣顺敢做的事，但确实是他说话的口气，以前听过不止一次。如果他的老板出差不在北京，又吩咐了趁便给车子做保养，蔡荣顺就会开出那辆豪车接她兜风。见面之后，总要骗她说："你想不想打开后备厢看看？老板那个傻逼喝醉了，我把他捆成个粽子，扔在后备厢里。"说说而已，他当然不敢这么做。每次只要老板不在车上，他连开车都会显得心虚，生怕有所闪失，无法向老板交代。他只是一个司机，哪怕开的是价值百万千万的豪车，他依然只是一个司机。现在这个司机坐在别人的车上，居然挟持了车主，而且还是夫妻两个人。

他怎么敢冒出这样的念头？他又是怎么做到的？他是不是拉他的哪个朋友下水成为同党了？他是像以前一样骗她而已，为的只是见她一面，还是真的疯了？他究竟会怎么对待她和他自己呢？

东边空中一架飞机正在攀高，上前方有一大块云彩，像一只羊。从巧玲所站位置的角度看，飞机像是要从羊角正中间穿过去。它真的穿过去了。云朵很快掉到下面和拖在后面，又像羊低头用角去抵飞机，却叉了个空。

如果蔡荣顺真的劫持了一辆车，他到底想做什么？他要见她的目的是什么？她又能做什么？她要不要报警？如果蔡荣顺只是开玩笑呢？不管他有没有违法犯罪，他现在绝对不正常，谁知道他会怎么想怎么做。即使他真的抓了一对老年夫妻作为人质，既然还想着要见她一面，她就必须阻止他做傻事，至少可以用自己把两个老人换出来。偷车的罪行肯定要比绑架和劫持人质轻一些。就算他真想做出极端的行为，比如说开车到海里，那么她肯定也是更合适的人选。

这么多想法一起涌现，可奇怪的是，当想到自己是更合适的人选时，巧玲竟然不觉得恐惧。也许即使蔡荣顺真的这样出现在她面前——开着别人的车，车上坐着两个无辜的老人——也总比他开着一辆别人的豪车要强。"把老板捆成粽子塞在后备厢里"那样的泄愤话她真是听厌了。她更希望蔡荣顺开着一辆极其普通的车接她出去兜风，奥拓、金杯、捷达、桑塔纳，符合他们的身份，匹配他们的收入，满足他们的期待，而不是捷豹、玛莎拉蒂、劳斯莱斯。那不是他们生活中该出现的幻影，他们更不应该被这幻影驱使着做一轮又一轮白日梦。

如果蔡荣顺还有救，她无论如何都不能放弃他；如果他一意孤行，大不了她就和他一起上路。她就是有这副高傲的心性，也敢于做出牺牲。趁着感情还在，以爱的名义做不值得后悔甚至无法原谅的傻事，总好过找两个无辜的垫背者。那不是愚蠢，也不是疯狂，而是真正的罪恶。罪大恶极。

老鲁

现在车里有四个人了，老鲁想。先上来一个小伙子，说是要去燕郊，结果没过十分钟，就改变了主意，要求把车开上四环。在四环上整整兜了一个轱辘圈，小伙子还没想好去哪里。陶菊英早就醒了，在宽敞的四车道上流连，让她忘返，感到开心，甚至想起了北京的几个地名，鸟巢（体育馆），昆仑（大厦），看丹（桥）。对于老鲁，这完全是意外之喜。

大概四十分钟后，车子拐到七圣路，接上的不是小伙，而是一个姑娘。姑娘坐在陶菊英的旁边，上车后一直气鼓鼓地沉默着。

老鲁估摸着这是一对闹别扭的恋人，虽然没开口说话，车子里两部手机的短信提示音却一直在响，应该是借助手机在聊天。

往常回家的时间点早就过了。陶菊英没有说"家啊"，他也就悠笃笃地开着慢车。

这样也不错，随便开到哪里，总之只要不是去美国就好。有人说，在地上笔直挖个洞，穿过地壳、地幔、地核、地幔、地壳，一路打通过去就是美国。他可不愿意打洞去美国。坐飞机去美国也不成。他和美国压根儿没关系，虽然他的前妻和儿子生活在美国。他去美国干吗？除非陶菊英也去。可是陶菊英去美国干吗？她在美国没有家人，不仅是美国，在中国她也没有几个亲人，除了老鲁。如果老鲁一个人去了美国，他和陶菊英一对老夫老妻，也许就只能天各一方望穿老眼，最后真的老死不相往来。因此，他是打死也不去美国的。问题就出在这里。他还没有剖明心迹，陶菊英就病了。这病来得真不是时候。不是说陶菊英身体好好的他就可以放心去美国。不是的。他不会去美国。他也不会和陶菊英一起去美国。他和陶菊英哪里都不去，只会留在中国，待在北京，虽然他们位于北京的家，已经从三环里搬到了五环外，就像眨了一下眼睛，老母鸡变成鸭。问题就出在他还没有把话说出口，陶菊英就这样了。即使他守着她寸步不离，她在心里或许也一直认定他已经去美国了。铁板一块，无可改变。现在的苦恼是，无论他跟她说什么，她都不能确凿无疑地明白，或者说即使明白了也无法通过反馈让他也明白。他确实一个人去了美国一趟，然后迫不及待地回国，但已经于事无补。他每天没白没黑地守着她，和他每天从美国坐飞机回来看她陪伴她，中间毫无区别，对她而言完全没有任何意义。既然如此，意义就只好日积月累地堆砌在老鲁这边，他认为值得就行。

　　老鲁还担心一件事，在外面的时间已经很久，陶菊英还没有上过厕所。以前他开车载着她，从来不会逗留这么长时间。陶菊英自己也会适时说"家啊"，可能是她想上厕所，或者因为已经失禁感到难受。

到现在她还没有说，可能是真的忘了，或者说先来的小伙与后来的女孩，这一对人成功吸引了她的注意力。

这两个乘车者都如此年轻。如果老鲁的儿子留在国内，也可能遇到小伙现在的情况，各种不如意都写在脸上，还不忘奋力一搏。如果陶菊英的女儿现在还活着，说不定也会如这女孩一般大，选择安静地坐在陶菊英身边，同样一脸"没照顾好您，我很抱歉"的自责。

马上就要迎来下班高峰，到时候四环会堵得水泄不通，不管是去燕郊还是回家，都会变得困难重重。陶菊英还没有见识过四环拥堵的盛况，说不定她就此萌生了在四环上生活的想法，哪里都不去。老鲁觉得这样也不错，竟然隐隐心存期待。

"现在我们还要去哪里？"老鲁问。

小伙子没想好，只是说："你先这样开着吧。"

在四环开车就有这样的好处，只要不想下四环，完全可以一直开，先朝东开，再转南开，继顺西开，后往北开。开着开着，再一看，嘀，车头又对着东了。如此反复，循环往来，把四环开成一个封头封尾的闭环，这事不难。

但女孩不同意，她显然是更有主见的那一个。"送我们去邯郸吧。"她说，"路途远了点。如果你们不方便，就找个出口把我们放下。我们重新打辆车去。"

小伙子露出一副"你是不是疯了"的惊讶表情。如果不是坐在副驾位，估计他会直接扑过去，掐住女孩的脖子，让她把刚才的话收回去。

似乎感受到了车内奇怪的氛围，陶菊英居然一直在听他们说话，而且口里冒出了"邯郸"两个字。

"出去""家啊""邯郸"，还有"鸟巢""昆仑""看丹"，这些词语在发音规律上有相似点，韵母都很接近，类似于幼儿喜欢说的"妈妈爸爸抱抱"。老鲁在心里笑了。他说："你们既然坐上了我们的车，自然是你们说去哪里我们便去哪里。邯郸，邯郸。你们两个都是邯郸人吧。燕赵地果然多慷慨悲歌之士。"

老鲁这么说，小伙子如释重负，换成女孩露出一脸惊讶的表情。随即手机短信的声音频繁响起，像密集的雨点打在伞上。

车篷宛若一把大伞，将四个人团团遮蔽其下。老鲁坐在驾驶座，副驾位上坐着小伙子，后排上坐着妻子陶菊英与女孩。老鲁和陶菊英坐的都是专座，被牢牢固定在位置上，只要在车里，只要车子在路上走，他们就没法儿离开，等于失去了自由。现在不要说陶菊英，就是老鲁想要上厕所，也不再是一件轻易能办到的事。

好吧，既然他们想去邯郸，既然陶菊英说了"邯郸"，那么就开着慢车去邯郸吧。至于抵达之后会发生什么，那就听天由命了。邯郸可能是旅行的终点，也可能是另外一个起点，他们——他和陶菊英——从那里出发，可以去别的任何地方，或者回到北京。再怎么说，北京有一个家，他和陶菊英共同撑起的家。最坏的结果，家只剩下一半，像个怎么也填补不好的窟窿。陶菊英会把她的一半给他留下，但陶菊英走了，她的一半也随之变得空无、残忍。老鲁的家摇摇欲坠。老鲁不愿意自个儿生活在危墙之下，于是乎伸手推了一把。

车子慢慢流下西四环，拐上京石高速。经过永定河，看见卢沟桥，驶出西南六环的一角，便离开了北京，一脚跨进河北省的地界。

小蔡

小蔡如释重负。

当他学着前老板们以拇指揉按两侧太阳穴时，一个可怕的想法突然跳了出来，吓了他一跳。他摇摇头，再摇摇头，想赶开撵走，想忘记，但不起作用。想法在脑子里生了根，越来越清晰，越来越茁壮，似乎不用拇指堵住，就会从穴位泛出来。他额头上的两道青筋也隐隐杠起，像是感应到了心内的那股兴奋劲儿。一个合成的电子声音在不停地对小蔡说："小蔡小蔡，这是一个机会。"

去燕郊。不去燕郊。去燕郊能和朋友们痛快地喝酒。不去燕郊，那就是默认了要从北京直接跑路。小蔡没想到自己会误打误撞上了一辆这样的车，车上还有两个人，好像冥冥中在等着他一样。天赐良机，岂能错过。他还需要一个人做帮手，才能将计划顺利实施。他想到了一个同样给私人老板开车的朋友，他们的身份、经历、年龄相近，因为老板的圈子而认识，成为密友，连梦想、性格、情绪、习惯也差不多，简直互为另外一个自己。老板都差不多一个德行，司机便也像一个模子倒出来的。他们肯定会一拍即合。届时只要等到这个朋友上了车，以后座的老妇人相要挟，肯定能让司机丈夫乖乖就范。他们一个控制一个，事情就变得简单易行。北京老两口的存款肯定不会少，怎么着也能逼着吐出一部分。他不相信老头会把积蓄都痛快地交出来，也不打算这么做。他怎么能把痛给对方留下，单单把快乐据为己有呢！人活在世界上都不容易，看那老妇人也相当可怜，随便老头私下留出多少养老钱，只要不把他们当叫花子打发就行。最好不要在这个节骨眼上触怒他们。逼急了，兔子会咬人，狗会跳墙，他们是什么都能做出来的。思路就像电流，被发动机高速输出。一个人一旦豁出去，即使不戴上可怕的面具，也会变得恶狠狠。

计划呼之欲出，胜利也近在眼前，小蔡有些得意，在心里佩服起自己来，又觉得不安，只能召唤老板们出来给自己打气。在机会面前，老板们肯定都会放手一搏，临阵对敌最忌患得患失，大不了事情败露被抓，蹲监狱吃几年牢饭，情况不可能变得更糟。"小蔡小蔡，你要抓住这个机会。"老板们异口同声地怂恿他，好像是他们给他介绍了这么一个好机会。至于结果是好是坏，他们才不管那么多。然而，小蔡很快受到了第一个打击，那个最适合的同伙竟然恰巧不在北京，自然无法参与进来。小蔡想重新找人，却着实犯难。燕郊的朋友不能拉进来，人多嘴杂成不了事不说，关键是怕到手的钱也不好分，总不能真的把老两口都榨干吧。

车子在四环上绕行。司机也真是沉得住气，什么也不问，什么也不说，像后座的老妇人一样讷言，只是专心地开着车。

有一次深夜，第三任老板的一个电话把小蔡叫醒。小蔡赶紧洗脸，让自己迅速清醒，随即开车接上老板，进了三环。当时老板也是这样，张口第一句就是吩咐他在三环里绕，能开多快就开多快，只要别超速就行，其他什么话也不说。深夜两点，三环路上车辆稀少，畅通无比。小蔡开着车，觉得幸福极了。可是老板的神色又让他感到不安和害怕。老板不会是遇到什么关口，有什么事想不开吧？如果老板要做傻事，他该怎么办？如果老板拉着他，两个人一台车一起做傻事，他又能怎么办？这么胡思乱想时，握着方向盘的两只手心里竟然全是汗。那个时候，他已经骑虎难下，心里最放不下的却是巧玲。

巧玲？小蔡眼前一亮。巧玲当然不会跟着他一起犯错，但他可以巧妙地利用她。只要把结果前置，告诉巧玲他挟持了一辆车，绑架了一对老年夫妇，在走上不归路之前想要见她最后一面，巧玲绝对不会坐视不理，也肯定要劝阻他不可一错到底，更不能伤害老人。如此，就能赚得巧玲上车。上车之后，蒙在鼓里的巧玲其实已经是在配合他了。只要巧玲坐在老妇人身旁，同样能震慑司机。司机多半要将他们看成一伙。说不定事成之后——他自然会答应巧玲不伤害老人，前提是能顺利拿到钱——巧玲便再也无法离开他。同命鸳鸯，亡命天涯。这真是一箭双雕的妙计。

巧玲没来之前，他只想稳住司机。只等巧玲坐上车，他便会选择时机向司机摊牌，比如开到偏僻处，最好是廊坊等地，路边有自动柜员机，他就陪着司机一起下车去取钱，拿到钱后再与巧玲迅速逃离北京。他没想到巧玲上车后说的第一句话竟然是，让司机开车去邯郸。邯郸是什么地方！这不是让他把丑事做到家门口吗？现在只能走一步看一步，在路上想办法了。

　　小蔡更没想到的是，司机居然满口应承下来。离北京越远越好，本就是计划的一部分，去廊坊也好，去邯郸也罢，本身没什么区别。难道司机一点儿都没觉得自己掉进了陷阱，没察觉到危险的气息吗？这真是一个奇怪的司机。他甚至做起美梦来：但愿司机在交钱时也能爽快些，最好事后还能不报案。

　　等到车子驶过永定河，小蔡悬着的一颗心终于落下来。之前脑子发热，一根筋想着钱，另一根筋想着巧玲，出了北京才感到后怕。有道是"拼着一身剐，敢把皇帝拉下马"，没承想"上贼船易，下贼船难"，接下来怎么办，他毫无头绪。

　　也许是因为巧玲。巧玲往那里一坐，他就全没了主张，像一张狗皮膏药。她真是他的主心骨。可现在主心骨反过来被他骗得团团转，以为他真的绑架了人挟持了车。她肯定不会轻易配合他，但又不能不配合他。这就是他的计谋，他品尝到了得逞的快意。巧玲越是生气，他就越是高兴。

　　其间短信好像也上了高速，快而密地响着，此起彼伏。虽然内容被写了保护，司机夫妇无法窥见，但固定的键音和提示音还是在一定程度上暴露了真相，出卖了他们。他们不是在沟通下一步，而是在激烈地争吵。巧玲不出意料地占了上风，这让小蔡很是泄气，他差一点儿就要坦白，所有这一切都是为了巧玲。只要巧玲回心转意，钱可以分文不拿，人质马上就释放，车子也让他们开走。要知道，正是因为巧玲提出分手，他才一无可恋地决定离开，在离开之前想要去燕郊。正因为一败涂地，他才铤而走险。话说回来，如果不是去燕郊，他就不会遇到这辆车。而他之所以去燕郊，是因为要离开北京，他离开北京，是因为巧玲离开了他。

命运真是怪哉。巧玲现在竟然和他坐着同一辆车离开了北京，虽然气鼓鼓的，一脸不肯通融的表情。他不知道车子会在哪里突然抛锚，也不确定自己即将走进什么结局，但心里反而不像之前那么慌乱了。毕竟不是两手空空地离开，毕竟还能带着点儿东西离开。

他现在开始后悔让巧玲买东西了。手套、胶带、绳子、剪刀、香烟、风油精。他暴露了自己什么也没有准备的事实。她肯定已经看出所谓绑架挟持事件中的各处破绽，强忍着不愿意点破，只是想要冷眼旁观他出了这么大纰漏如何收场。她之所以置身其中，显然是为了及时阻止他有可能做出的更过激的行为。事情尚未发展到无可挽回的境地。他是应该感到高兴，还是遗憾，或者愤怒？也许都有一点儿。箭在弦上，不得不发。他是那支箭，车子也是那支箭。至于目标是什么，现在估计谁也说不清了。

还有那个老妇，一路上没说什么话，对什么都不上心，又好像饶有兴致地不时打量着他们。快到涿州时，她脸上突然现出忸怩的表情。这奇怪的表情像一朵花一样绽放，车里的其他三个人一下子都注意到了。

宾馆一夜

老人家开车慢。这样开到邯郸，估计需要好几天。在陶菊英脸露羞涩表情时，车厢里瞬间弥漫出一股臭味。老鲁便建议在涿州住一晚。"我妻子身体不好，需要找地方住下，也方便给她清洗一下。"

住宾馆不在小蔡的计划内，但也不在计划外。他只是没有想到这一路上除了开车，还有住宿问题要解决。住宾馆要身份证，如果谁忘了带怎么办？登记了身份证，还能实施抢劫吗？抢劫能这么明目张胆吗？但他没想到四个人竟然都随身携带着身份证，而且巧玲还率先同意了。

天色渐暗，在高速上疾驰的车辆都打开了车灯。灯影朦胧，大车小车像一群动物在草原上奔跑。过了涿州，还要驾驶很长时间才能到达下一个城市，那便是高碑店市。更让小蔡奇怪的是，司机竟然说"放心吧"，好像洞彻了他的心思，不仅要如数奉上钱财，也不会在事后报案，彻底免除了他的所有担忧。小蔡一直在心里琢磨，司机为什么要说"放心"呢？让谁放心？放什么心？

车子进入涿州市区，已经是华灯初上的晚上。一行四人，开了两个标间，蔡荣顺和鲁同民住一间，巧玲和陶菊英住一间。小蔡当然不能冒险让"被挟持"的司机夫妇住一起。虽然照顾病人看起来是很棘手的工作，但巧玲完全能胜任。这是巧玲作为临时代替者的又一个好处，否则四个人怎么安排住房还真是个麻烦的问题。在走廊里分开时，小蔡要过了巧玲手里的小袋子。"我的妻子，她行动不便，就要麻烦你啦。"老鲁则低声向巧玲致歉，并把行李包递过去，"里面有睡衣和干净衣服。还有两瓶药，请你帮助她服下，晚上是黑三白二，早上是黑二白三。"

看着巧玲推着轮椅上的陶菊英进入她们的房间，老鲁和小蔡才走向他们的房间。老鲁走在前面，小蔡跟在后面。老鲁突然说："我和妻子从来没有在这种情况下分开过。"小蔡很自然地接口说："你不觉得她们两个像一对母女吗？"

没想到老鲁竟然认同他这句话，而他们两个显然不是一对融洽的父子。小蔡意识到老鲁肯定已经清楚彼此的关系：一对老年夫妻被一对年轻的恋人绑架了。这样也好，有些话不用挑明，有些事也无须解释。譬如把老鲁的手脚牢牢绑住，又用胶布封住嘴。"你忍一忍，配合一下，我要出去办点儿事。"他说。老鲁并不惊恐，一脸平静，似乎还在强调"放心吧"。这个鲁同民是一直在配合自己吗？小蔡心里越发疑惑。当他带着绳子和胶布出去时，老鲁的眉头还是皱了起来。很显然，他一直希望的是这个年轻人能对陶菊英仁慈一点儿。

另外一个房间里，陶菊英已经睡着了。

见到小蔡手上的东西，巧玲一脸鄙夷，挖苦说："看不出来啊蔡荣顺，你确实跟着你的那些老板长大能耐了。"意指他不仅捆绑住司机，还想对他的妻子如法炮制。小蔡讪讪申辩："我也没有办法，既然已经绑架了他们，当然不能对他们太客气。再说，如果司机用宾馆里的电话报警呢，如果他在房间里大声嚷嚷呢，别人可就都知道了。"

巧玲白了他一眼："别人可不就是早知道了吗？"她指了指床旁边

的行李包："你说你又是绑架又是挟持的，结果绑人的绳子还是威胁我帮你买的。人家车子上可是什么都准备好了。身份证、行李、药物，说不定只等把银行卡塞到你手里了。"

小蔡吓了一跳："你是说，他们是在钓我？"

"也不是专门等你。没有你，也会有其他人出现，来帮助他们达成愿望。"

"帮助？愿望？"

"这两个老人很可怜。"巧玲说，"妻子病得很重，丈夫似乎也没了生念。好比两棵比肩而立的枯树，等着一场龙卷风把它们刮走。"

"生病是不假，但你又怎么看出来病得很重的？"

"药瓶上有说明。这种病很可怕，得病的人会失忆，到最后一滴记忆都不剩，只能孤零零地活着，孤零零地死去。即使家人守在身边，也一个个变成陌生人，都不再能够认出来，最后连自己是谁都忘了。"

"照你这么说，那个鲁同民——我特意看了他的身份证，岂不是更加可怜？"

"也很感人，不离不弃，同生共死。"说到这里，巧玲正色问他，"如果换成是我，我得了这个病，你会像鲁同民那样寸步不离地陪着我吗？"

"我会。"小蔡回答得很干脆。

"那我再问你，如果是年老的你在照顾失忆的我，这个时候有个人想要利用我来胁迫你，你会怎么做？"

小蔡呆了一呆，他确实没有想过这个问题："只要他不伤害你，不让我离开你，他要什么我都可以给他，要我做什么我都会配合。"

"那就好。现在回你的房间去休息吧。记住你说的话，就算你铁了心想要钱，为了钱不怕吃官司坐牢，对这样可怜的老人也不要太过分。不要忘了你是人。你不是你跟着的那些老板。过去不是，现在不是，将来也不要是。不要为富不仁，也不要为了成为有钱人就不择手段，彻底忘了做人的本分。"

被巧玲一顿数落，小蔡含羞带愧地回到房间。老鲁一直在等他，这会儿睁大眼睛使劲盯着小蔡手里的绳子和胶带，后者只好说出实情予以安慰："你妻子睡着了。睡得很好。没有用绳子，也没有用胶带。"他将东西扔在地板上，突然一身轻松。绳子像一条死蛇，胶带像张圆的嘴。老鲁的眼睛里流露出感激之情。小蔡把封在老鲁嘴上的胶带撕开："这样你今晚或许更容易睡着。"过了一会儿，他又过去把绳子解开："好好睡个好觉吧。如果半夜里醒来，你想用绳子把我绑起来的话，也请便。我是一个坏人，罪有应得。"

老鲁似乎又说了声"放心吧"。听到陶菊英睡了，他才是那个终于放了心的人。

小蔡辗转反侧，拖了很久才进入梦乡。

蔡荣顺有很长时间没有和巧玲亲近了，年轻的身体自然分外渴望着。在梦里，他把鲁同民的手脚用绳子捆紧，嘴上贴上封条，便去敲响巧玲的门。陶菊英已经睡着了，居然抽起轻微的鼾声。巧玲明知故问："这么晚了你还不睡，来我们的房间干什么？"蔡荣顺什么话也说不出，脸臊着，像喝醉了酒一样，三两步趋近，便把巧玲整个人搂入怀里。巧玲的身体也微微发烫，但一直在阻止他："不可以。不行。旁边还睡着一个人呢。"蔡荣顺有点儿不管不顾，强行把巧玲拉到床上，强调说："陶菊英已经睡着了。""不行，万一她醒过来呢。"巧玲依然在抗拒。他用力吻着她，她虽也慢慢回吻过来，手却一直在拦着他的手，不让其不老实地到处游走，更不让他褪下她的裤子。"她不会醒过来，就算她醒过来，她是一个失忆的人，又有什么关系呢！"他真是这样想的。一个失去记忆和行动力的人，囫囵话都不会说，甚至连摆设都算不上，怎么会妨碍两个年轻人亲热呢，两个年轻人怎么会把她视为障碍呢？但是，巧玲生气了，很用力地打了蔡荣顺一巴掌，像在房间里点了一个电光鞭炮："蔡荣顺，你怎么变得这般没有人性！你的人性是被狗吃了，还是被你的老板拐跑了？"他愣住了，耳朵嗡嗡地响，脸上火辣辣地疼。"如果是我的母亲或者你的母亲躺在这里，你是不是也会这样不知羞耻？是不是所有的东西在你的欲望下都不值一提？为了钱，你可以绑架别人，为了满足兽性，你宁愿选择成为畜生。可是我喜欢的那个蔡荣顺，不是这样的！现在，我不想再看见你了，你给我滚吧。"说完，巧玲号啕大哭。奇怪的是，陶菊英还是没有醒过来，好像永远也醒不过来了。那鼾声就像后期配音，可以戛然而止，也可能一直存在。巧玲的哭声让蔡荣顺惶恐内疚，终究不敢上前安慰，便慢慢退到门口，逃也似的回房去。鲁同民一直愤怒地盯着他。"看什么看，"蔡荣顺不耐烦地说，"你肯定想知道我刚才去了哪里，做了什么。我不想瞒你，我去找了巧玲，我们在你妻子的尸体旁做爱。这下你满意了吧？"鲁同民愤怒不已，脸涨得通红，喉咙里发出低沉的吼声，绳子深深勒进他的皮肉。挣扎了一会儿，他的灵魂居然真的从身体里挤了出来。"你这个畜生，你这个没人性的家伙，我要杀了你！"但灵魂对他没有具体的杀伤力，其可怕的愤怒和咆哮，只会形成巨大的震慑作用。蔡荣顺到底还是害怕了，连连求饶："放过我吧，我什么也没有做。刚才我为了故意触怒你而编出来的瞎话，我愿意改邪归正。你可以不相信我，难道巧玲你也会怀疑吗？"灵魂慢慢收回了神通，但房间里依然电闪雷鸣："如果你欺骗了我，我就让你永远失去你最心爱之物。"灵魂回到了它的居住地。逃过一劫的他心想，男人的心爱之物数不胜数，谁知道哪一件才是最心爱的呢？因为这样想，蔡荣顺便食言了，觉得刚才的检讨只是屈打成招，不能作数。第二天醒来，蔡荣顺才发现巧玲真的不见了。上路的只有他、死去的陶菊英和风烛残年的鲁同民。鲁同民的灵魂经常从老朽的身体里钻出来，不停地羞辱他。每一次蔡荣顺都悲苦地想："我究竟作了什么孽，竟要遭这样的大罪！这一切折磨，何时才是尽头。"灵魂却放声嘲笑他："放心吧。"

唉，真是一个可怕的梦境。

邻床的老鲁也醒了，关切地问："你是不是做噩梦了，我听到你在不停地喊巧玲的名字。她的名字是巧玲吧？"也许不是巧玲的名字，而是"我是畜生"的忏悔，但鲁同民巧妙地帮他遮掩了。梦中巧玲离开的痛在心里掀起的涟漪还未散去，甚至波及了醒后的心灵。小蔡渐渐认清了自己目前的处境。一失足铸千古恨。生活有时候确实比梦境更残忍。梦里可以随时醒来，生活却很难翻页。想到这里，小蔡便对老鲁说："我做了一个可怕的梦。在梦里我和你一样，都面临要失去这个世界上最爱的人。可是我们都不想失去。"

"放心吧。"这一回,老鲁说得很大声。

芳芳和鲁冰彦

"昨天大家休息得怎么样?"老鲁边开车边问。小蔡想起昨晚的噩梦,心有余悸,还好巧玲现在正毫发无损地坐在他后面。巧玲知道老鲁问的是谁,说:"昨晚陶姨睡得很好。"

"在陌生环境,她不容易睡着。晚上没起夜折腾你吧。"老鲁说,"有时候她也会说梦话,连喊带叫的,不习惯的人会吓一跳。"他为了捕捉到陶菊英的梦话,晚上睡得很警醒,一有风吹草动就会醒来,可惜近来陶菊英连梦话都不说,好像现实中的失语症已经侵袭到梦里。也许,陶菊英现在连梦都不会做了。他真想钻进陶菊英的睡梦里一探究竟。

"陶姨真还说了梦话,"巧玲说,"但不连贯,一直在重复。'芳芳'和'白洋淀'这两个词,我倒是听得很清楚。"

车速陡然变缓,越来越慢,最后停在应急道上。老鲁将头脸趴在方向盘上,他完全开不动车了。

"你怎么了?"旁边的小蔡问,不知道发生了什么事。老鲁一声不吭。"他这是怎么了?"小蔡又问巧玲。巧玲说:"许是累了吧。你还有脸问,也不想想自己昨晚做的好事。"小蔡有点儿委屈,他昨晚是绑了鲁同民，但也就十几分钟，后来便解开了。人被绑着的时候，确实会阻碍气血运行，但不可能一直影响到现在。

老鲁开始哽咽，泣不成声地问："她真的说了芳芳？她真的说了白洋淀？"

没等巧玲说话，陶菊英突然说话了，又重复了好几遍"芳芳"。

"芳芳是谁？"巧玲问。昨晚她在熟睡中听到陶菊英的梦话，又温柔又急切，睁开眼看，发现陶菊英竟然用脚把被子蹬开了。她过去重新披好被子，冷不防被陶菊英抓住了她的一只手，抓得紧紧的，好像全身仅有的力气都使了出来，再也不愿意松开。"芳芳，是你们的女儿吗？"她鼓起勇气问，担心自己有可能在揭开一道岁月的疮疤。

"芳芳是她的女儿。但三十年前就死了。"老鲁说，"你们的陶姨啊，她是一个可怜的女人。我们结婚后，年纪都已经很大，也不可能要孩子了。"

"那白洋淀呢？白洋淀难道也和芳芳一样重要？"小蔡忍不住问。

"那是我们第一次见面的地方。"老鲁说，"过去这么久，没想到她在梦里倒记着。我还以为她什么也想不起来了。"

"记忆很神奇。"巧玲说，"我们不如顺道去一下白洋淀吧！"

白洋淀就在前行的路上，方向盘打个弯就到，也不影响去邯郸。老鲁猛地抬起头来，好像看到了当年的白洋淀，波光粼粼，风光无限。如果陶菊英自己不说"白洋淀"，他还真没想过要开车带她去白洋淀。眼面前的事情都记不得，隔了那么久远的白洋淀人事，他以为她肯定忘记了。

"蔡荣顺，你来开车吧。"巧玲说，她担心鲁同民现在心情太过激动，不宜驾车，又解释道，"他一直给人开车，车子开得又快又平稳。鲁叔你先休息休息，在副驾位上睡一会儿，说不定睁开眼就能看到白洋淀了。"

于是，车子从京石高速转上了荣乌高速。白洋淀位于雄县和安新县之间，离北京不远，离邯郸更近一些。在某一年，鲁同民、陶菊英和她的单位同事们一起来过。在另外一年，蔡荣顺、巧玲和他们的初中同学们也一起来过。

现在，司机换成了小蔡，老鲁坐在副驾上，陶菊英和巧玲还坐在她们的位置上。

不用开车，老鲁就可以扭头拿两只眼睛望着陶菊英了。昨天下午发生的事情，看来对陶菊英毫无影响。她不仅没有说"出去"，也没有说"家啊"，身旁有巧玲，她好像很满足，似乎失去已久的女儿又回到了身边。他的预判没有错，陶菊英确实对这两个年轻人有一种本能的亲近。没准儿一开始，陶菊英是把蔡荣顺当成了他的儿子鲁冰彦，等到巧玲上了车，又把巧玲当成了她曾经的女儿芳芳。鲁同民不禁苦笑，时间在陶菊英那里，真的很像薄薄的一层轻纱，让很多原貌缥缥缈缈，但又让两个从来没有见过面的孩子出现在同一个时空里。或许是儿子带着儿媳，或许是女儿带着女婿。一家四口人，或者一家六口人。他们好像凭空多出了一双儿女，体贴地陪伴在他们身边，像做错了事一直在请求原谅一样。

老鲁看着陶菊英，她现在该是多么满足，一辆车里有实实在在的三个人陪着她，就像家一样——不，比家还要像家。难怪她现在也不吵着要"出去"了。去哪里都没有现在这么踏实和幸福。

陶菊英真是一个苦命的女人，父母很早就过辈不说，唯一的女儿也在十三岁的时候夭折了，接着丈夫和自己的兄长也都先后离开人世。在这个世界上猝不及防地形单影只，血脉淡的淡，断的断，她很久没能缓过神来。

相比之下，老鲁要快乐得多。谈恋爱，结婚，生子。随后妻子想方设法申请去美国留学，他省吃俭用，甚至把摄影的爱好都给狠心戒除了，一门心思给妻子汇美元，生怕她在资本主义美国挨穷受罪，丢社会主义祖国的脸。三年后，鲁冰彦六岁，妻子如愿拿到了绿卡，也迎来了新的感情，他并不后悔，在离婚协议书上痛快签字。妻子认为儿子毕竟姓鲁，是鲁家的种，便把儿子留给了老鲁。之后，一晃十年过去了，老鲁既当爹又当妈，伺候儿子伺候得不亦乐乎。没想到鲁冰彦到了叛逆期，受王朔小说影响，动辄要当顽主，还不时把立志成为空中小姐的女同学领到家里来。这时就显出家里没有女主人的不便来，乱糟糟的实在不像话。老鲁拿出"我是你爸爸"的撒手锏，要坐下来和儿子好好谈谈，没想到和谈还没开始就崩了。儿子早就对美国心向往之，可着劲儿折腾，不过是唱一出围魏救赵的戏给他妈妈看。前妻果然不愿袖手旁观，狠下心要把儿子接到身边，接受全套美式教育。这样一来，母子在美国是团圆了，父子之间可就隔着深深的太平洋了。妻离子散的老鲁想要再寄情摄影，手却早已生锈，镜头也跟他拉大距离，拍出来的一切，除了清晰度高，不能称之为照片。早年的爱好就此折在了婚姻上，可能的感情又都让步于儿子，第二段婚姻迟迟没来。等到儿子也撒腿去了大洋彼岸，他已经快退休，再想开展黄昏恋，自己先打三百下退堂鼓。直到经老同学介绍遇到陶菊英，同病相怜的两个孤家寡人，竟然一见如故，终于找到了依靠和伴侣。

老鲁以为自己的一生即将波澜不惊地结束。没想到在美国的儿子创业失败，急需一大笔钱渡过难关。前妻早就是美国人做派了，对此只会耸耸肩，表示爱莫能助。成为半个美国人的鲁冰彦急得像热锅上的黄蚂蚁，终于想起在北京还有一个黄皮肤父亲。老鲁是不愿意的。他死后分一份遗产给儿子是一回事，儿子现在向他要援助是另外一回事。可现在他不是还没死吗，再说这钱是属于他和陶菊英的，他一个人无权动用一毫一厘。结果是陶菊英反过来劝他帮孩子一把。她没有儿女，算起来鲁冰彦也是她的半个儿子。儿子那边的缺口很大，他的存款远远不够。儿子看到这边松动了，每天打越洋电话过来，一口一个陶姨，愣是把陶姨的心给融化了。最后，他们决定把三环内的房子卖了，在五环外买了个差不多面积的房子，空出来的钱和一部分存款，悉数借给了儿子。当年他对妻子是真大方，恨不得把生活费都省下来寄给妻子。现在他对儿子不敢使尽全力了，毕竟他还有一个妻子，他不能这么自私。

他们就这样离开熟人多的小区，搬到全然陌生的小区。没几个月，陶菊英出事了，好像他确实瞒着老街坊对妻子做了什么亏心事。陶菊英和新小区、新房子还没熟悉，和新邻居甚至没有打过几次照面。老鲁每天推着陶菊英进进出出，上上下下，难免接触到邻居的眼神，有时他们也会忍不住问上两句。新邻居们以为她搬过来前就这样了。怎么样了？失语，失忆，丧失行动力，半瘫痪，迟早会变成植物人，然后死去。他对这些并不感到吃惊，只是难过。新邻居们毕竟不了解他们的过去，而且也毫无兴趣。他忍不住想，如果还是在熟人社区，会不会对陶菊英仁慈些？更让他伤心的是，解了燃眉之急的儿子全身心地重整旗鼓，把他也忘在脑后，更不用说陶姨了。他希望儿子能打电话过来，哪怕陶姨既不能听闻也无法言说。这是他无尽懊恼羞愧的原因。好像儿子的过错也是他一手造成的，他必须向陶菊英源源不断地忏悔。儿子事后一个电话也没打过来，成了他最不能原谅自己的心病。

三任老板

在荣乌高速上疾驰的车子真是一个神奇的空间。可能是源于陶菊英，她大多数时候是沉默的，偶尔吐出一两个词语，就像高速路上的里程碑一样，折射出速度、思维和记忆。当车里有一个失忆的人，同时又是一个失语症患者，对其他三人会造成什么影响呢？首先，他们似乎不用语言就能交流，这是一种感觉；其次，假设语言之下是思维的暗涌，那么这条地下河现在突然涌出了地表，成为像黄河一样的悬河，足以一目了然，这是一种直觉。

和巧玲在车里互发短信时，小蔡就有这样的惶恐和错觉，以为有另一双耳朵在听，有另一双眼睛在读。可能还不止，是两双耳朵和两双眼睛。似乎只可意会的部分突然大白于天下。陶菊英成了一个连通器，把三个人的语言和思维搅拌在一起，投影呈现于共同的大屏幕上。

老鲁的供述告一段落，车里暂时沉默下来。小蔡开着车，恍惚中又回到了自己司机的身份。他只管开车。车上如果只有一个老板，那么老板不说话，其他人是不敢起头的。如果车上除了他，其他人都是老板，他就更不能吱声。通常他都只是沉默着开车。当车厢里安静下来，谁都不说话了，他似乎隐约可见每个人的思维之河。司机要学会察言观色，识人脸色，揣摩心思。就好像车子在路上行驶，司机也在车内人心之间的波澜中游弋着。日积月累，他跟着这些老板，也屁颠屁颠地成精了。

男怕入错行，说的就是他。一旦他选择为有钱人开车，便好像化身为《西游记》里的奔波儿灞或者灞波儿奔，满心满念想着的也是一块属于他的唐僧肉。老板们出手阔绰，让他大开眼界。他囊中羞涩，不敢穷大方，但记住了"会花钱才能挣钱"的铁律，奉之为金科玉条。生活中总是充满悖论，鲁迅便借豆腐西施之口说过："愈有钱，便愈是一毫不肯放松，愈是一毫不肯放松，便愈有钱。"富人的嘴脸大抵如此，好钢用在刀刃上，他们对刀刃有特别过人的理解，一掷千金只针对特定场合与特定人物。对于司机，他们仔细核对每一张票据，加油票、过路费、保养单，就差检查车轮的打磨程度了，唯恐被钻了空子，吃了亏。起初，小蔡都是被当成潜伏的卧底一样防着的，个中屈辱，一言难尽。但他终究学会了像小媳妇一样忍气吞声，博得了老板的信赖。试用期一个月，考察期三个月。试用期是考核驾驶技术，考察期是观摩人品。三个月之后若能顺利留下来，老板就会慢慢把司机当自己身边人，诸如表侄表外甥，或者老战友老同学之子，对其有一定信任度，但不会当成心腹，关键时刻仍然会怀疑其为"家贼"。小蔡挺过了一个月，熬过了三个月，度过了一年半载，老板有些事情终于不再避开他。他额手相庆，以为此后必定一路坦途，不料老板旋即出事。他只能换一个老板，重新经历司机履职的三个阶段。细数这六年，倒有一大半时间战战兢兢如履薄冰。司机看似做开车的活，但谁知道重点竟然是和老板的相处之道？也亏得没有和老板们走得更近。三任老板，死了的那个死得蹊跷，跑了的那个跑得仓皇，坐牢的那个坐得彻底，他因为只是帮老板开车，牵涉不深，没有蹚成浑水，得以幸免于难。但笼罩在老板们头上的那面保护伞，仅在只言片语中他已见识其神通广大；保护伞也可以摇身一变为天罗地网，他也深知其雷霆万钧之势，常常不寒而栗。客死异乡的老板，遗下一双儿女，小女儿才八岁。背国外逃的老板，家中还有八旬高堂，估计此生无法尽孝。身陷囹圄的老板，犯事情由略轻，只是背着发妻在外面金屋藏娇，不过他的发迹多仰仗裙带关系，事情败露后，自然大难临头。大娘子气势汹汹地前来问罪，手捏多个把柄，每一条都是死罪。老板明哲保身，虽然认罪态度好，还是被送进了监狱。这还是发妻念了旧情，没有赶尽杀绝，等于是把他发配到铁窗里面壁思过。

人人都道金钱好，金山银山吃不倒，偏偏忘了"人为财死，鸟为食亡"这句古训。小蔡是望山跑死马，眼看他起高楼，眼看他楼塌掉，心里渐渐断了一夜暴富的念头。本来想的是回去规规矩矩做个人，没想到一时鬼迷心窍，忘了老板们的前车之鉴。如果不是他的首选同伙不在北京，此刻说不定他已经在公安局的通缉名单上。他的父母迟早会知情。如此要面子的两个老人，生出来的儿子偏偏这么丢人，只怕想死的心都会有。可见，所有利欲熏心的蠢行，一是心存侥幸，以为不仅能得手还能脱身；二是又起投机心理，以为祸不单行，福必双至，自己是被老天爷格外眷顾的那个；三是极其短视，根本没有远虑，比如说身在北京，就再也想不到五百公里外的邯郸。

当老鲁说起远在美国的儿子，小蔡想到自己也是远在北京的儿子，不免汗颜。身为人子，不管是国内国外，大城市小地方，好像都无一例外变得自私无情，完全不以家为念。名义上是为了创业为了工作，说得好听而已。拿小蔡自己来说，但凡老板要用到他，尽管老板自己会开车，他也必须全天候待命。无论是周末还是节假日，说不回去就不回去，之前还会提前往家里打电话说一声，后来连电话都不打。父母打电话过来，小蔡还显得不耐烦，好像妨碍了自己的工作。其实自己的这份工作真没那么重要，风里来雨里去，披着星戴着月，衡量的唯一标准就是钱，可惜钱也没挣到，都投到股票上去了，血本无归。

三任老板都不炒股，他们赌更大的。身为他们的司机，小蔡却只能将发家致富寄希望于股票。直到入不敷出，小蔡才退出股市。富贵不回乡，如锦衣夜行。贫困潦倒不回家，就只能做流浪汉了。想到回去之后必定面对父母的诘问，这些年不仅没能存下积蓄，连准媳妇巧玲也弄丢了，自己在路上还沦为一名抢钱犯，返乡之途顿成苦旅。

白洋淀湖

　　小蔡在停车场泊好车，四个人沿着景区绿化带缓慢而行。老鲁推着陶菊英走在前面，小蔡和巧玲跟在后面，看上去和一家四口出门旅游无异。景区建设相比十多年前大有改善，除了原先的六角亭子，每隔三五百米便设有长椅和垃圾箱，长椅墨绿色，垃圾箱设计成莲藕状。道旁绿化树都已经枝繁叶茂，好比一路都撑开了遮阳伞。当年站在旗杆头上的高音喇叭已经下线，取而代之的是掩藏在绿树草地中的音箱，数量众多，确保游客走到哪里都能听到飘扬的歌声。此刻，播放的歌曲正是《白洋淀啊风光美》："白洋淀的那芦花/白洋淀的水……荷花笑颜开/鸭群来戏水……白洋淀的那群雁/绕着彩云飞……白洋淀的那船帆/风帆映朝晖……"

　　歌声轻快、甜美。小蔡、巧玲忍不住思绪飞扬，熟悉的曲调把他们带回小学和中学时光，不管是六一儿童节、校庆，还是参加市里的歌唱比赛，他们在合唱团里都唱过这首歌。在一次中学组织的白洋淀夏游时，他们还坐上游船在荷花苑里畅游。接天莲叶无穷碧，映日荷花别样红。田田莲叶被风吹动，绿色的涟漪一望无际。支支荷花像火炬一样燃烧。好像一辈子能看到的荷花都簇拥到了身边眼前。巧玲问小蔡："蔡荣顺，长大了你想干什么？"以为正在熟练划桨的小蔡会回答做船夫，谁知道他说要做司机。又问："为什么？"小蔡说："开车多神气啊，红旗轿车，桑塔纳轿车，奔驰轿车。喇叭响一响，三山五岳开道。车轮动一动，伟大北京眨眼就到。"那个时候，小蔡就对北京充满向往，心里装下了开车梦。同学们在旁边起哄："蔡荣顺，你学会了开车，会接谁去天安门啊？"小蔡偷偷地瞄一眼巧玲，半天不说话。巧玲也紧张，心房饱满得像莲蓬。讨厌的小蔡还自告奋勇，要摘一朵最美的荷花，却一不小心掉进湖水中。大家七手八脚把他拉上船。他身上滴着水，还傻笑，笑着笑着衣服就自干了。白洋淀的水白汪汪，白洋淀的风微微荡。

老鲁他们来的那次是五月，游玩之余，还有个任务，打粽叶。白洋淀的芦苇好，叶宽底厚，一张叶子就能裹出一个靴子样的粽子。蒸熟后，粽子浸透苇叶的清香，咬一口，齿颊留香。不管是白粽子、甜粽子、咸粽子，似乎都能照出碧绿青嫩的苇叶。本来是老鲁同学的单位组织的一次春游，老同学特意叫上了老鲁，美其名曰让他这个大摄影师给大家拍点照片，其实是想撮合老鲁和陶菊英。老鲁一个人，端午节都是将就着过，更别说自己在家里包粽子。老同学让他给陶菊英多拍几张照片："你就跟着陶姐，有事的时候搭把手，哪怕是提溜粽叶。赶明儿，陶姐包了粽子，现煮的也送你一串。"陶菊英清瘦洁净，寡言少语，在人前挤出来的多是浅笑，有一抹苦意藏在笑纹里。这笑容他熟悉，在他自己肚子里装了好多年。他们一起去打粽叶。苇荡子里的粽叶，浅处都被人掰光了，得往更深里去。陶菊英挑大的苇叶劈，有时走上好几分钟也没中意的。芦苇荡像青纱帐，也像甘蔗林。不时有水禽伴着喧哗的人语一飞冲天。老鲁拿着相机的手无精打采，不相信自己能拍出让自己或陶菊英满意的照片。突然，陶菊英停下了手上的动作，老鲁顺着她的目光看过去，一个水鸟巢正藏在芦苇丛中。巢垒得高高的，防止水位上升时被淹。一个寂静的存在，不知道里面是一窝待孵的鸟蛋，还是一丛嗷嗷待哺的雏鸟，或者是一个空巢。空巢让老鲁不自觉地苦笑了一下。他忍不住端起了相机。他本来想拍的是一个凝视鸟巢的女人，结果只拍了一个突兀的放大的丑陋的鸟巢。回去的时候，景物豁然开朗。芦苇丛渐渐散开，像从岸边跃入湖中，潜到深处，再冒出头来时，却已幻化成睡莲与荷花。睡莲的叶子像锅盖一样扣在水面上，三三两两地托出一两枚紧致的花蕾。再远处，荷花的叶子陆续出水，高高低低的荷叶中，竟意外地冒出一朵荷花。孤零零，倔强，悄然绽放，瞬间吸引了所有人的目光。因为隔得太远，照相机囿于镜头，无法清晰地拍下来。

现在是十一月初，阳光虽然暖人，但依然透出晴寒。水面横陈一些枯枝败荷，弥望的是白头芦苇。风过处，尽萧萧。白洋淀的水鸟，有的在觅食，有的在盘旋。扒开干黄的芦苇丛，肯定能发现很多鸟巢。不管外面看起来如何不起眼，纵然风雨相侵袭，冰雪相覆盖，里面不失温暖舒适。

小蔡换下老鲁，推着陶菊英走在前面。老鲁和巧玲走在后面。

"鲁叔，我想跟你说一下陶姨的事。"巧玲说，"陶姨的病或许不像看上去这么严重。失忆虽然不可逆转，但她还记着很多事，我感觉她还没有全然放弃。另外，她的腿……"

老鲁以为陶菊英真的瘫痪了，非常着急："她的腿，完全使不上力了吗?"

"不是，恰恰相反。她的腿部还很有力量，晚上还踢开了被子。"

巧玲说，"昨晚我给陶姨洗澡时，发现她的脚指甲长得很奇怪。我想问一下，陶姨的工作，是不是需要长久站立？"

"退休前，她是公共汽车上的售票员。"老鲁说，"站习惯了，报站名也习惯了。可惜，曾经那么熟悉的站名，她现在一个也想不起来了。"

"我想今晚给陶姨好好看一下。这件事我一个人完成不了，还需要你和小蔡一起帮忙。"

老鲁显得吃惊："姑娘，难道你是医生吗？"

巧玲笑了："我哪有资格做医生。中专我读的是中医护理。到北京之后，有一段时间在洗脚店工作。后来去了药店。"在洗脚店，巧玲为各种脚做过护理，铰过趾甲，磨过死皮。有一次，一个顾客在闲聊时发现巧玲竟然学过中医，正巧他的连锁药店又新开了一家分店，便问巧玲愿不愿意换个工作。小蔡为此还吃了很长一段时间干醋，以为此人不安好心。

"看得出来，小蔡很喜欢你。你呢？也中意他吗？"老鲁问。

"我们交往了很多年，一度计划准备结婚。但我父母觉得他没挣钱的门路，怕我跟了他受苦，一直不同意。"

"所以，小蔡决心到北京来找工作，你也跟了过来？"

巧玲点点头，眼泪窝在眼睛里打转。小蔡这几年没攒下钱，好在她有了一些积蓄，而且随着她的年龄增人，又意志坚定，父母那边其实已经松动了。没想到小蔡走出这一步，只怕父母知情后绝对不会再让步了。

"放心吧。"老鲁说,"小蔡这孩子,我看着很实诚,没什么坏心眼。"

离开白洋淀时,还是小蔡开车,巧玲坐在副驾位置,老鲁和陶菊英坐在后座。老鲁摩挲着陶菊英的一只手。陶菊英很兴奋,除了白洋淀,她又冒出了"鸟巢"二字。之前在四环上她也说过"鸟巢",但老鲁以为说的是鸟巢体育馆,没想到竟然是他率先忘了的白洋淀的鸟巢。要知道正是那颗鸟巢,瞬间把他们的心拉近。

黄粱梦镇

白洋淀东南角有黄粱梦镇,距离邯郸十公里。

老鲁啧啧称奇,他知道黄粱一梦的成语,对卢生的故事也很熟悉,但没想到竟然真有黄粱梦镇这个地方。那个一辈子顺风顺水的卢生,到底是幸运还是不幸?所谓仙人指路,是不是就是黄粱一梦?是人都会做梦,是梦都会醒。庄生晓梦迷蝴蝶,又该做何解释呢?陶菊英会梦到蝴蝶吗?如果她也有这样的梦,梦醒后她又全然不记得,那么梦还存在吗?再比如说,她梦到她的一生。在黄粱梦镇做一个再怎么奇怪的梦也是可能的。她出生,嫁人,生女,痛失爱女,成为未亡人,再婚,搬家,失去行动能力,失去语言,失去记忆,然后才发现是做了一个梦,不是美梦,而是噩梦。美梦不觉其长,噩梦不觉其短。梦醒后,她还记得什么?她又会面对什么?

　　甚至是老鲁，他也可以把自己放置到梦境里尝试一下，说不定醒来后发现陶菊英已经恢复如初。但他不敢冒险。他怕自己的记忆也丢在梦中，那么这个世界上将再没有人认识鲁同民和陶菊英。虽然他们两个人的故事加起来都不如卢生精彩，可那是他们的真实经历，至少对他们弥足珍贵，且无可替代。

　　当天晚上，他们在镇上住宿。宾馆左手便是黄粱梦派出所，右手是梦城医院。办理入住后，巧玲让小蔡去买指甲钳、修脚刀、脚刨刀等工具。小蔡以为是一报还一报，谁让自己先指使的巧玲呢？不过巧玲在那个时候差不多已洞悉他的计划，他现在却完全不知道巧玲想要干什么。

　　原来是要为陶菊英修脚。这是他第一次在巧玲工作时坐在旁边看。想到他曾对巧玲的诋毁，他如坐针毡，恨不得找个地缝钻进去。由于陶菊英在公共汽车上站了一辈子，她的脚趾都已经变形，那是因为在公共汽车摇晃转弯时每每要用脚趾巴住地面。更严重的是，趾甲两侧都延伸出小月牙，深深地嵌进指肚中。加上趾头角质化严重，这些削尖的刺几乎长到了肉里，和角质连成一片。这种痛不是常人所能忍受的。陶菊英感到钻心疼痛，却无法说出来，站不住只能躺卧坐，很像是瘫痪的前兆。由于她先有了失忆症，医生也被误导了。如果巧玲没有为陶菊英洗澡，也没有看到她用脚踢开被子，就很难结合洗脚店工作的经验，把她"忘了行走"与趾甲上冒出的肉刺挂钩。当巧玲慢慢把一根根倒刺从脚指头里挑出来，老鲁似乎已经看到陶菊英从轮椅上站起来的样子。

当晚，小蔡和巧玲留下老鲁陪伴照顾陶菊英。邯郸距此不远，他们开着老鲁的车各自回了一趟家，第二天一早又一起开车回到黄粱梦镇，把车交还老鲁。

小蔡的梦也就此醒来。

对于老鲁而言，他似乎只是做了一个梦，便从北京飞到了黄粱梦镇。在梦里，老鲁苦苦等待一个年轻人出现，以便帮自己完成一件事。这个年轻人就是小蔡，他也做了一个梦，同样在寻找别人帮他完成另外一件事。结果，两件事都没有完成，但他们好像又都达成了各自所愿。更好的愿望。

陶菊英

陶菊英不再像以前那样渴慕窗外的风景。她感到自己的双脚正在源源不断地生出力量，这力量的汇集像涓涓细流，越聚越多，忍不住要不停地试着踩踏地垫。

这一路上，她其实什么都知道，但就是什么也说不出来。

脑子里呼啸着黑色的风暴，风暴里裹挟着成千上万个字词。影影绰绰，不可触摸，难以分辨。只能盼着风暴减弱时，从中掉下一两个词语。有时是"出去"，有时是"家啊"，有时是"芳芳"，有时是"鸟巢"。她希望从她的身体里摇出更多的声音骰子，而不是越来越少。少并不可怕，她担心的是，没有声音骰子，她就再也不能使用身体这副骰子摇筒了。

那样的话，谁来陪伴鲁同民的孤寂呢？

现在，陶菊英觉察到丈夫终于敢把车开快很多，为的是能早些回到北京，见到他们掩映在城市丛林里的鸟巢。那颗鸟巢毫不起眼，但异常温暖。那是他们两个人的家啊。

路
口

1. 在天桥上

每一座城市里，似乎都隐藏着"Y"字形的路。两条路像弹弓架的双臂，汇聚到一处，形成柄，又向远方奔涌；反向看就是一条路延展到某个点，突然被劈成两半，一分为二，流往两个方向，渐行渐远。这两条手臂环抱的区域，面积可大可小，两侧人流顺逆而行，中间又能闹中取静，大都能孵化成城市中相对繁华的所在，有银行，有澡堂，有饭店，有花店，有理发店，有照相室，可以说店铺林立。

在应城，陈学勤是看着这条弹弓路长大的。长金街和宝昌街分列左右，然后汇聚成工农兵路。在汇聚点，长金街和宝昌街可以说是背靠背，好像一步就能从宝昌街跨到长金街。而事实上，连接这两条街的是工农兵路上的一座天桥。天桥上行人络绎不绝，有步行的，有推自行车的，有推摩托车的，有推三轮车的，往来于两条街之间。有一次，甚至有一辆小汽车冒险爬上了天桥，像一只从河里爬上岸的甲鱼，引起众人围观。这次出乎意料的特技表演，成为当天应城的头条新闻。天桥两侧平时被各路小贩占领，算得上寸土寸金，以前多是卖盗版光碟和盗版书的，手机盛行后，贴膜成了天桥上的主打产业。站在天桥北端向西看，能看到"荣昌浴室"的"室"字，"浴"字则只能看到半边"谷"字。后来，好像为了特意成全这个视角，"浴"的三点水掉了下来，很长时间没有补上。从天桥南端往西看过去，能看到"储蓄所"三个大字的背面，全称是"应城村镇储蓄所"，陈学勤的父亲陈卫国就在这里工作。

陈卫国年轻时当过兵，退伍后受组织照顾，被安排到长金街储蓄所担任保安处处长，虽然对金融业一窍不通，但毕竟当过兵，身体结实，相貌威严，做个保安也能唬住人，多少算是发挥了专长。陈卫国在这个位置上一干多年，按他的自我解嘲，就是从原来陈学勤张桂英眼中的香饽饽，逐渐变馊变质，食之无味弃之可惜，上不得台面，掉价得厉害，领份薪水，聊胜于无。这么些年下来，工资算是调过好几级，但增幅毕竟有限，和飞涨的物价没法儿比，和陈卫国柜台同事的灰色收入没法儿比（不用说储蓄所里的领导了），和储蓄所里每天过手的人民币更是没法儿比。张桂英的心态日渐失衡，当张桂英从所在的羊毛毯厂下岗，陈卫国申请让张桂英做储蓄所的保洁员未果后，夫妻之间累积的矛盾终于爆发，他们再也无法和平相处在同一个屋檐下，于是协商离婚，陈学勤被判给张桂英，母子仍旧住在原来的家里。陈卫国的表现终于有了点儿积极的军人气概，他净身出户，一个人租了单间住，就在宝昌街上，离储蓄所很近，离荣昌浴室更近。陈卫国喜欢泡澡，特别是每次在储蓄所值夜班后，都要去荣昌浴室泡一下澡，然后再回住处休息。这个习惯雷打不动，很多人都清楚。

在陈学勤小时候，他的父母还没有离婚，但关系已经渐趋紧张。如果说他们曾有过如胶似漆的亲昵，那估计也是在陈学勤能记事之前。

逢寒暑假，陈卫国会将陈学勤带到储蓄所，陈学勤就在那里闷头调皮，有时也把当天的作业带过去完成。陈卫国骑车上下班，过天桥时，他仍然让陈学勤坐在自行车后座或前杠上，推着儿子上桥，推着儿子下桥。那时的陈学勤，竟然觉得这是一个很有趣的游戏，隔几天便心生向往。天桥离储蓄所很近，穿着制服的陈卫国每天上下班都要从上面经过，与那里摆地摊的商贩早已相熟，有时候卖煎饼的远远看到父子二人过来，就会提前做好煎饼，等他们经过时正好手递手地传给陈卫国，就像地下组织员接头那样娴熟，自然而然，又不引人注目。他们很羡慕陈卫国的工作，言谈之间让陈卫国倍感舒畅，陈学勤想这也许是父亲从来不愿意改变上下班路线的原因。等陈学勤长大了，他才发现，从父亲住的地方，不管是原先的家还是后来的临时住所，到父亲工作的储蓄所，其实通过很多小街小巷都可以七拐八绕地抵达。谙熟"Y"形地图之后，从天桥上俯瞰这片区域，陈学勤依然深觉诧异，父亲当年以及这么多年来，为什么从来没尝试过其他骑行途径，就这么一条道走到黑，像蛇出行的轨迹。很多条巷弄隐藏在鳞次栉比的建筑里，被树荫覆盖住，就像地下通道，四通八达，无所不至。有时，陈学勤觉得自己就像那只阴郁的蜘蛛，匍匐在天桥上，宝昌街和长金街兜住的就是一张蛛网，陈学勤期待着网上传来一些动静，以便自己能适时地扑过去。

　　陈学勤经常来这座天桥，从天桥上静静地望下去。这么多年来，周围早已经物是人非，但谈不上沧桑巨变。储蓄所早就没有了，曾经的建筑被用作一个公司的仓库，经常有几辆大卡车停在那边装卸货物。

浴室倒是一直杵在那里，连名字都懒得更换。陈学勤偶尔看花眼，以为某个时间段进去出来的人就是自己的父亲。但显然不是，陈卫国现在成了植物人，躺在医院的病床上，不言不语，无知无觉，不要说洗澡，连用毛巾给他擦拭身体两侧都很困难，翻他的身体越来越像翻一座山。陈学勤从来没有见过像父亲这么爱洗澡的人。张桂英甚至还为此不时讥讽陈卫国，觉得陈卫国之所以没有财运，天生穷鬼，是因为他太喜欢洗澡了。老话说钱是人身上冒出来的垢，天天洗，日日洗，身上的垢都洗没有了，哪里还能生钱呢？

从天桥下来，陈学勤有时也去浴室泡澡，洗过很多次澡，谈不上什么感觉。浴室老板跟陈卫国很熟悉，是老朋友了，以前还特意留了一个房间给他专用，每次洗完澡陈卫国都会在里面休息。有时轮到值夜班，陈卫国也会在后半夜摸过来，泡个澡，小睡一会儿，天蒙蒙亮的时候再折回所里去。那时路上没有人，一起值班的保安也不会说出去，陈卫国就心安理得地享用着这一点特权。陈学勤躺在那个房间的床上，根本无法想象父亲当年在这个房间里是呼呼大睡呢，还是迷迷糊糊时断时续地看完一部录像？房间在四楼，比天桥高出不少，窗子不当马路牙，走到窗边能勉强看到天桥的一截，倒可以将储蓄所的后院尽收眼底。储蓄所的营业厅窗口冲着长金街，接着是职工宿舍和库房，紧邻浴室的是一小块空地，搁置着一些绿植花盆。两个建筑之间有一道墙隔着，墙砌得高陡，但从高处看下去，却显得很低矮，目光很轻易地就能从一侧跳到另一侧。浴室这边是一个颇显宽敞的院子，院子里有厨房和储藏室，因为浴室里还设有棋牌室，要为客人提供简餐。储蓄所那边的空地看起来就像面积很小显得逼仄的天井，可能因为储蓄所是管钱的地方，空地显得有些森严。但这只是呈现给外人的假象。以前陈学勤在里面像老鼠一样跑来跑去，并没有人把陈学勤喊住，说什么仓库重地闲人免进之类的话，在储蓄所陈学勤就像在家里一样自由，甚至比在学校玩得还要疯。储蓄所设有保安处，负责日常的安保工作；保安处处长就是陈卫国，是有编制的正式员工；其他四名保安都是合同工，面试的时候也很严格，入职后他们两人一组，每个月轮流值一次夜班。一般来说，每天下班前都会有押款车开过来把现金提走，但偶尔难免有大宗钱款不得不留在储蓄所里过夜，这个时候警戒就要升级，陈卫国必须亲自坐镇，容不得半点差错。只有在这个节骨眼上，大家才会紧张起来，如临大敌，定点巡逻，通宵不睡，而平常值夜班，也就是换个地方睡觉而已。其实大家都知道，在中国抢银行，有命抢也未必有命花，更何况长金街储蓄所还有镇所之宝——保险柜里的一把"五四"式手枪，配有五发子弹。每天例行检查躺在保险柜里的枪支弹药，也是陈卫国这个保安处处长的任务之一。很显然，只要这个宝贝疙瘩不出意外，陈卫国这个保安处处长就会做得很踏实，即使躺在隔壁浴室房间里睡大觉，也不会有噩梦侵扰。

在天桥上看风景的人，并不只有陈学勤一个。很多年前，陈学勤就认识汤警官，有一段时间，他经常来找陈卫国，陈学勤在储蓄所和陈卫国的住所就碰见过他好几次。他是真正的警察，手里有枪，那种能看到形状的枪，配在枪套子里。后来陈学勤才知道，汤警官是刑警，刑警和民警是有区别的，但小时候陈学勤习惯于一视同仁，见到大盖帽和制服就认定他们是警察，是警察手里就有枪。即使看不见枪，也肯定被他们藏在什么地方，比如别在腰间，或者埋在衣服下面。遇到坏人做坏事，他们就会果断而神速地拔出枪，大喝一声"不许动"，坏人只得乖乖就范。

陈学勤一度认为自己的父亲也是警察。陈卫国是储蓄所的保安，也穿统一的制服，穿上制服的陈卫国看起来和警察没有什么两样。小时候陈学勤崇拜父亲，即使陈卫国和张桂英离婚后，陈学勤被判给了张桂英，陈学勤依然找各种机会赖在陈卫国身边。陈学勤一直跟小伙伴们强调自己的父亲是警察，他们嘲笑陈学勤说陈卫国只不过是一名保安。警察和保安的区别，有时候很大，有时候很小，在陈学勤眼里几乎可以忽略不计，而在小伙伴们看来却绝对不可以混为一谈，也许只是因为他们的父亲中没有一个是做保安的。这是小男孩之间最为常见的争执，谁也说服不了谁。后来，他们妥协了，说警察都有枪，如果陈学勤的父亲有枪，那就证明他的父亲是警察，否则就不是。陈学勤知道陈卫国有枪，就藏在衣柜顶上的墙洞里，陈学勤看见过父亲把它取出来又小心翼翼地放回去。撞上这一幕的那一瞬间，陈学勤大气也不敢出，不是怕自己因为发现了秘密被父亲开枪打死，而是觉得父亲真的是便衣警察，作为便衣警察的儿子，陈学勤必须小心行事，为父亲守口如瓶，甚至最好不要让父亲有所察觉。这使得陈学勤自豪感倍增，后来口里就经常哼唱"几度风雨几度春秋"，这是陈学勤唱给父亲陈卫国的赞歌，然而小伙伴们毫不知情，结果他们集体讥嘲陈学勤。

对于父亲是不是警察这个论题，既然论据不过是一把手枪这么简单，陈学勤觉得自己赢定了，就一溜烟跑回家，爬上衣柜，东摸摸西掏掏，还真的把枪给摸了出来。枪身冰凉沉重，一只手差点儿拿不住，得用双手捧着。陈学勤跪在衣柜顶上，凝视着它，枪管黑洞洞的，深不可测，抚摸着它，竟然隐约感觉到它似乎有了心跳。陈学勤吓了一跳，赶紧把枪原封不动地放回原处，从衣柜上溜了下来。

不知道为什么，陈学勤没有把手枪带给小伙伴们看，可能是因为它的分量太沉手了，超出了陈学勤的预计，让陈学勤感到些微的恐惧。不过，给不给他们看已经不重要了，陈学勤意识到此前自己之所以一直向他们强调自己的父亲是警察，不惜引来他们的巨大怀疑，只不过是为了寻求外部的动力，从而能够大着胆子去触碰一下枪。当陈学勤达到目的，他已然是摸过枪的人了，自然再也不屑于和他们争辩自己父亲是不是警察这个问题。按照他们的逻辑，陈学勤的父亲既然有枪，自然就是警察。陈学勤的父亲有枪，但除了陈学勤谁都不知道，更能显出父亲的重要性，他是便衣警察，怀有重要使命，陈学勤作为陈卫国唯一的儿子，一定要保守这个秘密，好好帮父亲掩护身份。

过了几天，陈卫国送给陈学勤一把黝黑发亮的手枪。正是陈学勤在衣柜顶上发现的那把手枪。陈卫国告诉陈学勤，这是他托战友搞到的市面上最仿真的玩具手枪，是为陈学勤精心准备的礼物，为了防止张桂英把它扔到河里去（她讨厌丈夫当兵的经历，也连带着不愿意看见儿子玩枪），才藏在了衣柜顶上。这把玩具手枪让陈学勤大出风头，小伙伴们为了争取机会佩戴它，再也不跟陈学勤争辩关于警察和保安的话题了。而陈学勤呢，他佩戴着手枪，威风凛凛，倍感自豪，也无意于旧事重提。后来陈学勤对这把手枪再无兴趣，便把它扔进了玩具堆里。陈学勤很快就过了玩玩具的年龄，长大了，不再是一个不谙世事的小男孩，突然有了保护他人的强烈冲动。

　　这种变化毫无征兆，犹如山洪决堤，一发不可抑制，但陈学勤知道有一件事可以作为标记。在那一年，应城村镇储蓄所发生了枪杀案，两名值夜班的保安倒在了血泊中。这件轰动一时的大案让整个应城人心惶惶，最大嫌疑人很快被锁定为应城村镇储蓄所保安处副处长夏青川，陈卫国的同事，陈学勤叫他夏叔叔。案发当晚，夏青川和这两名保安一起值班，现在两名保安死了，夏青川却不见踪影，很显然他就是凶手。因为手里有枪和子弹，夏青川被视为极其危险的在逃犯，被全国通缉。汤警官就是因为这件事多次来找陈卫国，详细了解夏青川在储蓄所里工作的情况。

　　陈学勤知道的是，夏叔叔有个女儿，名字叫夏晓慧，比陈学勤小一岁，和陈学勤在一个学校读书，那几年也经常被夏青川带到储蓄所，他们经常在一起玩，彼此已经很熟悉，算得上青梅竹马，两小无猜。夏青川变成了杀人凶手和逃犯后，晓慧在学校里顿时被女生们孤立，又总是遭男生们起哄侮辱，陈学勤都看在眼里。上学放学的路上，晓慧经常被男生拦截，他们冲着她喊，"你的爸爸是杀人犯"，好像这样能减弱他们内心的恐惧。如果夏青川不是父亲的同事，如果陈学勤不能经常在储蓄所见到他，陈学勤承认自己也会害怕一个同学的父亲突然变成杀人犯这样的事实。如果陈学勤不认识夏晓慧和她父亲，说不定陈学勤也会是起哄男孩中的一员，甚至比他们做得更出格。但现在情况不一样了，陈学勤无从体会他们的恐惧和莫名的兴奋，陈学勤只是担心晓慧。每一天，晓慧几乎都是一路哭着走到学校，一路哭着回到家，让陈学勤很是心疼。有很长一段时间，陈学勤远远地尾随晓慧，看着她被同龄人欺负，既不敢挺身而出保护她，也不知道怎么去安慰她。陈学勤只能用力一脚踢飞地上的小石子，目送它落入水面的寒冰上，或者以掌为刀，砍断人行道上泛出新绿的低垂的柳条。

　　不管夏青川是不是杀人凶手，如果他真的是坏人，自然有警察来将他绳之以法，这个警察里面也包括陈卫国。汤警官来找陈卫国，就是为了商量这件事。有一次，陈学勤大着胆子跑到汤警官面前，大声告诉他："夏叔叔不是杀人犯！"似乎只要他相信了陈学勤的话，落在晓慧头上的杀人犯女儿的绰号就能随之失效。汤警官和陈卫国都笑了起来。汤警官甚至还伸手摸了陈学勤的头，在陈学勤看来，此举意味深长。陈学勤还想说什么，陈卫国挥手让陈学勤出去。这是陈学勤第一次也是唯一一次在晓慧这件事上希望借助外力，陈学勤不知道自己的话究竟有没有对汤警官和父亲产生影响。在陈学勤看来，夏青川的事和晓慧无关，不应该算到她的头上。看着被无休止孤立和欺凌的夏晓慧，陈学勤心头升起了保护她的强烈使命感。他觉得自己已经等不及从汤警官和父亲那里得到反馈和帮助，只能依靠自己，开始为她出头，和欺负她的同学们打架，谁拦住她朝她吐口水，陈学勤就挺身而出，不管对方是不是年龄大很多，也不管有几个人，陈学勤都会冲上去和他们无畏对打。他们也不会真的伤到陈学勤，不过是落些皮外伤，养几天就能恢复。渐渐地，在他们眼中，陈学勤和晓慧成了绑在一根线上的蚂蚱，陈学勤的父亲不幸沦为杀人在逃犯夏青川的同伙。在他们的渲染中，陈卫国甚至比夏青川更坏，夏青川只是杀人工具，陈卫国才是幕后主谋，因为夏青川是副主任，陈卫国是主任。对此，陈学勤倒完全不屑于争辩。在陈学勤看来，如果对此进行争辩，不啻在晓慧的伤口上撒盐；撇清陈卫国和夏青川的同谋关系，那陈学勤和街头欺负晓慧的少年又有什么区别，更何况陈卫国作出一点牺牲，陈学勤就更能名正言顺地保护晓慧了。

也许，就是在这一次次实力悬殊的斗殴中，陈学勤越来越像一个不服管教桀骜不驯的少年，张桂英根本管不住陈学勤，陈卫国插手过几次，意识到问题根源在晓慧身上，他转而去找到晓慧的妈妈，劝她让晓慧转学。不过，应城也就巴掌这么大，学校就这么几所，扳扳手指都能数得过来，骑自行车更是哪里都能到。陈学勤骑着自行车去找晓慧，继续为她出面打架，或者骑车带她到工农兵路上的天桥。像当年陈卫国推着他一样，陈学勤让晓慧坐在自行车前杠上，把她推上桥，和她一起站在天桥上，看着应城村镇储蓄所的方向。在那里，夏青川枪杀了两个和他一起值夜班的同事，之后抛家弃女，彻底在人间蒸发了。杀人事件之后，储蓄所很快就搬迁到别处。不过，建筑物还在，里面的格局几乎也没有改变，杀人的痕迹更是很难从人们脑子里抹除。每次，晓慧都会泪流满面，她想不明白她的父亲为什么会杀人，为什么会逃跑，为什么不回家。她不相信她的父亲会杀人，会不告而别，会一点音信也不给家里。

　　一年，两年，三年，五年，十年，二十年，只要晓慧想来天桥，不管多远，陈学勤都会立刻出现在她身边，陪同她来这里。陈学勤原本以为，这么多年来，该流的泪总该流尽了，没想到晓慧的哀伤漫无止境，痛彻陈学勤心扉。一直以来，陈学勤和晓慧像兄妹一样，但陈学勤早就明白，他喜欢上了她。小的时候，陈学勤为保护她打架；长大了，陈学勤为得到她打架。随着他们的年龄渐长和周围环境的变化，以前嘲讽晓慧的小男孩无一例外变成了小年轻，他们中的很多人沾染上不良社会习气，游手好闲，到处拈花惹草，夏青川也一跃成为他们心目中的大人物，晓慧更是成了他们争相献媚的公主。他们很遗憾错过了应城史上最心狠手辣的恶棍，再也不愿错过恶棍的女儿，仿佛接触甚至得到晓慧都会让他们感到无比满足。夏青川的消失，反倒变成了无所不在，他们害怕夏青川藏身在阴影里监视着应城，保护着妻女，随时会像幽灵一般现身，因此虽然觊觎晓慧，却不敢贸然行动。如此，他们把矛头指向了陈学勤。此前，面对晓慧的众多诋毁者，陈学勤经常被他们揍得鼻青脸肿，现在这些诋毁者变成了爱慕者，陈学勤的处境更加凶险，因为他们会不时亮出刀子。但相比来说，他们更怕陈学勤，因为在多年的挨打中，陈学勤变得更强壮更敏捷更能打。他们亮出刀子，只因为他们不是陈学勤的对手，害怕陈学勤。陈学勤从来没有把这些人放在眼里，他心系晓慧一人，发誓要为她找到夏青川，彻底查明那个夜晚的真相，哪怕真相会让每一个人都无法承受。

　　同样渴望找出真相的还有汤警官。二十多年过去了，这个他当年经手的大案一直高悬在他的头顶，让他喘不过气来。当年的他几乎和现在的陈学勤一样年轻，此刻即便退休多年，依旧心愿未了，遗恨难消。作为一名刑警，他最不能原谅自己的就是明明已经到了临门一脚，却始终看不见球门在哪里。找不到最大嫌疑人夏青川，这个大案就永远无法结案。他不希望夏青川永远都只是背着最大嫌疑人身份的在逃犯。

多年前，陈学勤陪着晓慧站在天桥上，也遇到过汤警官。看风景人在天桥上，落入眼中的肯定是不一样的景致。吸引他们到这里来的是同一个人，他们竭力想摆脱的也是同一件事。三个人各看各的风物，各怀各的心事。有一次，汤警官对陈学勤说，以后尽量别让晓慧一个人来这里。陈学勤答应了他，在心里对自己也做了庄严的保证。此后，陈学勤和晓慧艰难成长，汤警官无奈老去，大家都无能为力，依然纠缠于同一件事同一个人。每次他们在天桥上不期而遇，既像是互相安慰，又像是在心头老伤口上给自己狠狠一击，以为提醒。

陈学勤觉得汤警官向他们（尤其是陈学勤）隐藏了很多秘密，毕竟当年是他亲临一线负责走访排查，肯定掌握了诸多内幕，也许在他心里早有定论，只是在静待谜底揭开。有时，陈学勤甚至觉得他站在天桥上，站在自己旁边，是有意挑衅自己，就等自己主动上前询问，他便会将一切和盘托出。不管真相如何，夏青川是不是杀人凶手，一想到晓慧，陈学勤都会觉得莫名恐慌，心里堵得厉害，这种情绪无法纾解。汤警官希望陈学勤问的，也许就是这句话："如果夏青川不是凶手呢？"这句话陈学勤私下里问过自己何止千万遍，如果夏青川不是凶手，那夏青川是另一个受害人吗？真正的凶手又是谁？他为什么要杀人？这些问题细思极恐，让陈学勤不寒而栗。陈学勤尚且如此，一旦真相水落石出，晓慧又怎么能够承受得住呢？

突然间，新的问题又出现了，眼前的这片"Y"字区域，很快都要被拆除，取而代之的将会是一座主题公园。甚至这座天桥，都会被新建的和公园配套的天桥取代。具体方案已经在应城市人大全票通过。届时，不光硕果仅存的荣昌浴室会被推倒，连早已改头换面的储蓄所旧址也将连根铲除，所有的建筑都难免灰飞烟灭，当年的血案和谜情，就都只能在涉事人心中回忆和面对了。

汤警官跟陈学勤约定，找个时间去喝茶，他确实有话要对陈学勤说。

2. 在医院里

陈卫国躺在医院里，风烛残年，行将就木，不言不语，无知无觉。他肯定想不到，离婚了近二十年的结发妻子又回到他身边，每天守着他打点滴，陪他枯坐几个小时。他肯定也想不到，当年坐在自行车后座被他推上天桥的儿子，在翻动他身体的时候偶或也会感到力不从心。他更不会想到，当年同事的女儿，被他阻挠了很多年没能被他儿子娶过门的姑娘，会协助他的儿子为他仔细擦拭这具衰老不堪的身体，不仅像一个未过门的儿媳妇，更像一个贴心的闺女。

陈学勤想不明白，这么多年来，自己的父亲为什么会如此坚决而又强烈地拒绝他和晓慧在一起。在很多人看来，陈学勤和晓慧一同经历了十几年的人生风雨，结婚是多么水到渠成瓜熟蒂落的事情，在他那里却毫无通融的余地，难道仅仅因为晓慧是一个杀人在逃疑犯的女儿？

陈卫国的固执，很多时候让陈学勤都觉得特别不可理喻。比如他和张桂英的离婚。他们之间的感情虽然有了裂痕，但毕竟远没有到水火不容的程度。张桂英的念叨和埋怨虽然惹人厌烦，但张桂英下岗后毕竟自力更生，从卖煎饼果子做起，一步一步地坚持下来，终于挣到了自己的小铺面，虽然没有累积万贯家产，但家庭经济情况确实大为改善。如果他们不离婚，日子一天天过下去，一个干个体，一个在事业单位上班，生活怎么也会比现在好。让陈学勤更为奇怪的是，很多夫妻一旦离婚，都会成为冤家，重新组建家庭后，要么为孩子成长的诸多问题斤斤计较，要么为往事谁的过错多少而喋喋不休，但陈卫国显得冷静而克制，好像离婚是不得已而为之。他和张桂英虽然分开了，却都没有再婚，在情感上依然视对方为自己曾经的并且无法割舍的另一半。父母的事情，他们自己最有发言权，也最是心知肚明，陈学勤作为儿子无从置喙，不过陈卫国对于晓慧的态度，却着实成了陈学勤的心结。

张桂英认为陈卫国对晓慧其实是没有那么大偏见的，但毕竟夏青川一直没有露面，案子没有破，性质没有定，如果晓慧和陈学勤生活在一起，这怎么说都是极大的不安定因素。外界对夏青川捕风捉影的描述，对当年杀人事件添油加醋的演绎，口耳相传，声声不息，多年之后仍然让张桂英如芒刺在背。张桂英虽然同情并认可晓慧，但不可能对晓慧的父亲夏青川爱屋及乌，更不用说全盘接受。如果夏青川落网甚至被判了死刑，也比现在躲起来强。与其说这是陈卫国的态度，不如说是张桂英假借陈卫国之口说出来的真实想法。陈卫国对晓慧，怎么说呢？陈学勤觉得是唯恐避之不及，好像晓慧的出现会提醒他极其不愿意面对的往事：他的一个同事杀了他另外两个同事。他甚至非常反感陈学勤为晓慧挺身而出，向她提供自己力不能及的保护，更不愿意他们走得过近，特别是当他们相爱后，给陈学勤的感觉是，他觉得完全不可思议，进而毫不妥协。陈卫国和夏青川是多年的同事，他难道不应该对惨遭不幸的晓慧表现出慈父的一面吗？尤其是晓慧长期以来一直缺失父爱。难道陈卫国当年和夏青川之间也有外人所不知道的隐秘，所以陈卫国才迁怒于晓慧，毫无怜悯之心？

陈学勤记得，储蓄所的保安处，只有陈卫国和夏青川两个人是退伍军人，其他保安都是面向社会招聘的待业青年。一开始，是陈卫国领着四个保安，夏青川调过来后，担任副处长，同时又增加了两名保安，总共八个人。虽然多了三个人，但储蓄所的营业厅并没有扩大，营业窗口也没有增加，自然没有增加额外的任务，可以说大家的工作反而更为轻松了。这是夏青川带过来的直接好处。陈卫国和张桂英离婚后，陈卫国一个人住，和储蓄所所有同事的关系都比之前更好了。可能大家都隐约听到些风声，陈卫国曾希望下岗的张桂英能到储蓄所里做清洁工，却被所长拒绝了。大家把这件事看成他们离婚的导火索，所长也就此成为不近人情的代名词。后来，所长被突然调任，大家以为是多行不义必自毙。新来的所长比较亲民，一来就申请了更多的保安岗位，新增了副处长，稀释了大家的工作。陈卫国的同事们甚至撺掇他，再跟新来的所长提申请，争取给嫂子在所内找一个比清洁工更好的工作。可惜，那个时候他们已经离婚，嫂子也变成了前嫂子，虽然新嫂子一直没有上位。夏青川和陈卫国都入过伍，陈卫国退伍的时候是排长，夏青川能坐到副处长的位置，在军队里至少也是个班长，两个人在军队里大小都是个首长，比较有共同话题。那段时间，为了排除陈卫国的烦忧和寂寞，夏青川隔三岔五就会抽时间找借口陪陈卫国吃饭喝酒。有时候明明是陈卫国值班，他也会主动顶班，让陈卫国去浴室泡个澡眯一会儿。

陈学勤甚至认为，晓慧之所以此后也经常来储蓄所，可能就是为了陪自己。当时储蓄所里有好几个家庭的孩子都像陈学勤这么大，但把孩子带到所里来的只有陈卫国一人，这也是没有办法的事情，如果陈学勤来缠着他，他只能把陈学勤带在身边。晓慧来到所里，立刻化身为陈学勤的小跟班。她是小女孩，但很像个小男孩，估计夏青川打小是把她当男孩培养的，很多军人家庭都会这样做。陈学勤那时候比较淘气，晓慧屁颠屁颠地跟着陈学勤，估计就是出自夏青川的授意。夏青川在储蓄所的人缘也特别好，不像陈卫国，一直板着张脸，好像恨不得把储蓄所也变成军营，他才会松弛下来。夏青川总是笑嘻嘻的，对大家很宽松，工作上也没有出过什么岔子。后来别人总结说，那是夏青川隐藏得好，坏人看起来都比好人更像好人。可是，陈学勤真不相信夏青川杀人了。或者说，即使夏青川真的杀人了，陈学勤依然不会害怕他，谁让他是晓慧的父亲呢。

　　夏青川失踪后，陈卫国是反对陈学勤和晓慧在一起的，但他给不出让陈学勤信服的理由，反而让陈学勤愤愤于他对不起夏青川和他之间伟大的革命友谊。印象中，陈卫国像是被陈学勤这句话深深刺痛了，从此在陈学勤面前绝口不提夏青川，好像夏青川不是他的同事，也从来没有在储蓄所工作过。连带着，他也避免见到晓慧，毕竟晓慧是夏青川的女儿，这层关系谁都看得见。陈学勤保护晓慧，在外面被其他孩子打得鼻青脸肿，他也不置可否，不过问，不表扬，不批评，似乎默许和纵容了陈学勤的义举。但当陈学勤和晓慧随着年龄渐长，互生情愫之后，他却明确表态，陈学勤可以随便带哪个姑娘回家，他都持欢迎态度，只有晓慧绝对不行。和以前一样，他根本给不出让陈学勤信服的理由，更像是任性的家长在无理取闹。为了晓慧，陈学勤甚至打算离家出走，大不了陈卫国不认他这个儿子，父子断绝来往。晓慧缺失父爱这么多年，陈学勤既然不能把自己享有的父爱匀给她，索性也放弃，和晓慧真正做到同甘共苦。晓慧阻止了陈学勤的冲动念头。她愿意和陈学勤在一起，但她不愿意在陈卫国不首肯的情况下，两个人违背长辈心愿强行在一起。晓慧说，他们已经失去了一个父亲，不能再失去另一个。结婚是人生大事，他们若是一意孤行，不仅得不到父母长辈的祝福，反而会刺激后者做出极端行为，那样好事就变成坏事。为了得到陈卫国的许可和祝福，她愿意等，等多长时间都行，但愿时间能让老人家松口和心软。就冲这一点，陈学勤觉得晓慧会是一个好妻子和好儿媳。就冲这一点，他认为陈卫国也应该对晓慧心存感激，怜惜她，不仅要接纳她为儿媳，更要把她当成亲生闺女。可惜，父亲的心硬成铁石一块，怎么也捂不热化不开。陈学勤想和晓慧在一起，他反对。陈学勤和晓慧愿意一直等下去，他心肝狠，让他们等。以前陈学勤想报考警校，他反对，他肯定知道陈学勤的初衷是要掌握刑侦技术，以便在茫茫人海中找到夏青川。后来陈学勤想经商，他反对，因为他知道陈学勤想要挣到钱后陪着晓慧满世界去找她的父亲。这也反对，那也反对，好像全世界没有他不反对的，好像经过夏青川的事情后，他寒心了胆怯了，一个劲儿地后退，往内心里缩，打定主意要不为人察觉，黯淡无趣地生活着。陈学勤骑自行车带晓慧在城市里穿行，他觉得两个轮子的自行车在马路上危险。陈学勤想买摩托车，他觉得速度太快了容易出事。陈学勤想买汽车，他觉得开车走神了更危险。反正就是，他从来不给陈学勤什么具体的建议，陈学勤自作主张了，他都会反对，觉得危险。好像他的胆一下子没了。

在陈学勤小时候，陈卫国不是这样的。他骑车带着陈学勤，像风一样快，路上遇到熟人，他打招呼的声音，像军歌嘹亮，一点儿也不含糊犹豫。陈卫国什么时候变了呢？张桂英也糊涂，她只是觉得陈卫国的性子变了许多，却不知道是为了什么和在什么时候。也许，一个人单独生活久了，总是会有些变化。张桂英的意思，他们母子好歹能够相依为命，陈卫国却是形影相吊。既然如此，当初为什么要离婚呢？张桂英很茫然，吵架时她确实是经常把离婚当作撒手锏挂在嘴边的，可也就是说说而已，谁在生气头上不说点气话呢？陈卫国肯定也不会信以为真，可谁知道他有一天就当真了，张桂英傻眼了，虽然之前口口声声说要离婚的是她，临了最没有思想准备的也是她。名义上是陈卫国净身出户，可张桂英给陈学勤的感觉，她更像是那个被无情扫地出门的人。陈卫国拿出了他内心深藏的强硬军事作风，一旦下了决心，必定雷厉风行地执行，一点不打折扣，丝毫不含糊。于是，他们离婚了。陈卫国对张桂英如此冷酷，表现得像一个说一不二的家长。他们是夫妻，很多时候都不可能是一个人单方面做出决定，而是两个人长期互相影响所致。但陈学勤想不明白，为什么陈卫国在对待晓慧的事情上，也像对待张桂英那般粗暴冷漠？他又没有和晓慧一起生活过！当年他就像急于摆脱张桂英一样和张桂英离婚，现在他也像急于甩掉晓慧一样阻止陈学勤和晓慧在一起。虽然他曾经是这么不近情理，他们——张桂英、晓慧和陈学勤——却还是都原谅了他，他们希望他能醒过来，哪怕只是说一句，为他这些年的固执表示一丁点歉意与后悔，他们就能如释重负，不用再背负那么多的问号生活在这个世界上。如果可以，陈学勤会问他，为什么他不愿谈及夏青川也不能接受晓慧，当年惨死的两个保安里面并没有他；还是说，他觉得如果当时他在场的话，夏青川也会毫不犹豫地开枪杀死他，他虽然没有遭遇不幸，但却像死过一回了。

　　然而他们的善意真的有那么重要吗？或许只有在他们自己这里才显得必不可少，在陈卫国那里他会觉得实在是多此一举。他不愿意醒来，似乎也是为了能够继续逃避这种善意。当陈学勤翻转陈卫国沉睡的身体时，觉得就像小时候在院子的角落里翻动砖头瓦片，湿意和干枯无处不在，但都蕴藏着细微幽眇的生命气息，并且教人时常提防着会被逃窜出来的各种小昆虫吓一跳。陈卫国裸露的身体羸弱苍白，松弛的皮肤下面血管隐约可见，似乎能够看见生命的电流取代了血液，在血管里面微弱地流动着，随时都会停滞下来。晓慧轻柔地为陈卫国擦拭颈部和背部，有时会突然停下动作。她觉得陈卫国的身体内部有动静，似乎陈卫国想要对他们说什么，但声音不能通过嘴巴发出，被喉结、舌头和牙齿层层拦住，只能在体内四处流窜，暴跳如雷，急切地想要找到突破口。那会是怎样的一种宣泄和盛放啊！那会是他所有的缄默和守口如瓶的内容吗？陈卫国的心里确实埋藏着秘密，而且他显然不愿意说出来，执意要把它带走。他要把它带到哪里去呢？

在医院里，陈学勤就这样思绪翻滚，守着深睡的陈卫国。他的安静就像刻意维持的假象，他的安详更是脆弱得一戳就破。在张桂英看来，离开是比离婚更残忍的事，离婚只是一对夫妻不在一起生活，离开却是两个人分别在两个世界里活着。张桂英摩挲陈卫国手臂时的神态让陈学勤难受，她肯定万般舍不得他离开，可是他对此浑然不觉。如果他在意人世间的一切，就会努力睁开眼睛，就会留给他们一朵笑容或者一滴眼泪。他活得太严苛了，心事太重，近乎刻板，不苟言笑；他的中风，他变成植物人躺在病床上，好像也变成了顺理成章的事情。他就像传送带上的一个模具，必须抵达某种状态，必须经过某个阶段。张桂英一只手拽着陈卫国的手，另一只手反复地上下摩挲着陈卫国的手臂，温柔而专注，像在举行神秘的仪式。陈学勤丝毫不怀疑她想把她的生命过渡给他。陈卫国的皮肤松弛，软耷耷的，好像就只剩一层皮覆盖在筋骨上，原本填充其间的肉都已经消失不见，不仅衰老，而且生气全无。

擦拭完陈卫国的身体，陈学勤和晓慧会坐在陈卫国的病床前。他们进行过多次交流，包括陈卫国究竟能不能醒来，醒来后会不会松口，对他们的态度会不会改观。有些事情一旦发生，对他们，对他，也许都是折磨和伤害，如鼠齿啮心。他们也会聊到夏叔叔，聊到离开。像夏青川，是一下子断然离开，干脆彻底，就像出家一样，不留一丝一毫的念想；像陈卫国，是缓慢地一点一点地离开，滴滴拉拉，拖泥带水。离开，就是死去一点点。这句话因为埃蒙德而广为人知，但陈学勤在《读者》还是《知音》上看到过，早在埃蒙德之前就有一个诗人写出了这句话。诗人退休离开办公室，和他的同事道别，念出了这一句。他的同事很高兴，因为他恰巧知道是谁写出了这个漂亮的句子，但他压根儿不知道作者就是眼前的这个和他作别的老人。离开，就是死去一点点。陈学勤默默回味着这句话，紧紧握住了坐在他身旁的晓慧的手。

陈卫国终究还是没能醒过来。他一直在离开，这种离开所持续的时间太长了，以至于当医生对他们说他已经走了，他们的心平静得就像监测仪上的那道直线。

3. 在茶室

现在，是时候和汤警官坐下来聊聊了，对此他们都有些迫不及待。他们约在天桥上会合，放眼望去，推土机和铲车已经开始进场作业，噪音在他们耳旁轰响，巨大的机械臂在半空中挥舞。按照这样的进度，不出一个星期，他们面前就会是一片废墟，残垣断瓦里面，还有什么遗迹可寻，还有什么秘密能被继续掩藏？再过一两个月，他们脚下所站的天桥也会消失不见，据说取代这座年代久远天桥的会是一座彩虹桥。什么是彩虹桥？是像彩虹一样的桥，还是能通过汽车的那种巨大的立交桥？

汤警官已经知道了陈卫国的死讯，但陈卫国显然不是他们的聊天重点，无论他活着还是死去，即使他偶尔出现在话题范围内，也会像横生的枝节，被他们及时剪掉。汤警官主要跟陈学勤说了两个案件。对这两个案件他浸淫多年，魂牵梦萦，可以说如数家珍。一个就是应城人都一清二楚的应城村镇储蓄所恶性杀人案，由于一直没有找到重大嫌疑人夏青川，始终无法结案，时不时就会被公安局领导或好事群众拎出来。还有一个是枪支失窃案，案发地点依然是应城村镇储蓄所。考虑到枪支失窃会引起社会恐慌，这个案子就没有对外扩散，只是在内部做了处理，一个是把储蓄所所长降职调任，一个是加强储蓄所的安保力量，增派了人手。夏青川就是那个时候调到储蓄所，担任保安处副处长的。

杀人案陈学勤是再熟悉不过了。这么多年来，每次陪晓慧站在天桥上，那个画面都会不由自主地映现在陈学勤的脑中。夏青川掏出手枪，把两个保安杀了，然后远走高飞。没人知道夏青川为什么要杀两个保安，这也是汤警官苦苦想要弄明白的作案动机。如果夏青川就是凶手，他的作案动机是什么？两个保安死了，储蓄所里那笔巨款却分毫未动，那就不是为财。不是为财又是为了什么？夏青川和这两个保安平时并没有过节，不要说这两个保安，他跟储蓄所里的所有同事都没有红过脸，但偏偏就是这么一个人，却动机不明地杀了两个人，然后失踪了。这不合理，也不应该。但夏青川又必然是第一嫌疑人，案发时只有他在现场，和两个保安一起值夜班。两个保安死了，夏青川失踪了，第一嫌疑人只能落在他的头上。只有排除了他的嫌疑，才能围绕储蓄所做第二轮排查，看看有没有新的嫌疑人，比如说，陈学勤的父亲陈卫国。

汤警官试探着说出陈卫国名字的时候，陈学勤没有吃惊。事实上，陈学勤不是没有怀疑过自己的父亲，如果夏青川不是杀人凶手，那杀人凶手就有可能是其他所有人，自然也有可能是陈卫国，可是陈学勤想不透自己父亲的作案动机。如果是夏青川和陈卫国联手作案的呢？这个也解释不通。另外，如果夏青川不是杀人凶手，凶手另有其人，那么夏青川恐怕也是凶多吉少，他会遭遇什么不测？具体下落会在哪里？像现在这样，生不见人，死不见尸，所有的揣测就只能是揣测，夏青川重大嫌疑人的身份就永远无法洗脱。

汤警官告诉陈学勤，杀人案的关键在枪。凶手的枪从哪里来？通过子弹的对比，当时就已经确定凶手使用的杀人凶器和储蓄所保险柜里的枪支子弹完全一致。只不过，枪支失窃案偏偏发生在杀人案的三年前。三年前，作为杀人案重大嫌疑人的夏青川，他的生活轨迹和应城村镇储蓄所毫无交集，更不用说他竟然清楚保险柜里有枪，还能悄悄地潜进来把枪盗走，然后再瞅准机会想方设法调到应城村镇储蓄所，等了快三年时间，处心积虑，只为在一个夜晚把两个保安杀了，最后逃之夭夭。换句话说，如果夏青川不是窃枪的人，他就不可能是应城村镇储蓄所杀人案的真凶。谁偷了枪，谁就杀了人。这样的证据链才是闭环，才能最后指认出真正的凶手。可是，夏青川找不着，枪也找不着，案件最大的缺口就在这里，缺口填不上，真相很难浮出水面。只要能找到夏青川，就能够马上证明他到底是不是凶手，如果不是，就可以重新立案展开侦查，相信很快能够将真正的凶手绳之以法，给所有人一个交代。

应城村镇储蓄所的保险柜里有手枪，这陈学勤是知道的。小时候，陈学勤甚至围着那个黑色的保险箱转过无数的圈圈，希望能透视进去，看看手枪到底长什么样，或者闻到手枪的气味，那种铁锈味，那种火药味。不过，手枪被偷的事情，陈学勤却毫不知情。当时陈学勤围着转的，说不定就是一个空的保险箱。手枪早已经不翼而飞。储蓄所里的人也许会在背后笑话陈学勤，不过他们可能也是不知情者。手枪被窃，这是天大的事情，没有手枪震慑敌胆，坏人就会闻讯而来，打储蓄所的主意。陈学勤仿佛看到坏人们趁着夜色包围了储蓄所，双方展开激战，最后夏青川掏出手枪，砰砰两枪，把企图闯进储蓄所的两个歹徒当场击毙，余下的歹徒抱头鼠窜。剧情难道不应该是这样的吗？夏青川不是杀人犯和在逃犯，他是战斗英雄，他也没有枪杀自己的两个同事，他一直在和战友们并肩御敌。

杀人案发生后，汤警官调阅了应城村镇储蓄所近年来的所有人事档案和记录。正是他第一时间大胆提出了枪支失窃案和杀人案之间可能存在的关联性。可惜的是，由于当年处理枪支失窃案的指导原则是防止消息扩散，以免引起社会恐慌，只是在内部悄悄做了问询，没有展开彻底排查，匆匆了事，错过了最佳破案时机。窃枪者肯定了解储蓄所的值班和防范情况，才有机可乘，轻易得手，很有可能是银行系统的人，甚至就是应城村镇储蓄所内部的员工，当年的员工都应该做重点调查。

既然有人窃枪，就会有动机，总不能说动机是为了在三年后开枪杀人。如果这样假设，夏青川基本可以排除出嫌疑人队列。可是，刑侦永远不能停留在假设上，除非能确定夏青川不是凶手，否则失踪的他注定永远是第一嫌疑人。案情太棘手了，既不能定案，也不能帮嫌疑人洗脱罪名，就只能悬置着，成为悬案。

枪支失窃后，当年的储蓄所领导受到降职处分，被调到另外一个储蓄所做主任。陈卫国当时就是保安处处长，按理说也难逃失职之责，却没有受到任何处分，至少在陈学勤的印象里，他既没有跟家里面说过枪支失窃这样的大案（出于保密原则），也没有透露过他受到什么处分（碍于面子问题）。一个应城村镇储蓄所的保安处处长，升职基本无望，降职的话要么成为普通保安，要么彻底失去这份工作，两者陈卫国都没有遇上，他一直好好地做着他的保安处处长，枪支失窃前是处长，杀人案后也是处长，储蓄所在长金街时是处长，搬迁后依然是处长，好像做这个处长做习惯了，也做麻木了。

汤警官认为陈卫国言行太谨慎了，不像是退伍军人，倒像是读过公安学校的毕业生，那么笃定，那么有条不紊。陈学勤小时候不也是一直以为自己的父亲是便衣警察嘛。因为陈卫国的表现，汤警官不是没有怀疑过他。可是，陈卫国按部就班，尽忠职守，自始至终没有流露出任何破绽。

枪支失窃之前，在一次部门例会上，陈卫国就专门提出了处理枪支的建议。陈卫国提出，储蓄所里存放枪支其实存有一定的隐患，理由如下：第一，枪支存在失窃风险，流落到社会上那就是大问题；第二，储蓄所现有安保人员，对付小贼已经绰绰有余，枪支其实就是一个摆设，用上的可能性不大；第三，虽然有枪可以壮胆，但除了陈卫国自己，四个保安没有一个拿过枪的，不会使用，真的遇到紧急情况也是白瞎。有鉴于此，陈卫国建议把枪支交到上面去。可惜，储蓄所领导没有接纳，他坚持认为有枪在所里，心里更踏实。也许他是管钱的，不是管枪的，下意识里还是觉得，钱被抢了是他的责任，枪要是不见了和他关系不大。就这么一个小疏忽，没想到接连引出了后面两桩大纰漏，不仅失枪，还正是从这把丢失的枪里射出的子弹，杀死了两个人。陈卫国不是事后诸葛亮，但是他预估到了风险，并在例会上郑重提出建议。这是有记录在案的。因此，枪支失窃之后，陈卫国第一个洗脱嫌疑。储蓄所的领导受到处分，大家也一致觉得是活该，谁让他不听陈卫国的建议呢，一意孤行，刚愎自用，难免要受现世报。

杀人案之前，陈卫国也在安保会议上着重强调安防措施必须要做到位，一不能留死点盲点，二不能存侥幸心理。当时储蓄所里已经布控了摄像头，全所内外联网，时刻在线监控。但就是在案发之前，监控出现了故障，交由夏青川负责修理。没想到就这么一个疏忽，导致案发现场竟然没有留下一点画面。由于当天晚上有大宗钱款在储蓄所过夜，夏青川负责带领两个保安值班，下班前，陈卫国还特意当众随口问夏青川，任务重大，不容有失，需不需要多一个人留下来一起值班。夏青川一口回绝，觉得陈卫国有点儿小题大做。陈卫国还是不放心，跟他们说，他就在浴室过夜，有事情也能立刻赶过来。种种迹象表明，夏青川不仅支开了陈卫国，还有意拖延修复监控设备，已经在着手进行一系列准备。如果夏青川不是凶手，还有谁会是凶手呢？如果夏青川不是凶手，凶手另有其人，那这个人心思之缜密，也许真的到了百密无疏的地步，步步为营，精打细算，才能够巧妙设局，置身事外，逃出生天。话说回来，他这么做的动机又是什么呢？窃枪在前，杀人在后，这两个案件的动机是一脉相承，还是各自有因呢？

汤警官苦于找不到实证，二十多年来始终无法勘破这个谜题。他断定夏青川和陈卫国是唯一知道真相的两个人，可是夏青川生死未卜，已经失踪不见，而陈卫国也已躺在病床多年，刚刚撒手人寰，又怎么能够撬开这两个不存在的人的嘴巴呢？连那当年的血案现场，也早已另作别用，此刻更是一片废墟，难道还能指望那里会有什么新发现吗？

一个多年失踪者，一个重度昏迷者，一个念念不忘束手无策的退休老警察，一对饱受困扰发誓要找出真相的儿女，一块彻底推倒重建的"Y"彤废墟，两个有千丝万缕关系的重大案件，四个受牵连的不幸家庭，一个早已经置身事外的单位，命运的车轮究竟会怎样无情碾压所有人？

　　施害人也许比受害人更受良心的谴责和折磨。在汤警官看来，这个世界可以简单分为两类人，犯罪的人和无辜的人，说极端点，就是杀过人的人和没有杀过人的人，再细分下来，就是用枪杀过人的人和被枪杀的人。杀过人的人，是人又不是人，从法律层面上说，一定要将他绳之以法，从人性层面上说，又希望他迷途知返，洗心革面，改过自新。否则，犯罪和杀戮就只是简单的没完没了的毫无意义的重复。罪行的唯一意义就在于，让罪人忏悔，以儆效尤，并最终获得谅解，作为人类正在试图走出无边愚昧和黑暗的证明。

4. 在废墟上

　　每个城市都会有"Y"字形路，像两条温柔的手臂，轻抚着这一区域的人们安然入睡；也像两条勒得越来越紧的臂膀，让人透不过气来；更像一把弹弓，弹丸已经射出，下落不明。正如随便从一个地方挖下去，就会挖到坟墓、尸骸、煤炭、岩石，陈学勤坚信每个人立足之处，其下都是森森白骨，不然怎么解释，地球存在几十亿年来，其上生活过的所有生命体都去哪里了呢？但陈学勤从来没有想过，在应城村镇储蓄所那个狭小不透气的地下室的土层里，竟然也挖出了一具尸骸，以及一把手枪。手枪被一块布包着，布早已经腐烂，手枪跌落在尸骸的腹腔部位，枪管朝上，好像正在瞄准射击。

　　这正是失踪了二十多年的夏青川，他通过这个方式重回人们的视线，被人们到处讨论，一举洗脱已经背负了二十多年的嫌疑。很显然，他不可能在枪杀了两个同事之后，再把自己埋进地下室深深的土层里，连同那把手枪。傻子都能明白，凶手另有其人，他杀了三个人，把其中一个人埋到地底下，为的是嫁祸给这个人并造成这个人逃亡的假象。

凶手会是陈卫国吗？

奇怪的是，陈学勤并没有感到吃惊，好像这么多年来，陈学勤之所以不时站到天桥上，看着当年的储蓄所，就是为了看到里面深埋的夏青川的尸体。

监守自盗储蓄所手枪的人会是陈卫国吗？他的动机在陈学勤看来非常明确，捅一个娄子，让无视他的艰难生活并让他受辱的领导受到惩罚。他当过兵，开过枪，自然知道枪的危险性。人不能把自己交给一件凶器。这是他从小给陈学勤灌输的想法。那段时期，陈学勤为了保护晓慧，偷偷在书包里藏了一把水果刀，被他发现了，强制没收了水果刀不说，还让陈学勤保证再也不碰这些东西。陈学勤记得他当时对自己说过的语重心长的话，水果刀是凶器，看起来是人在借刀壮胆，其实是刀在利用人来嗜血。陈学勤不能理解，他进而解释说，如果你遇到别人欺负你，你可能会审时度势，能忍也就忍了，最多挨别人一顿拳打脚踢，都是皮外伤，养养就能恢复。可是如果你有刀子，你就会铤而走险，造成的后果，不是你捅了别人，就是别人捅了你，非死即伤。这些话陈学勤到现在还记得，看到刀子上的血槽，陈学勤就会联想到嗜血这个词，鲜血顺着血槽，源源不断地流进一头怪物的嘴里。这么说来，刀子是凶器，手枪更是凶器。如果陈卫国真的把手枪偷了出来，他肯定知道此举的危害性。手枪会变成烫手的山芋，让他无从处理。为了不被家里人发现，他可能会把手枪藏在柜子顶上的墙洞里，因为张桂英不会动那里，陈学勤个子小，再调皮也不会爬到柜子顶上。他可能也想过要把枪扔到护城河里，反正借枪报复领导的目的已经达到。可是陈卫国舍不得，枪真的有魔性，不声不响就控制住了他。自从有了枪，他就像丢了魂一样，有时趁家里没有人，他会把枪取出来，欣赏把玩一会儿。也许正是那个时候，陈学勤无意中撞见父亲面对枪静默的场景，于是他将"那把手枪"作为生日礼物送给了陈学勤。越逼真的手枪越有魔性吧，所以陈学勤变成了孩子头，变成了打架王，变成了不良青少年。

很奇怪，陈学勤轻易就幻想出了陈卫国如何把枪从储蓄所盗走的全过程，好像这不是陈卫国的行为，而是陈学勤让父亲代劳了这件事。陈学勤似乎体会到了父亲心里滋生蔓延的熊熊欲望，既然从储蓄所里偷枪都没有被发现，那么抢一次银行也很有机会全身而退。既然有枪在手，为什么不能干一票大的呢？一次就收手。人就是这么奇怪，没发现自己欲望的时候，谨慎胆小如鼠，一旦欲望开禁，又是九头牛都拉不住，蹈险如履平地。想要发财是这样，想要名声也是这样，想要婚外情也是这样。

为什么不呢？陈学勤还可以让陈卫国产生抢银行的念头，一方面他自然在暗中谋划，等待时机，另一方面各种巧合也会推着他前行。原来的领导被贬职后，很快一路高升，这是陈卫国始料不及的。他本来也没有巴望着这个领导一直倒霉，只想着让其受一点教训，没有想到对方因祸得福，反而更加位高权重。陈卫国的内心因此失衡坍塌，他已经不能坐视陷于困境中的自己，他想舍命一搏。那段时间，张桂英刚开始做个体户，辛苦之余，往往把气都出在他身上，抱怨他没用，抱怨家穷，也让他窝火。他索性与张桂英离婚，也是撇清与家庭的关系，有点儿逼上梁山的感觉。也许就是在那个时候，他已经豁出去，只等机会出现，确保万无一失，他就出手。

　　后面的经过就更容易复刻了。破坏闭路系统很容易，让夏青川麻痹大意也不难。浴室成了他最好的掩护，他在浴室睡觉，已经是众人皆知的习惯，谁也不会怀疑他在这段时间出去过，从窗户放根绳偷偷溜下去，然后翻墙进入储蓄所。他是保安处处长，又提前打过招呼说会过来值班，谁会怀疑他？有枪，枪里有子弹，加上对方根本没有防备之心，杀三个人也是一蹴而就的事情。真正麻烦的是，为了要栽赃给夏青川，他必须把夏青川的尸体处理好，要做到毫无破绽，这才是最费精力和时间的。

　　小时候陈学勤在储蓄所里玩，像小老鼠一样窜来窜去。陈学勤早就发现了那个地下室，还在里面撒过几泡尿。陈学勤记得很清楚，储蓄所的其他地面都是水泥浇筑的，只有那个地下室是泥地。空间很逼仄，连一张行军床估计都放不下，很矮，陈学勤能在里面正常行走，陈卫国他们在里面就得低头弯腰。平时基本没有人过来，连打扫卫生的阿姨也不知道储蓄所下面还有这么一小间地下室。地下室里堆着一些用剩的建筑材料，有两袋石灰，还有铁锹。陈卫国肯定知道这个地下室，也许地下室里的铁锹和石灰还是他神不知鬼不觉提前贮备的。

陈卫国把夏青川的尸体搬到了地下室。留给他的时间并不多，他必须在短时间内挖坑，把夏青川的尸体埋好，还要把地下室复原，让别人看不出一点异样。出了两条命案，公安局肯定会首先在储蓄所里彻查，这个地下室绝对不能成为警察办案的突破口。为了防止尸体气味散发出来，坑必须挖得足够深，同时撒上尽量多的石灰。石灰必须全部倒进坑里，外面不能洒出一点，毕竟白色石灰太醒目了。新挖出的土也不能遗落在外面，必须都倒进坑里。所以陈卫国在一旁铺了一块塑料布，把新土都小心翼翼地铲在塑料布上。地下室狭窄逼仄，不要说挖坑这样的体力活，即使在里面待上几分钟，也会觉得喘不过气来。陈卫国的体力消耗得很快，单单毁尸灭迹这一项就占用了他太多时间，但又不能半途而废，否则将前功尽弃。等到陈卫国处理好这一切——把地下室的地重新用木板压实，把铁锹用水冲干净，抹去一切使用过的痕迹，他才想到如此冒险的唯一目的，是要把银行里的钱据为己有，然而为时已晚，天快亮了。他必须赶紧回到浴室四楼的休息室，不能让任何人撞见，同时尽快把鞋子（上面沾了泥）和衣服（上面有石灰粉）上的可疑物都处理干净。那条从四楼垂下来的绳子太招眼了，而浴室的厨子再过半个小时就会醒来。陈卫国已经无暇取钱，只能迅速从原路返回，拉着绳子爬回四楼的房间。他已经累瘫，同时懊悔莫及。钱没拿到手，却杀了三个无辜的人，他这是何苦来着，他怎么会失心疯做下这样残忍不公的事。然而大错已经铸成，他已经没有勇气前去自首，自忖整个计划还算天衣无缝，只盼着死去的夏青川能够一直替他背锅，真相永远不会大白于天下。

在那个休息室里，陈学勤多次俯瞰过下面，想象陈卫国像大鸟一样的身影一闪即逝。他应该反复推演过全部计划的每一个环节，在浴室洗澡，在房间休息，潜回储蓄所，杀人，埋尸，取钱，再回到浴室。浴室是关键，在这里浴室工作人员都可以为他提供不在场的有力证明，习惯具有蒙蔽的力量，让每个人信以为真，在浴室里他也可以冲洗掉所有不利于他的任何蛛丝马迹。他可以冲个澡再睡觉，也可以睡醒后淋个浴再离开。所有在浴室里的人都可以这样做，不会引起任何怀疑。

唯一的意外是地下室。陈卫国完全没有预料到在地下室掩埋尸体会占用他大部分的时间。可是，这也没有办法，他不可能提前去地下室把坑挖好，那会有把整个计划都暴露出来的危险。挖坑的难度，挖坑所需时间，只能事先评估。

这个残忍的计划，除了结果，可以说天衣无缝。汤警官明明怀疑上了陈卫国，可是二十多年来始终找不到突破口。多年来陈学勤越来越确信夏青川未必是凶手，陈卫国也未必真的如他显现的那般置身事外。陈学勤为了还夏青川的清白，可能在下意识里把陈卫国推向了另一个凶手的境地。为了更容易地说服自己相信这种假设，陈学勤在潜意识里让父亲下手更狠，狠得让人想起来都会汗毛倒竖。如果每个人为了目的都这样不择手段，那么这个世界就会是人间地狱。陈学勤又想起父亲告诉过自己的话，人不能借凶器壮胆，人和凶器结盟，会有什么好下场呢？同样，人也不应该和强权结盟，不应该和恶势力结盟，一旦结盟，人反而会彻底沦落为工具，生死荣辱都不由自主。陈学勤让陈卫国开枪杀死了三个同事，何尝不是枪指挥陈学勤，利用陈学勤让父亲杀死了他的三个同类。兔死狐悲，物伤其类。如果枪有生命的话，它一定会冷笑，那种得偿所愿并且再接再厉的冷笑。

为什么夏青川的尸体要被深埋在地下室里，一举被拘禁二十多年？这二十多年来，夏青川的尸体在暗无天日的地下遭虫蚁啃咬，慢慢白骨化，陈卫国何尝不是被陈学勤幽禁在心之密室里，即使他中风变成植物人，陈学勤心心念念的，依然是希望他能坦承他就是凶手，在认罪书上签字画押。然而他永远不会向陈学勤表明心迹，吐露秘密。这就是陈学勤和他之间秘而不宣的互相折磨和报复。他面对晓慧的悲惨命运无动于衷，并且阻止他们在一起。陈学勤想方设法说服自己，是自己的父亲一步步把自己推向了罪恶的深渊。虽然没有证据表明父亲才是真正的杀人凶手，可是在陈学勤内心深处，早就相信了他杀人的事实。这也许是另外一种意义上的弑父。被杀的人一了百了，死了也就死了，像夏青川，什么都感觉不到，一切都烟消云散，爱恨情仇和身体一样遁于无形。可是杀人的人做不到，他越是表现得若无其事，就越是扭曲了自己，他怀有秘密，无人可以共享，无人可以分担，无人可求宽慰。杀人的人比被杀的人更不幸，因为他还活着，活着就是对他最大的惩罚，让他痛苦不堪，却又无力摆脱。所以他设置了一道高墙，企图把自己和往事截然隔开。

人算不如天算，纵然陈卫国现在已经辞世，逃脱了法律的制裁，但真相终究要在一片废墟中大白于天下。夏青川是受害人，不是逞凶人，仅仅这一件事，就足以让他们悲欣交集了。

陈学勤做了一个梦。

陈卫国的灵魂住在一把手枪的枪管里，灵魂很不起眼，米粒般大小，像一只纤弱的蜘蛛。蜘蛛带着陈学勤往枪管深处爬。

陈学勤不明白它为什么会住在这里。

这是因为惩罚。蜘蛛头也不回地告诉陈学勤，因为陈卫国开枪杀过人。

然后呢？陈学勤继续问。

小心。蜘蛛提醒陈学勤。

一颗子弹，大得像火箭，旋转呼啸着从陈学勤们身旁飞过，热浪烤得陈学勤很难受，陈学勤觉得自己快汽化了。蜘蛛看起来也不好受，它的腹部被烤得通红，更像一只吸饱了鲜血的蚊子。

这样的情况一天几次？陈学勤又问。

惩罚条例上标明是一天三次，但这里没有日夜，所以是周而复始，一颗子弹后面跟着一颗子弹，没完没了。蜘蛛说。

它一刻不停地往枪管深处爬，虽然子弹经过时烤得它焦红，但它丝毫不作停留。

它们现在去哪里？陈学勤很好奇。

枪管幽暗如深井，螺旋纹被放大了，陈学勤和它就好像在蜿蜒而下的旋转楼梯上爬行。

它们去枪管尽头，那里是子弹起飞的平台。它说。

他们从幽深的枪管里往下爬，一路有子弹向上飞过。这么巨大的子弹，感觉能把一座房子轻而易举地摧毁。

像膨胀螺丝。蜘蛛突然说。

什么膨胀螺丝？陈学勤没有反应过来。

子弹像膨胀螺丝，在人体内开花，炸出一个窟窿，高温把皮肉烤焦，能闻到一股煳味。那种味道让人印象深刻，非常难闻，想要吐。陈学勤不喜欢闻那种味道，但没办法，每次子弹射击出去之后，枪管里就会弥漫这种味道，越来越重，让人感觉快要窒息。所以陈学勤才要往枪管深处爬。

说话间，那种刺激性的煳味已经追上他们。黏糊糊的，好像黏液一样笼罩住陈学勤们，怎么也甩不掉。真的很想吐。

看着一个人死去，那种滋味真的不好受。蜘蛛说，所以有的时候他们会把仇恨无限夸大，仇恨会减弱他们的感受力，让他们无动于衷地做一些可怕的事。除了仇恨，还有欲望。欲望会让他们对别人的困境和苦难视而不见。但这不对。非常不对。是很不好的事情。

枪管传来了剧烈的震动。

他们就快要到了。蜘蛛说，那里会非常嘈杂，简直震耳欲聋，每颗子弹被撞击后都会先爆炸，然后才能获得飞行的能量。子弹爆炸声会很响。而且，枪管的构造就像一个扩音器，爆炸声会在里面回荡放大，经久不息。通常是一颗子弹的爆炸声还没有消失，另一颗子弹紧接着就爆炸了，所有爆炸声堆叠在一起，形成了巨大的声浪。他们置身其中，会什么也听不清，也无法交谈。好处是，爆炸产生的火药味，会驱散皮肉的煳味。

他们待在那里，被声音、气味、温度包围着。注意力无法集中，也根本不能思考。

陈学勤反复示意要离开这里，但它不为所动，也许真的完全留意不到周边的情况。过了很久，它开始自行往枪口爬，陈学勤赶紧跟在它后面。

我可以回答你一些问题，假如你还有问题想问的话。蜘蛛说。

陈学勤仔细想了一会儿，终于找出一个问题：

如果，我说的是如果，如果你可以拿到钱，不用杀人，你会怎么做？

蜘蛛好像早就准备好了答案。

陈卫国是一个笨贼。本来陈卫国只要做贼就好了，就像陈卫国把枪神不知鬼不觉地偷出来，陈卫国也能把钱神不知鬼不觉地偷出来，不需要为此去蓄意杀人。而且，万事皆有关联。枪给陈卫国带来了杀戮，钱可能也会给陈卫国带来其他意想不到的变故，那种陈卫国无法想象和承受的灾难。

说到这里，蜘蛛岔开了话题。

陈卫国曾经做过一个梦，是关于陈学勤和枪的。陈卫国梦见儿子把枪带去给他的小伙伴们看，然后他们又起了争执，陈学勤对他们开枪了。陈卫国被吓醒了。陈卫国觉得自己差一点儿被儿子拯救了，因为为了儿子，陈卫国想把该死的枪销毁掉。那样的话，后面的事情是不是就不会发生了？一念之差，陈卫国把枪藏在了更隐秘的地方，一个儿子永远不会发现的地方，藏在了儿子的心里。由此，陈卫国觉得自己有了冒险的资本和勇气。然而陈卫国不知道的是，那只是欲望和犯罪的巧妙托词。

千万不要被人生中卑劣的欲望左右。蜘蛛说，陈卫国就是活生生的榜样。

汤警官的心愿也终于了了。这么多年来，他坚持不放过一个坏人也不冤枉一个无辜人的准则，一直关注着这个悬案，即使退休也心系于此。随着夏青川的尸体和现场凶器被发现，这个悬案至少解决了一半：夏青川绝对不是凶手。

在这块圆形废墟上，汤警官问陈学勤，如果推土机更早一点开进来，结果会不会更好。

陈学勤明白他的意思，陈学勤希望推土机能够早一点开进来，陈学勤也希望父亲能够醒过来，清醒地，活着，在他的维度上告诉陈学勤真相。然而，凶手只有一个，真相不一定只有一个。一开始夏青川被怀疑为凶手，最后证明他不是，这是夏青川的真相。陈学勤一直怀疑陈卫国是凶手，但直到他死，陈学勤都不能确定究竟是不是这样，这是陈卫国掌握的真相，此刻已经永远成谜。汤警官一度怀疑陈卫国是可能的凶手，但他无法确认，即使夏青川被确认为是被害者而非凶手，也只能证明凶手另有其人，却不能就此推断出陈卫国是凶手。这也是真相。真相永远指向谜团的最初建立和最终解开。凶手确有其人，无论是谁，活着抑或死去，他肯定对解谜期待已久，并且意识到有些结果命中注定、避无可避。没有来得及在人间审判的，在另一个世界肯定也会如影随形，如蛆附骨。

　　夏青川和凶手的恩怨其实在二十多年前就已经了断了，被害人不会复活，无法找戕害他的人复仇。自有时间来伸张正义。不过，陈学勤和晓慧的关系却变得更加复杂。假如夏青川是杀人凶手，他毕竟没有杀害陈学勤的父亲，陈学勤愿意一生一世保护晓慧，晓慧也不会拒绝陈学勤。可现在的情况是，陈卫国很有可能就是杀人凶手，一旦确认，陈卫国不仅杀害了晓慧的父亲，并且嫁祸给他，让他背锅几十年，那样一来，晓慧还会原谅陈卫国，还会接受陈学勤吗？

　　陈卫国，不管他有没有犯下上述罪行，在阻止陈学勤和晓慧结婚一事上，他确实表现得心机深重，给陈学勤留下了源源不断、异常棘手的麻烦。

一封电报

　　远在无锡的表舅公拍来电报，提前客气地通知我们，其实只是告诉我的父亲一人，他近期想要来我家小住几天。表舅公所不知道的是，我的父亲已经过了辈，坟上冒出新草，草荣草枯也两个年头了。送报员骑着墨绿色的自行车，将电报送到家门口，口里报出的自然是死者的名字。我母亲因此很迟疑地走出来，有点儿不高兴，以为要么是送报员说错了名字，要么是自己听错了，但还是把那份电报接到手中。

　　通常来说，任何人的名字在其人死后往往经历三个阶段：起初总是因为怀念，经常挂在亲人嘴边，让感伤和悲戚一触即发；慢慢地沾染上不吉的气息，被相关人尽量避免提及；最后才会无一例外淡出脑际，像做了整晚的乱梦一样。父亲的名字也如此，特别是当门上贴的春联由绿色重新变成红色后，含名带姓那三个字被一个八竿子也打不着的人昂着头在门前脱口而出时，其完整性既熟悉又陌生，容易引发错觉和混乱，好像父亲的辞世只是出了一趟远门，他又疲惫地回来了。

　　晚饭前，分家多年的大哥过来，把电报上的内容一五一十地转述给母亲。

　　听说是无锡的表舅公要来，母亲有点儿沉不住气了。她在屋里走来走去，像一只无头苍蝇，全然忘了自己手头正在做或者想做的事情。大锅里的米饭烧焦了，我们闻到了刺鼻的焦味。井锅里忘了加水，差一点儿烧通，临时往里加水时发出吱吱声。母亲嘴里一直嘀咕着："这个老东西，没让我们安宁上年把年，现在果然又冒出水啦！亏得他倒是还有脸来！"

我当时上小学五年级，正在学习怎么拟写电报内容，便如获至宝般地把电报拿在手中翻来覆去地看，但渐渐失望。这不是始发电报稿，而是已经译出来的接收单，但见一串数据之后，十五个汉字写得极其潦草，与语文课本上所强调的必须一个方格一个汉字书写工整的应用文写作说明相去甚远。

我仿佛看见一个老人佝偻着腰蹒跚进邮局，对柜台人员说："我要发一封电报。"柜台人员递给他一张极其漂亮的方格纸。他屏气凝神，思来想去，只是为了行文简洁，以便经济省钱，终于拿起笔往格子里认真地填充，一不小心竟然还是写错了一个字，怪不好意思地重新索要一片纸。白纸飘过来，外加两句叮嘱："按规定只提供一页纸，多用纸是要另外收钱的。你最好在废纸上写好要发的内容，再誊抄到新的纸上，不会错。"老人唯唯诺诺，一笔一画地写好，又添上对方的地址、姓名，递过去一元钱，找回二角五分，捏在手里，这才转身颤颤巍巍地走出邮局。

此人正是我的表舅公。在我五六岁还是七八岁的时候，他曾来过我家，住了些时日。他那无锡话的口音让我无来由地印象深刻，因此上述画面中的对话部分无一不染上我记忆深处或者我自以为是的无锡话的腔调。相形之下，旁边母亲和大哥的对话因为傍晚屋内光线不断变暗，显得断断续续，内容闪烁，声音也不好听。

　　他们一直在讨论表舅公突发奇想要来我家做亲眷这件事。很显然，母亲是极其反对的，讲话的语气甚至毫不掩饰地充满了反感和愤怒，简直是怒不可遏。"他要是真来，就请他直接住到你死鬼老子的坟墓里去，让他俩做伴去。"言下之意，既然电报是发给死者的，他又只跟死者最亲最熟，这倒是最合理不过的安排。

　　大哥说："他要是知道老头子已经去世，怕是到了这里脚跟还没有站稳，就会吓得回头。再出八人抬大轿，敲锣打鼓请他来做客，他也未必愿意上轿。他来干什么呢？他想见的人见不着，这个屋子里又都是不想见他的人。"

　　母亲和大哥的态度，情有可原。

　　表舅公上一次也是第一次来我们家，是被待为上宾的。母亲对她自己的公婆都没有过这么好脸色。我奶奶去世之前，有一次母亲带着姐姐去给她洗澡，因为屋里老人味太重，奶奶身上气味难闻，气色难看，母亲喉咙又浅，全程呕吐不止，当时恨恨不已，事后还多有提及，似乎是奶奶亏欠了自己。但表舅公不同，他远在无锡，不时常接触，且免了很多日常生活里的鸡飞狗跳，又再三许诺会让我们家过上好日子。这是极大的诱惑，在那个时代几乎没人能够抗拒。他会带父亲一起做生意，做生意自然比老实且辛苦地种田养殖挣钱多，也来钱快。

　　在表舅公令人羡慕的描述中，无锡人的生活条件显然比我们这里高出不少，似乎无锡人唾沫星里的油水甚至都比我们用来烧菜的油丰足。他的到来就好比开了一道引水槽，水从高处自然而然流向低处。这可是肥水。我的父亲对此坚信不疑，母亲也跟着心动。肥水不流外人田，老舅公可不是白喊白叫的。本以为表舅公是天降贵人，带来福音，能让这个家变戏法一般摆脱目前困顿拮据的生活，谁想到会是雪上加霜呢？

表舅公和父亲一起做生意，恰逢大哥当年高考失意，便也跟着他们见世面。一者父亲素来主张"男孩要闯，女孩要园"，因此坚持供应大哥一路读书到高中，这在我们村上绝无仅有，其他人家最多把儿子培养到参军入伍；二者也是因为父亲听多了收音机里的评书，信奉"上阵父子兵"，觉得这样更能打胜仗。那段时间，我们全家都动员了，老幼上阵，摩拳擦掌，热气腾腾。

可惜想千想万，就是没想过做生意有风险，会失手，会蚀本，甚至血本无归。负债累累之后，一夜暴富的美梦破灭了，母亲自此只要提到无锡的这个表舅公，就恨得牙痒痒，嗤之以鼻，动辄"老匹夫，老骗子"地谩骂，即使如此依然不能解气。因为父亲很快撒手人寰，让孤儿寡母倍加艰难地存活于世，这笔账也被算到了表舅公的头上。虽则父亲的死和表舅公没有任何直接的关联，但在母亲看来，表舅公实在难逃其咎，如果不是他鼓动父亲做生意，如果两个人做生意没有失败，那么父亲就不会遭受那场意外。

在母亲的一再揣测中，所谓做生意越来越像是幌子，表舅公就是打着这个幌子来行招摇撞骗之实的，生意失败也是假象，其实钱都假手他人被装进了表舅公一个人的腰包。这么说来，父亲的死简直就是表舅公一手导致的，有一个我们谁都看不见的阴谋，一直笼罩着我们家，就像阴魂不散的乌云一般，导致散财不说，还要死人。

　　"什么表舅公啊，简直比仇人还要坏，我们家就是因为他遭难的，你们的父亲就是被他害死的。"这种埋怨和迁怒经常回响在我的耳畔。在母亲看来，表舅公就是一个不折不扣的骗子，他害死了父亲，让我们家跌入火坑和淤泥里。这哪里是亲眷，分明是仇人。母亲不失时机地以父亲活生生血淋淋的例子教育我们："不识天有饭吃，不识人没饭吃。"这样说着，母亲抬头找天，只看到自己一家人置身井底的悲惨现实，犹如瘫巴掉到深井里，想要出井谈何容易，想要翻身谈何容易。母亲难免长吁短叹，一来二去，便也白了头。

　　在我儿时的记忆中，表舅公来我家那年便已满头银丝，与母亲现在犹如芦花的花白头发大是不同。在我家做客那段时间，每天清晨，表舅公都会将他稀疏的银发梳得整整齐齐，一律倒背头，整个人看上去不止精神矍铄，还意气风发，像一个退了休精力依然无限的领导人。出门散步时，隔三岔五便会有邻人上前热情打招呼，他们随着我们一家，根据各自辈分不同，或喊"老表"，或喊"表舅"，或喊"表舅公"。村人大多是赵姓，本沾亲带故，如此客套并不显得过于虚情假意。很快，几乎所有人都知道我的父亲要跟着表舅公做生意，我们家要发大财了。表舅公在他们眼中不啻是一尊财菩萨，头顶光环，浑身闪耀着金光。甚至还有人来央求父亲，或者找母亲闲聊，话里话外无不透露着"有钱大家挣"的意思。至于生意遭遇挫折之后，那些铺天盖地而来的庆幸、奚落和中伤，更是让我的父母倍感辛酸苦辣，他们怎么知道会有如此大的落差呢？

　　所有这一切，都是拜表舅公一人所赐。本来母亲已经渐渐淡忘了表舅公，沉重的生活早就压得她抬不起头喘不过气，现在一封电报再次唤醒了她埋藏心底的屈辱和忿恨，旧事重提时溢于言表。"这个老东西，终于不做缩头乌龟了。他还有脸再来，那就让他来看看！"

"你也不要太激动，万事好商议。"大哥觉得，表舅公毕竟垂垂老矣，即使是做了一辈子坏事的人，临了也会幡然悔过，重新做人。表舅公不来则已，来了还是要招待一下的。"当然，老头子不在了，也没人有那种闲工夫，能陪他一天到晚地喝酒听戏。再说，他也一大把年纪了，能不能喝得动酒还两说。"大哥说。在很多方面，大哥的表现越来越像父亲。也许，这就是长兄如父的原因。一个家庭父亲去世，不仅仅意味着长子要承担起一家之主的责任，在某种程度上，父亲的很多特征也会在长子身上有所体现。

"说不定，表舅公之所以想起来要给父亲发电报，是因为他知道自己快要死了。"我的大脑里突然冒出这句话。谁知道呢。也许表舅公早就知道父亲已经不在人世间，毕竟这世上没有不透风的墙，南风里含有所有人的消息，他的那封电报就是特地发给死者的。在表舅公和父亲之间，在那场生意中，究竟发生了什么，哪些内容被刻意遮蔽和隐藏了，不是我们一直百思不得其解并因此更想知道的吗？父亲活着时什么也没有说，想必表舅公也不会透露一丝一毫，但他现在毕竟是唯一的知情者。想到这里，我甚至盼望着表舅公能够早日到来，尽管母亲可能会用极其难听恶毒的骂人话将他赶走。我把盖戳的电报举起来，在白炽灯的光照中，它看起来像一张车票，也像一张船票。我的表舅公，说不定他已经在来的路上了。

关于这位无锡的表舅公，住在镇上的大堂哥另有话说。我们的表舅公，自然也是他的表舅公。在大堂哥看来，一个表字，就足以说明一切：亲的不会称表，加了表的也不可能变亲。所谓"见舅如见娘"，那特指的是亲舅舅，也只能是亲舅舅；但没有"见舅公如见外婆"之说，可见隔了一代的舅公已然生分，亲舅公尚且如此，更不用说表舅公了。

大堂哥说："不是亲的，就是野的。表亲表亲，姑表胜姨表，三代开外，哪里还会走动，不走动就会忘，相当于没有这门亲。撞着了往上数好几代才能攀上亲戚，称一句老表。表舅公，能算哪门子亲戚？"

大堂哥又说："前些时日，镇上发生一桩事体。亲外甥还敢把亲舅舅给捅伤了，被捅的送到医院抢救。更早些时候，一个小年轻人坐中巴车，言语之间和司机发生冲突，冲动下把司机给打了，结果是大水冲了龙王庙，原来司机算起来还是表舅，后来放鞭炮赔礼道歉了事。这种情况，什么地方都会发生。认亲戚的话放顿鞭炮就大事化小小事化了，不认亲戚的话就只能撕破脸打官司要赔偿。现在人脸皮都厚，不讲亲情义气。叔叔被人骗，就是耳朵根儿软，不管什么人，两句好话一说，几杯酒一喝，不是亲戚的也能成为亲戚，不是朋友的也能成为朋友。"

大堂哥还说："叔叔认他是表舅，你们认他是表舅公，这个随你们，我们兄弟儿个是不认的。奶奶过了辈，她那头的亲戚有几个还走得热乎的？话说回来，他把你们害得还不够吗？但这事叔叔自己有一半之过，也不知道他从哪里牵过来一个表舅公，说不定还是寄亲，或者吃酒糊涂时错认的，半点血缘关系都没有，哪里会对你们心慈手软？他这次来，如果能把之前做生意损失的钱多少还给你们一些，就算他是有良心的人，良心没有全被狗子吃了。"

大堂哥的意思很明确，他坚决不认这个表舅公，不独他，他们几个兄弟都不认。伯父不在了，我们的父亲也不在了，大堂哥作为房门里的老大，讲话自然有分量。这也就是说，即使表舅公来了，只得由我们家负责招待，他们连面都不会见，更不用说把表舅公领回家去好吃好喝地招待了。他们犯不着。

对此，大哥的分析是："镇上他们几个兄弟一直怀有怨言。当年表舅公找老头子一起做生意的时候，伯父早就不在了，他们便以为是表舅公偏心，冷落疏远了他们，只扶持照顾我们家，没有照顾他们家。心理不平衡，看问题就戴上了有色眼镜，心里那块疙瘩一直解不开。后来做生意失败，我们和表舅公关系也不好了，他们更是不愿意承认还有这么一个表舅公。这个表舅公确实是奶奶的表兄弟，奶奶去世后也专程过来奔丧的，哪里能错得了。他们只是不认罢了。"

表舅公要来的消息传出去，很快村里人都知道了。我在村里走着，冷不防就会有人劈面问我：

"这么说，你们家那个老舅公真的又要来啦！"

"那个老头子，说起来真是有意思的人，我跟他没说过几句话，现在一听说他要来，竟然头脑里还能冒出他当年长什么样子。"

"唉，真是有多少年头没见了，他的年纪也应该一大把了，不知道老成什么样了！"

"还以为你们这位老舅公已经过辈，没想到还健在。真是一个好消息。等他来了，一定要把他带到我家来，我要请他喝几盅老酒的。"

我没料到时隔多年表舅公的人缘在我们村里还是这么好，似乎他经常来，和大家都很熟络，而不是只来过一次。又似乎全村人都是他的表外甥，或者重表外甥。我很疑惑，如果真像母亲说的那样，表舅公是一个大骗子，坑了我们家，那也许只是针对我们家而言？在旁人眼中，表舅公是一个有意思的老头，也许还很风趣幽默，至于他是不是骗子，有没有害过人——哪怕是住在隔壁的我们——那也一点儿都不重要。

慢慢地，表舅公当年住在我们家的情形愈多浮现，勾勒出一个真切的轮廓。他穿着白衬衫和黑皮鞋，还戴着手表，这在村子里都是极其醒目的标志。早晨傍晚，饭前饭后，他都喜欢在村里散步，有时拎着一根文明棍，用来驱赶村里的狗和白鹅，还能拄着原地休息。自然有很多人同他寒暄，他便操着颇为奇怪的无锡话与之相谈甚欢，似乎是一个了解很多掌故的老人，所到之处无一例外都能激起欢声笑语。晚上他被安排和我睡一张床，他占大半个床，我占小半个床，我们分两头睡，都尽可能侧着身小心翼翼地躺下。他睡着后，会突然鼾声大作。鼾声偶尔停止，我便误以为他死了，愈发不敢触碰到他的身体。有时我会把他的手表塞在我的稗草籽枕头下面，在秒针的滴答声中入睡，枕头里面的稗草籽像细沙一样流动。第一个星期天的上午，他让我陪他去镇上，买回几斤猪肉和一条鱼。这让我很吃惊，几乎要雀跃，因为我们家平常最好的伙食不过是父亲偶尔从镇上带回的一些被剔得很干净的猪骨头，或者十来只里面鸡鸭鹅成形的旺蛋。第二个星期天，他又让我陪他去镇上，这次买的是酒和烟，作为临别礼物留给父亲。前后大概住了十来天，他便回去了。此后他便没再来过。这次短暂的盘桓究竟发生在他和父亲做生意之前还是之后，我全然不清楚。也许是过后很久才开始做生意，而生意很快带来厄运，这可能是大家都不愿意看到的。谁不是朝前看朝好里看呢？

总之，表舅公有没有钱我不知道，是不是擅长做生意我也不清楚，但我相信他是一个真诚善良的老头，不像是坏人或骗子。

"他就是一个骗子，不仅骗走了我们多年的积蓄，还让我们欠下那么多债务，甚至差点儿把你姐姐骗走卖给人贩子。"母亲说，她毫不怀疑自己的判断。父亲有一年带着不足十岁的姐姐去了一趟无锡，说是表舅公为姐姐找了一户殷实人家，膝下无儿无女，愿意把姐姐认作干女儿，好好养大，读书嫁人。幸亏父亲没有把姐姐留在无锡，否则的话，因为这样的表舅公，母亲将在失去自己的丈夫之前就会失去自己的女儿。"你们的死鬼老子，就是一个吃酒糊涂鬼。"母亲说，然后开始念叨，"不识天有饭吃，不识人没饭吃。"

姐姐带着小外甥回娘家，这才听说了表舅公要来的事情，很是愕然。很多年过去了，她还记得自己幼年时期的那趟无锡之行。母亲不知道的是，当时父亲是铁了心要把女儿送人的。那对夫妻，倒不像是什么正经人，男的脖子细长，皮肤又白，跟鸦片鬼似的，女的两只三角眼，唇角有一颗黑痣，黑痣上还有好几根很长的毛，看着很瘆人。夫妻两个看上去都像人贩子，吃人不吐骨头那种。据姐姐事后回忆，她随着父亲，一路坐车到无锡，先是去了表舅公家，在街上打了散酒，切了熟食，三个人围坐吃饭，表舅公与父亲喝酒。父亲平时这么爱喝酒的人，那天都没了兴致，而且还背着姐姐偷偷抹眼泪。她就觉得奇怪，因为父亲心硬，膝下有黄金，眼泪赛珍珠，她长那么大，几乎从来没有见过父亲哭，喝得烂醉倒是常有的事。饭后父亲带姐姐前往那户人家，一路上牵着她的手，像放羊一样紧抓不放。亏得姐姐机灵，察觉出异样，脚走一路，眼看一路，记住了路线和参照物。晚上趁那对夫妻睡着了，姐姐开了门偷偷跑出来，居然还能一个人找回表舅公的住处。父亲回去后与表舅公肯定又喝了很多酒，那时正四仰八叉躺在草堆上，烂醉如泥，鼾声震天。凌晨左右，那对夫妻也寻过来了。他们肯定吓坏了，找了不知道多少地方，在表舅公家里看到姐姐时才如释重负。女的把姐姐搂在怀里，对父亲说："这个小囡我真是喜欢得紧。"抱了很久，又把姐姐推回父亲身边，说："喜欢归喜欢，看得出来这个小囡性烈，年龄偏大一些，记性又这么好，我们怕是养不好，也养不熟，你还是带回家去吧。"于是，父亲夹带着一丝愧疚，又把失而复得的姐姐带回母亲身边。

那些年，父亲每年都要去无锡好几趟，希望能把钱多少追要点回来。希望愈来愈渺茫。其实，那是父亲第一次做生意，他既不知道具体在哪个环节上出了问题，也不知道货物和钱究竟去了哪里，更不知道该找谁要账。在无锡除了表舅公，他什么人也不认识，人生地不熟，两眼一抹黑。美其名曰是讨债要账，倒更像是为了应付母亲。他甚至不知道自己在和什么人做生意，到了无锡便在表舅公家住一两个晚上，然后一无所获地垂头丧气地返回，迎接他的自然是母亲的埋怨和咒骂。他会感到这样的生活委实很没有意思吧。

"其实哪里是把我送给人家，卖给人家才是。要说老头子心不狠啊，他不也能做出卖女儿的这种事情来？在他眼中，儿子才重要，女儿连根草都不如。当年要真是把我卖出去倒也好，既给家里一笔钱，我自己还能过上好日子，可惜都不给我挑户好人家。"姐姐说起当年事，言下兀自愤愤不平。

"根本没有的事，不要见风就是雨了。老头子心里其实最疼你，他怎么会把你送给人家？"大哥劝慰姐姐，"他自己宁可脱层皮，也不会让你受半点委屈。"

"那是他愧疚。"母亲说。

"不想让受半点委屈的人是你吧。你说你，当年好歹还算是一个高中生，老头子不识字没文化，容易被人骗，你难道也不识字？你跟他一起去无锡，就什么迹象都看不出来？"姐姐开始埋怨大哥。

"我那时候哪里懂什么。再说了，老头子什么人你不清楚？在他面前，我能说什么话？我说什么他会听得进去？我连屁都不敢放一个。"大哥赶紧给自己找台阶下。

"现在知道把责任都往老头子身上推了，当年要不是为了你，老头子会冒险出去做生意，家底会亏空这么多，还要欠下这么多债？一家人忙了好几年，才勉强堵上缺口和窟窿。这些年所受的苦，可以说都是为了你。"姐姐不依不饶。

"好了好了，你们两个就别吵了。事情都过去这么久，你们的父亲也去世了，说这些都没用啦。"母亲暂时忘了表舅公，为一对长大的儿女充作和事佬。

"妈妈，也不是说你，"姐姐忍不住数落起母亲来，"当年要不是因为你这么苦苦逼父亲，后面很多事情也不会发生。"

"我逼他？"母亲像被蜜蜂蛰了一般，疼得叫起来，"你竟然说出这么没良心的话！我为这个家受了多少苦！你还是不是我血泊淋漓生出来辛辛苦苦养大的？"

"可不就是你逼他嘛！"姐姐越说越止不住，"你当时只知道家里做生意亏空了，只知道逼着他去无锡要账，只知道冲着他不停地发脾气，却从来不去想他为了要账受的是什么苦。说起来可怜，晚上哪里有地方歇脚，住旅馆肯定舍不得，只得在表舅公家蜷缩一夜。那个老头子，怕也是受穷得很。虽然有两间屋子，地方只有巴掌大。除了床、吃饭桌子，什么摆设也没有。冷锅冷灶头，不知道多久没开火了。父亲去了无锡，住在表舅公家里，既没有床睡，又没有多余的被子盖，只能四处找几捆稻草取暖，和衣在地铺上躺一夜。那天晚上我摸黑找到表舅公家，看到父亲躺在干草堆上，迷迷糊糊地问：'丫头，是你吗？是你回来了吗？'我就哭了。你是没看到，才不愿意体谅他，一直苦苦逼他。"

"什么苦？难道他比我还苦吗？家境再怎么不好，还不是一样供着他抽烟喝酒。他在家里招待朋友，不还是要炒鸡蛋就炒鸡蛋，要煮咸鸭蛋就煮咸鸭蛋，花生酱油豆，豆腐干猪头肉，什么时候短少了？"母亲心里也藏着一本账，随时能翻开。

"但你不给他面子，让他在他的朋友面前下不来台。你动不动就拿做生意失败这件事来指责他，逼着他去要账。腊月里大雪天，你不是逼着他去无锡要账，还说要不到账就不要回家过年吗？"姐姐继续追问。

"过年家里一分钱也没有，不让他去无锡要钱，钱能从空中变出来吗？我能变出钱来吗？"虽然是过去很久的事情了，但母亲依然感到委屈，有点儿悲从中来。

"妈妈，你的眼睛里只看到这笔账，却从来没有算过另外一笔账。"姐姐提醒说。

"另外还有一笔什么账？"母亲终于愕然了。

"你就从来没想过，这些年为了去要账买的车票钱，还有出门在外的食宿费用，加起来也几乎和亏空的钱一样多了吗？父亲这么要面子的人，每次去见表舅公，难道会空着双手去吗？难道不会偷偷地接济他一些钱财吗？一次就算是几十，一年不就是几百，几年不就是几千了吗？"姐姐一五一十地举着例子，"因为要账，家里又背上了两倍的账不说，你们还经常吵架。父亲又是脾气暴躁的人，惹急了就掀桌子。这些年因为你们吵架，他掀翻了多少次桌子，摔碎了多少个碗，敲破了多少口锅，这些都要买新的，不都是钱吗？你眼里只盯着做生意那笔账，不知道其他方面的花销才是无底洞啊。"

母亲有些心虚，埋怨也避重就轻："家里穷得堕底，他哪里还有钱去接济旁人？就是车票钱，也还是临行前问张三李四借的。真的是打肿脸充胖子。穷大方穷大方，越穷越大方。他怎么穷大方的脾性就一直改不掉?"

"他不会瞒着你去向他的那些狐朋狗友借吗？父亲死后，有的人悄悄把借条销毁了，有的人拿着借条登门催债。你当时不也奇怪怎么会凭空多出这些借条吗？你不是也咬牙都认了吗？"姐姐说。"狐朋狗友"是母亲对父亲那帮朋友的特指。

母亲嘴里发出哼哼声，似乎她的牙齿在隐隐作痛，再也说不出连贯的话来。这是母亲的一贯反应，是她面对生活中层出不穷穷于应付的麻烦时的小小花头。很多时候，当母亲捂着腮帮子支支吾吾时，我总是难辨真假，心疼的同时，又觉好笑。

收到表舅公的电报之后，一连好几天，每个人似乎都在谈和他有关的事情。大家都做好了他来的准备，即使是母亲，也逐渐和缓了态度，认为只要表舅公能去父亲坟上看一下，她这个做外甥媳妇的，也不会真的无情到要把他赶出门去。床铺收拾出来，床单下面铺上了新棉絮，棉絮下面垫了一层崭新的稻草，母亲还特地把稻草拍熟了。拍熟的稻草散发着夏天太阳的暖意，关键是人躺在上面，翻身时不会听到干草和干草之间摩擦挤压的声音。那种声音有时好听，有时让人心里烦躁。

但是，表舅公迟迟没有来，电报之后，再无任何动静。这引发了不安和猜测。按照年龄推算，表舅公毕竟是八十岁左右的老人了，身边又没有一儿半女照应，容易碰上各种意外。表舅公生病住院了？表舅公瘫痪在床了？表舅公死了？随着时间一点一滴地推移，问题发酵得越来越严重。

这个时候，我们好像才第一次发现表舅公的真实处境——他不过就是一个可怜的孤寡老头而已，即使打扮得格外精神和光鲜，也只是竭力在人前维持一种体面，这种体面像纸糊的，一戳就破。他的生活好不好，他有没有钱养老，他穿在里面的内衣是不是缀满了补丁，他是不是家徒四壁，谁会想到那么远，哪个人又会过问得这么细？当年他撺掇父亲做生意，也未必是出于坏心，说不定也只是想着抽一点油头，顺便从出手豪爽的表外甥手里捞点好处罢了。在他心里，他肯定是巴望着表外甥能够发达的，最好是通过他介绍的生意变得富有，这样的话他便自觉有举荐之功，收受好处和孝敬也心安理得些。他没想到事情会演变到最坏的局面。如果他是主谋，哪怕他是帮凶，他完全可以搬家，一走了之。偌大的无锡城，找个表外甥找不到的住所还不容易吗？他除了一点可怜的退休金，简直一无所有，为什么还如此留恋，难不成是为了方便表外甥能够轻易找到他，或者说，让表外甥在孤身一人讨债时好歹能有个落脚之地？这么说起来，他心里是希望表外甥能够追讨到债的。看到表外甥——也许这是他在这个世界上最亲的亲人了——窝囊地窝缩在稻草堆上，说不定他每次都在深夜里老泪纵横，自责不已。为父亲介绍生意也好，帮姐姐找寄养的人家也好，不过就是为了让这个表外甥能够在自己跟前多走动来往。如果这是他仅有的念想和一点儿私心，难道他所有的事情都做错了吗？

唉，对表舅公的这些个担忧，让我们心软，恻隐之心让表舅公在我们眼里差一点儿变成了好人。直到大哥向母亲提出建议，他想去无锡看一下表舅公，说不定表舅公真的病了瘫痪了死了。母亲顿时清醒过来。她坚决反对。好了伤疤不能忘了疼。她还记得父亲去无锡的下场。那是一道刺眼剜心的血痕。在母亲看来，无锡是不祥之地，表舅公更是不祥之人。"我怎么能忘了他是一个骗子呢？老骗子老骗子，越老越会骗。"母亲又开始历数表舅公给这个家庭带来的所有灾祸——可能的，莫须有的，似乎在用这种方式强行给自己提醒，不能忘了惨痛的教训。父亲受过的骗遭过的苦，不应该在儿子身上再次上演。"这个老东西，他肯定是在要心计。他在故弄玄虚，就是想让儿子代替父亲，再次走入他的圈套中。"

表舅公是在投石问路吗？那封十五个字的电报，不过是他从远处投向我们生活水面的一块石头，激出层层涟漪。他把这十五个汉字揉捏搓和，制作成一块香饵，引诱贪食的鱼儿上钩。我的大哥会在同情心的作祟下，重步父亲的后尘吗？不仅蒙受经济上的损失，还在感情上紧紧靠近表舅公这个长辈？

"父亲是父亲，我是我。表舅公若真是骗子，到现在还在行骗，他也骗不了我。我也没什么可骗的。"大哥安慰母亲。也许大哥不过是想替死去的父亲尽孝而已。假如父亲还活着，接到了表舅公发来的电报，他一定会非常高兴，并早早做好准备，待表舅公如上宾。假如表舅公竟然没有在约定之期前来，那么父亲一定会赶到无锡去，以看究竟。长辈来晚辈家里做客，那是晚辈的荣幸。按道理，更应该是晚辈前去探视张望长辈，逢年过节，不能断绝。

大哥想去一趟无锡，可惜他不知道表舅公的地址。表舅公之前来过我们家，知道我们的村子，知道村子所在的乡镇，他可以拍一封电报来，根本不担心我们会不会收到，即使他没有想过父亲可能会遭遇不测，接收人写的是父亲的名字，而不是大哥的名字。他当然知道大哥的名字。反过来，我们却无法准确定位表舅公的家庭住址。姐姐去过一次，但早已忘记街道的名字，即使她记得，这么多年过去了，无锡的变化那么大，谁知道曾经的街道还在不在呢？大哥的打算只得作罢。母亲悬起的心终于放下。现在她既不用过多考虑如果表舅公来了如何接待的问题，也不再担心假使大哥去无锡可能会遇到的陷阱。似乎在这次一惊一乍之间，表舅公这个人彻底烟消云散，连带着他在此之前可能犯下的过失，以及母亲内心对他多年累积下来的不满和怨恨。

最后，大家甚至讨论起表舅公的名讳。大堂哥记得似乎是姓陈，陈什么就不知道了。姐姐还突然想起那对夫妻其中一个人的名字，他们应该是表舅公的亲戚，但他们的姓和表舅公也没什么必然联系。

看样子表舅公是不会再来了。这么多年来，我们的村子几乎没什么变化，除了一些人死去，一些人出生，一些房子在原来的地基上变高了，村子外面多了几幢孤零零的房子——那是新盖的。总的说来，我们的村子还是原来的村子，并不会因为这些细微的变化，而让人认不出来。如果表舅公时隔多年再次来我们家，他会很快熟悉这里的一切。他拄着拐杖而不是文明棍在村子里蹒跚时，一些面孔依旧会荡漾在他周围，好听的无锡话，村人的土话，交杂在一起，同样会泛起欢声笑语。人世的阅历，多少才是个头呢？

也许，陪着表舅公去父亲的坟地看一看的任务会落到我头上，就像此前我陪他去镇上一样。白云在头上的蓝天漂浮，风片从身体周遭掠过，旁边的水塘碧波粼粼，坟山被树荫覆盖，一切是那么祥和，人世间的一切再难惊扰死者的安眠。表舅公垂垂老矣，喃喃自语："表外甥啊表外甥，你是我最亲的外甥，是我在这个世上最亲的人。"言罢，表舅公化为一缕青烟而去。

我有一种奇怪的直觉，表舅公在拍出这封电报之后，并没有遭遇任何意外，没有生病，没有瘫痪，没有死掉。他的生活波澜不惊，没有变好，也没有变得更糟糕。他只是突然不想出远门了。之前他有多么迫不及待，之后他就多么意兴阑珊。他知道自己曾被怎样对待，将被怎样对待，所有的嫌弃、不满、怨恨，都在他眼前飘过。他躺在床上，彻夜难眠，听着老鼠反复跑过墙脚的声响。因为老人的睡眠越来越少，极少的睡眠和永恒的长眠只有一线之隔。那些老鼠就在这条线上反复奔跑，搬运呼吸，也搬运时间。

那份电报一直被我小心地收藏着。表舅公不再成为家庭的难题与话题之后，母亲和大哥他们已经忘记了电报，电报的内容也随之泯灭。我常常展开，默读一遍电报内容。多么神奇啊，活着的表舅公给死去的父亲所发的电报，握在我的手中，而我坚信他们都收到了对方的信息。父亲知道，表舅公知道。表舅公知道父亲知道，父亲也知道表舅公知道。也许早在之前，早在父亲死之前，早在生意遭受滑铁卢之前，他们表舅外甥之间已经心意相通，无须多言了。

每次经过镇上的邮局，我就会想起那封电报。我仿佛看到表舅公进入邮局，又走出邮局。"外甥知悉我近期拟前往你家做客舅"，为了这十五个字，表舅公付给邮局七角五分，每个字花费五分钱。发出这份电报后，表舅公突然感到一阵轻松，好像密码在空中传输时，已经被我父亲一字不落地接收了。转瞬之间，表舅公好像已经完成来我们家的第二次做客，住了几天。这真是奇怪的体验。表舅公走在无锡的街头，这段路距离很短，他已经非常熟悉，闭着眼睛都不会走错。他就真像是闭着眼睛走完了一般，等到睁开眼睛，他发现已经结束了这次歇亲眷的旅程，再次站到了自己的家门口。也许，表舅公之所以没有来，是因为他觉得自己已经来过。谁知道呢？如果他还见到了他最想见的人，那真是了无遗憾。

那封电报，不断被我展开折起，折起展开，尽管万分小心，折印终于还是变成裂痕，裂痕处随后彻底断开，分为几缕纸条。写在上面的那串数字和一行汉字，或被中断，或遭腰斩，尽管变得零零碎碎，拼在一起还能一看。再后来，因为实在破烂不堪，我就用一根火柴把它点燃了。电报焚烧的时间很短，火柴棍还没燃尽，所有的字词就已化为灰烬，经风一吹，便全然不见。这样也挺好。我心里想。

逃跑家

　　最近我生活得并不好，但只要尝试忽略这一点，就不算太糟。我是个年轻人，暂时在一家历史杂志社上班。我不知道怎么就稀里糊涂被录用了，好像一不小心踏入了历史这条河流。有人说是因为我年轻，这家历史杂志社迫切需要补充年轻的血液，女主编看上去很像是处于闭经边缘行将老去的人，对我很友善，也许过于友善了，每次看到她总让我想起我那去世已久的母亲。有一次在梦里，我梦到了母亲多年前的背影，但等转过来时发现是女主编的脸。我百思不得其解，但也很高兴——这总比发现是父亲的脸好多了。母亲死后，父亲确实又当爹又当娘地拉扯了我几年，直到给我找了个新妈妈，这才重新回归父亲这个单一角色。只不过继母带过来一个儿子和一个女儿，都比我小，于是在我看来，父亲不复纯粹，至少一分为三，成了三个人的父亲。请你想想吧，女主编的脸代替了父亲的脸，这足以让我高兴很长时间，于是我对女主编暗怀感激。青睐有加碰到暗怀感激，会产生物理或者化学反应吗？这让我很困惑，像关键零件损坏的玩具小火车一样瘫痪在原地。可惜我是个疑虑重重的年轻人，如果我本人没有产生一种想法，其他人先于我拥有并且让我感受到这种想法，我就会很气馁，随之产生深深的挫败感，像受到伤害一样。很多人——我说的是一起在杂志社供职的人——提醒我说，女主编对我有意思，就是那种意思。

有吗？我深深怀疑，难道我把母爱和男欢女爱混淆在一起了？这吓了我一跳，如果我有翅膀，我肯定会顺势飞走。事情渐渐明朗，女主编对我确实很暧昧，这种暧昧有纸包不住火的嫌疑和倾向，我甚至闻到了她身体内部散发出来的情欲气息，取代了母乳的味道，越来越凝重，渐渐把我包裹住，似乎先于她本人一步把我纳入她真实可感的怀中。这让我产生逃跑的冲动。终于有一天，我记得很清楚，那一天高悬于我的记忆中，让我感受到巨大的迷茫和醒目的耻辱。那一天，我和他们一起去吃饭。那是单位的聚餐，我没找到合适的理由推脱，已经很沮丧，偏偏在路上女主编又当着那些人的面提出让我背她。猪八戒背媳妇。他们在一旁起哄。我不明白他们为什么要添油加醋，而她为什么又会表现出一丝羞赧。我拒绝了两次，第一次她表现得像个低龄幼稚的女童，第二次她加上一些愠怒，感觉像是处于不断成熟中的少女，第三次她恢复了本来面目，威严而又肆无忌惮，于是我习惯性地表现出了顺从。当她像轻盈的少女跳上我弯曲如拱桥的背脊时，我觉得受到了欺骗，有把她掀翻抖落的冲动。她匍匐在我的背上，警觉到了危险，双臂环起，紧紧搂住我的脖子。这在外人看来是颇为亲密的举动，她的胸部也牢牢地贴在我后背上，我能感觉到胸罩里的钢圈在割痛我，而我又不能不将双手往后背，以托住她那两瓣尖而凉的瘦屁股。老实说这种感觉糟透了。几乎就是在吃饭的那段时间，我飞速打好了辞职信的腹稿，差一点儿就要当众朗读。我大可以一走了之，这里没有我留恋和羁绊我的任何东西，没有一个朋友，连一个熟人都找不到，只有一个莫名其妙对我有好感，而这好感又被过度渲染接近报废的年龄偏大的女主编。上班将近一年，却没有在一起工作的陌生人当中找到一个能够稍微亲密起来的人，这算是一种比较糟糕的情况吧。问题显然出在我的身上，但其他人也难逃其咎。如果人与人之间关系的建立和维系必须严肃对待，我这么想也许并没有错。

　　我在提出书面辞呈后——这很有可能是多此一举，但我往往只有在事后才会意识到并为之后悔不迭——涌现把辞职信抢回来撕毁掉的持续冲动。但这同样也许是多此一举，谁知道呢？我们在做的，谋划要去做的，大概都是毫无意义的事情，有时是重复，有时是重复的重复。这个时候张三和李四约我一起吃饭。张三和李四，光看这样的名字，你就不会想和他们深度交往。我和他们不同，我有一个很正式的名字，我叫王常喜。王常喜这个名字也不好，是我父亲取的，我一直想摆脱掉。如果让我遇见一个好名字，我一定会换掉。你要是有什么好的建议，也务必请告诉我。张三和李四都是在杂志社上班的年轻人，比我大几岁，感觉他们像是要在这里干一辈子，这让我感觉很不可思议，一个年轻人怎么能有这样的想法呢？不过他们主动找我一起吃饭，我倒不反感，因为我隐约怀有吃一场散伙饭的期待。散伙饭好像是离开的一场仪式，非官方不正式，但好处是你可以就此拍拍屁股离开，或者借机大醉一场，顺便听听那些留下来的人的心声，比如"我恨死这里了""我也想走"之类的话。这能让我好受一些，觉得自己并不孤单，虽然那些话毫无意义，那些行动也不会付诸实施。奇怪之处就在这里，人们对话语丧失了起码的尊重和敬畏，他们不知道，语言是他们在这个世界上得以畅行无阻的通行证，一旦失去，他们就会沉入黑暗中，像牛羊一样被局限在圈里。就像张三和李四，他们觉得我提出辞职只是说说而已，是以退为进，是在要心机，他们是这么说的，此外还有其他一些奇怪的说辞。于是我明白，在他们眼里，这不是散伙饭，而是为尽力挽留一个想要离职的人而设的迷你聚餐，与散伙饭完全背道而驰。他们的背后站着女主编，他们充当了可耻的说客，其行为简直与拉皮条无异。现在问题来了，这场散伙饭该怎么进行下去呢？如果我离开杂志社，而他们是注定要留下的人，那么散伙饭的意义非常明确，我们互为祭品，离开者是滞留者的祭品，滞留者是离开者的祭品，无关对错，只是仪式的某种溢出解读，甚至毫无意义。当然，我也可以把火锅汤端起来泼向他们，他们也一样，不过我觉得他们操作起来可能会有一点儿麻烦，必须心意相通并且手脚协调，才能配合着端起那锅汤。他们互为联盟，这是他们的优势，同样他们也互相牵绊制约，这是他们的劣势。我有一百二十个机会先于他们发难，造成一时混乱或者长久的不可原谅乃至绵延一生的敌视，这些都可能构成仪式的衍生内容。

好在这个时候，我的父亲给我发了一条短信。他还在用短信，而我手机里几乎所有人都在用微信，我从短信的提示声中一下子便意识到是父亲，他告诉我他要到北京出差。那时我已经喝了好些酒。张三和李四为了挽留我，频频举杯。他们甚至把话挑明了，女主编对我的青睐意味着什么，一场无耻交易中青春的献祭和中老年的眷顾。我不想这样，我还年轻。你看，搞笑之处正在于此，如果我不年轻，我可能假装动摇几下就投诚了，可是如果我不年轻，女主编估计也不会拿正眼瞧我。到那时，我连这样的机会都不会碰到。就像他们说的，年轻是我最大的资本，应该尽快套现，别轻易让这难得的资本迅速贬值，变得一钱不值，甚至还要为此负债累累，好像他们年长我几岁早我几年毕业，也是这样过来的。他们是过来人。我真想端起火锅泼他们。只有在这短短几个小时里，他们的表现才无可挑剔，像杂志社里面特别称职且值得称道的编辑，我怀疑他们分别或者同时和女主编有染。这个想法让我多喝了好几杯啤酒，一度产生女主编就坐在他俩中间的幻觉，她向我频送秋波，倒让火锅迅速冷却。他们可能想把散伙饭尽量往后推，但我的意志不容转移。这一点我的父亲最有体会。可能是想到了他，想曹操，曹操就出现，虽然他并不是曹操，还是马上发过来一条短信，说他有个机会来北京出差，顺便想看看我。我长这么大，就没见他出过差。这分明是一个无须掩饰也无法掩饰的借口，他仅仅是想来看看我而已。我举着手机，凑近给他们看短信内容，越过火锅凝固的食物，手不觉有些颤抖，特别担心手机会不小心掉到锅里，好像这种担心浸在时间和空间混杂在一起的底料中不停地发胀，瞬间被放大，接近腐烂。我觉得我可能真的有点儿喝多了，而且为先前草率答应和他们出来吃饭而后悔。他们就是那种，即使你和他们做了快一年同事，却丝毫不想与他们成为朋友甚至是熟人的人，是无药可救的、一眼便能望到生命尽头的人。他们的存在似乎只是一个针对你个人专有的顽固的提醒：终有一天，你也会像他们一样。试问，谁会和以后的自己成为熟人与朋友呢？所以，这必须是一场散伙饭，我甚至有点儿不想去单位进行最后的工作交接，特别不愿意再见到这些人。后来他们就走了，张三和李四先是抢着买单，然后携手走向火锅店的大门。我有点儿站不起来，直到目送他们走出火锅店，我还是没能站起来。我想我得缓缓再说。在这个间隙，我给其中一个人在微信上转了这顿饭三人应该平摊的钱数。有的地方称之为抬石头。抬起石头压自己的脚。每次我都会这样联想，有时还会为此笑出声来，这是我生活中难得的笑声，有点儿像我小时候捡起一块石头扔向粪坑所激发的溅起，有时还是特别巨大而显沉重的石头。但我并不清楚究竟是谁买的单，张三还是李四。对方很快收了款，随之发来一个笑脸符，后面是"谢谢"两个字。这正是问题所在，他为什么要谢谢我，有什么可谢的，不过我想我毕竟没有发错人，可是就算发错又怎么样，他们两个人看起来很要好，像朋友一样，像穿一条裤腿的，像同一个人。

不知道你有没有这种体验，在喝多了之后人的思维显得非常缓慢，在努力使用字词句时会有奇怪的幻觉，好像看到被解体的汉字笔画悬浮在空中，一笔一画都很厚重的感觉，黑压压的一层。我可以凭借意念移动它们，把它们组装成新的汉字，它们只是移动得很滞重，还让人非常担心会突然直坠。这可能是我一直痴迷于《俄罗斯方块》的原因，即使现在我还乐此不疲，并且玩得非常好，不亚于《魂斗罗》。父亲突然宣布他要来看我，就好像一条不被需要的方块模型突然从天而降，无处安放，并预感到这将是很难解决的难题，会导致游戏结束。我承认我措手不及，只能等他出现，这让我很慌乱，有一种不满，却无能为力。出差，多好的一个借口，很难想象这竟然是他第一次使用，这下我更没有办法阻止他，劝他别过来了。一个早年丧偶，然后又续弦的已跨入知天命年龄的男人，他的第二个老婆带来一男一女，他都视若己出，这不算违反常规，却令我很愤慨，因为我一直觉得我受到了难言的不公正的待遇，先是父亲，然后是继母。他们婚后我有小半时间住在姑母家，大半时间在学校寄宿，可怜的姑母成为我们父子之间的传话筒，直到我上了大学，并不顾父亲的极力反对只身来到北京。我就在北京待着，悬浮着，像回到母体子宫中那样无忧无虑，没有智识。其间如果父亲不联系我，我也从来不跟家里人通音信，除了姑母，她是我父亲的妹妹，但我更认同她是我母亲的好朋友，才会这般照顾我。姑母惊讶于我们父子之间的冷淡日甚一日，在她可怜的心中感受到了某种恶意，为什么会这样，她时常忍不住问我。我告诉她，是因为我受不了父亲改口，以前他喊我常喜，或者儿子，因为家中只有我一个独子，多了弟弟和妹妹后，他近乎自然地喊我老大，似乎是为了向我强调我作为长子必须对弟弟妹妹好，照顾并礼让他们。事实上我很喜欢我的弟弟妹妹，毕业工作后多次给他们买礼物，但我受不了老大这个称呼，自它第一次从父亲口中冒出来，我就有强烈的生理反应，我不是谁的老大，我只是我自己。我现在复刻当时的心理，也会产生某种疑虑，这是我当时真实的想法吗？我不喜欢被指称为老大，为什么当时和以后这么长的时间里从不拒绝，或者叛逆地把它扔还给父亲，像朝着粪坑里扔一块石头？

总之，我的生活一团糟，但我觉得我之所以没说糟透了，是因为我还怀有一线希望，不然我为什么不远千里来北京呢？父亲之前来过北京一次，那时还没有我，他和母亲新婚不久，来北京旅游，我看过他们的照片，洋溢着那个时代的喜气。如果我们的生活还有什么没有变化的话，就只有天安门了。我来北京之后去瞻望过它，遥想父母站在同样的位置看着这幢建筑物，他们肯定想象过一个孩子，但未必是我，不过我只能回望到我唯一的父母，我没有选择。除了天安门，一切都变了。家乡变了，我念书的学校变了。更大的变化是一直疼爱我的姑母去世了，她去世之前为我做的最后一件事，是以我父亲或者我的名义召集了我父亲这边的至亲和我母亲那头的至亲，我的叔叔姑姑，我的舅舅姨妈，他们开了一次家庭会议，差不多也是最后一次了，要为我做一点儿事。不管过程如何，最后还是筹到了一笔钱，为我在镇上买了三间门面房，以便让我有所依靠。姑母为我做了这么多事，我却像个忘恩负义的孩子，竟然没有赶得上参加她的葬礼，我无法向其他亲戚解释这其中的种种原因，也不能掩盖他们的失望和我的自责，结果就是我宁愿不回去。父亲带着他的另外两个孩子参加了姑母的葬礼，遭到了姑父和表哥们的奚落，因为出现在葬礼上的不是死者的亲侄子。我明白，这是他们最后一次为我鸣不平，特别是以这样直接而残忍的方式，以后估计不会再有了。姑母死后，我和亲戚们的纽带似乎一下子断了，这与其说是姑母的错，不如说是我的错。姑母的死，还引发了一连串的反应，我的父亲和继母之间，我和父亲之间，我和弟弟妹妹之间，我父亲和另外两个孩子之间，所有人中间的隔阂更深了。但隔阂不是伤害，忽视它或者修补它才是伤害。自此之后，我长期赖在北京，即使偶尔回望故乡，我也明白我不是天使，顶多算是个遗弃儿。一晃多少年过去了，父亲期待我和弟弟妹妹之间形成的同胞之情并没有瓜熟蒂落，反而他和我之间的父子之情越发地浅了。他担心我不会为他养老送终，在这件事上他忘了他还有另外两个孩子。虽然如此，我还是想不通父亲为什么突然要来北京看我，美其名曰出差，他带着他的一家子来北京游玩还差不多。

就在那天夜里，我因为酒醉差点儿冻死在北京街头。我不过和张三李四喝了几瓶酒，其间有点儿话不投机，就匆匆结束了聚餐。显然不是离愁别绪让酒精扩张得更快，而是父亲突然造访的计划，让我酒入愁肠加速流动。我离开火锅店后，可能又在附近小卖铺买了几听啤酒，就这样越喝越冷，冷得我坐到地上，继而身体蜷缩成一团。路过的行人看不出同情还是厌恶，并不多作停留，他们大概会想：这个人怎么啦？喝这么多酒，不怕出事吗？他们不会进而想到我很有可能被深夜零下十来度的气温冻死，而且我跟他们非亲非故，如果真的冻死，在他们眼中也和路边常见的被冻硬的一截截狗屎无异。谁家养的狗，谁家处理狗拉的屎，如果主人家不处理，也就无人问津，即使有碍观瞻，甚至被过往的人不小心踩到。你可能听过这样的奇闻，或者在报纸上看到类似的报道：一个父亲告诉自己在远方的儿子他要来看望他，结果等他到了儿子所在的城市，发现儿子恰恰在前一天晚上冻死在街头，他赶过来正好处理后事，冥冥中好像自有安排一般。话说回来，即使父亲宣布他要过来看我，我也不想跟他开这样的玩笑。这次喝醉不过是一次意外。我有很多烦心事，工作上的，生活方面的——情感和生理上的，理想层面的，父亲来看我顶多是雪上加霜。像我这样的人，竟然还有理想，这是一件让人吃惊的事情，虽然我的理想已经毫无值得炫耀之处：我只是想留在北京，或者说，因为不愿意留在故乡，不愿在父亲眼皮子底下生活，而宁愿前往任何一个别的地方，越远越好。因此，我几乎意识到所谓理想对我而言只是一个托词，就好像父亲把出差当作来看我的一个借口，看似天衣无缝，其实一戳就破。在这种种烦扰中，父亲的来访不过是意外增加的一件而已，确实不值得大惊小怪。我把它当作新闻事件给张三和李四看，只不过是因为那时我已经喝醉了。如果我不详加解释，他们哪里知道这对我而言会是一件烦恼呢？就这样，在我陷入昏睡后，肯定有人过来察看我是不是已经死了，他探了我的鼻息，发现我还有一口气，便很高兴地拿走了我的手机和皮夹。如果我真的死了，可能会因为这个人的临时起意而多费一番周折，警察局无法确认我的身份，只能发出讣告向社会求助，结果历史杂志社的人确认了我的身份，因为我有一段近一年的过去留在了那里。他们会表示遗憾，并感到悲痛，甚至为我开一场煞有介事的追悼会。这个时候，他们联系上我的父亲，他才匆匆赶到，因为比他的计划提前了好几天，他显得准备不足，无所适从，憔悴不堪。

这一切之所以没有发生，缘于一个女人，她在我快要冻僵之前经过。那时街上已经几无行人，她的善心让她驻步，并最终下定决心把我扶起来搀回她的住处。你完全可以想见她一路上吃了多少苦头。在她的地下室里，我的身体渐渐回暖，并且感受到了饥渴。等我醒来时，她已经用电饭煲熬好了粥。我很感激她，边喝粥边和她说话。在我的理解中，和人尤其是陌生人不停地没话找话，也是一种致谢的方式。在我的世界里我也许已经异常孤僻。如果不是上夜班，她不会那么晚经过，也就不会把我架回住处。你看，所有的事情多么奇妙。如果我母亲不死，我的生活中就不会有继母出现，她如果出现得过早，只可能因成为我父亲的姘妇而遭人耻笑，若在我们家庭遭遇不幸后出现得过晚，我父亲已经适应并习惯了鳏夫的生活，他们也就不可能在一起生活。就好像这次一样，如果这个女人过早出现，那时我还在呻吟呕吐，酒鬼的症状明显，她会因为担心惹上麻烦而匆匆走过，如果来得太晚，我已经僵硬如一截狗屎，显然也就没有伸出援手的任何必要。只有在这种时刻，还有一丝气息，并发现我被人搜过身，怜悯才会完全占据上风。确实如此，她经过时，看见我如同一个孩子，悄无声息地在地上安睡，而不是一个酒醉的人，浑身酒气，鼾声震天。事实上，她远在老家的丈夫就是一个可怕的酒鬼，她因为不堪凌辱才选择离家出走。她和酒鬼还有一个女儿，现在上小学三年级。我母亲去世时我读初一，父亲和继母结婚时，我读初三，而继母带过来的弟弟读五年级，妹妹读一年级。这些我都记得非常清楚，就像碰到了开关一样自动浮现在我的脑海里。现在我虽然脑子还很疼，思维也不够集中，但我依然努力和我的救命恩人把我们之间的对话继续下去。她为了她的女儿，跑到北京来打工，把辛辛苦苦挣到的每一分钱都存起来，女儿如果上大学就作为学费，女儿如果早早嫁人就用作嫁妆。她自己没想过重新嫁人，因为觉得从家里跑出来已经很对不起女儿，女儿现在还小，可能还不理解她，等女儿大了自然懂事，可是如果嫁人就真的伤害了女儿，婆婆和丈夫向她泼出的那些脏水她也就没法儿向女儿做出解释。她又问我为什么喝这么多酒，家人难道不担心吗？说来话长，这是一个漫长的故事，而我这会儿思维涣散，很难条理清楚地讲述完整。我择要告诉她我少年时的经历，大学毕业后为什么来北京，这会儿为什么辞职。当我说到女主编的时候，她很不可思议地看着我，大概觉得奇怪，这世界上怎么会有女主编这样的女人。这时我才发现她不过三十来岁，很朴素，说实话并不难看。不知道为什么我突然跳出一个想法，如果女主编长成这样，我也许就不会感到受辱了。这可能是因为她救了我一命。可话说回来，如果不是这个女人，而是女主编救了我，把我带回她的别墅，我又会怎么想呢？你看，人的念头就是这么奇怪，开始我还就生死夸夸其谈，以为从死亡边缘侥幸回来是多么了不起的事情，现在正应了饱暖思淫欲的老话，我越看她越觉得她长得不错，三十多岁也不是多么显老的年纪，因而心猿意马。她也发现了我目光中的异样，低下头回避。可是我们之间的对话还在继续。我想到工体大门口至路边关于捡尸的新闻，她把我捡回来与捡尸何异。她果然不明白什么叫捡尸，我跟她解释了一番。她又问我这些人把女孩捡回去干什么。这正是我期待她问的，但我不知道怎么措辞，说做爱说性交好像都不对。最后我只能跟她说，这些男人把女孩捡回去，趁她们烂醉就和她们发生关系，像夫妻一样。这是我在那种情况下所能想到的最好的描述了。然后我问她，你离开丈夫这么久，也不回家，有时候有需要怎么解决呢？你看，我身体里确实住着很多奇怪的小人，有的敏感，有的自负，有的自私，有的狂热，有的卑劣，有的无情，有的像理想青年，有的像多疑症病患，有的像颓废派，有的像享乐主义者，种种合起来就像是一个小丑。也许，每个人身体里面或者灵魂深处都住着这样一个小丑，自私自利，自娱自乐，自作聪明，不可一世，嘲讽一切，不时或者一直发出刺耳的笑声。就这样，我可耻地诱惑了这个女人。她在深夜拯救了我，而我在苏醒后却迫不及待地制造各色谎言以便合理地侵犯她。她起先拒绝，说她的年纪比我大，我狡辩说我和年纪比她还大的女人睡过觉；又说地下室房间是隔断房，不隔音，我说现在凌晨周围人都睡得很沉；还说门卫看见她把我带进来，我们这样做影响不好，我告诉她她已经把我带进来，门卫肯定会散播不好听的话。是的，我慢慢打消了她的种种顾虑，就好像慢慢解开她穿在身上的一件件衣服。我像一个调情高手，只不过是受到了周边坏的影响，狰狞丑陋而不自知。但我并没有能够满足她，我高看了我的一时兴起，表现得像一个极其不负责任的人。我充满了羞愧，进而开始沉浸到不该如此的自责中。反倒是她，安慰我，将我揽入她的怀中，轻吁一口气，似乎满足于此。她救了我一命，再允许我和她春风一度，看起来更像是一种施舍。女主编渴望年轻的肉体，然后允诺这些像白泥鳅一般的肉体们更好的生活，也像是一种施舍。所不同的是，前者是我索要的，后者是我拒绝的。如果说女主编对我的所作所为是羞辱，那我对她的所作所为就更是一种羞辱，而且更不可原谅。她已经困乏，就像我不是一个陌生人、酗酒者，而是她的丈夫或者她的儿子那样，安然入睡。我睡不着，我在想怎么补救我犯下的不可原谅的可笑可耻的错误。最后我决定给她一些钱。这是我能想到的唯一的办法。冷酷，不近人情。那个人虽然拿走了我的钱包和手机，但我外衣口袋里还有一张银行卡，为了这次散伙饭，我特意取了些钱出来，钱装入皮夹，这张卡却意外放进了外衣内口袋中，得以幸免。那里面应该还有点儿钱，但我不知道具体数目，我想把钱全部取出来给她。我想我们以后是不可能再见了。早晨我跟她说了我的决定，她不想要我的钱，有被这句话烫了一下或冰了一下的反应。这确实让事情悄然变质，并越发不堪。但我假装忘了夜里发生的事情，强调这是我对她救了我所表示的一点心意。后来她跟我去了附近一处自动柜员机。我又一次食言，那张卡里还有八百多块钱，我犹豫再三，最后决定只取出五百给她，为自己留下了三百。补卡还需要一段时间，我不能身无分文地过完这几天。我几乎是落荒而逃，像宿醉的人一样回到住处，倒头睡到下午，一睁眼就看到了父亲的那张脸。想到父亲即将出现在我混乱的生活中，我差不多完全忘记了这段时间的种种遭遇，只剩下这唯一一件烦心事。你看，生活是怎样平复羞辱的，那就是让羞辱一件接一件源源不断地发生，有时你是被羞辱者，有时你是施加羞辱者，从而达到微妙的平衡。施加羞辱者不觉得这构成伤害，而是示好与施恩，而被羞辱者逐渐麻木，以为理所当然。这些都是父亲来之前真实发生的事情。我崇尚真实，因为唯有真实是我们无法回避的，也唯有真实反映和洞烛我们内心世界的幽暗和复杂。

我假想了父亲来北京之后会发生的一切。为了照顾父亲出差的借口，他必然只能抽出一点时间来看我，于是我会在他空闲时陪他去看天安门，吃一顿全聚德，如果时间宽裕的话再一起爬次长城。在我小时，父亲常说要带我去爬长城，后来是带我们（还有弟弟妹妹）去爬长城，不过一直因故未能成行。不管怎么说，无论是父亲带着儿子，还是儿子陪着父亲，说过的话最好还是尽快实现，不然那些许愿可能会按捺不住，给当事人带来更多的搅扰。如果我想让父亲对我在北京的生活还算满意和放心，我最好换一个租房，一居室的或者两居室的。可考虑到刚辞了工作，我不想把有限的钱都花在租房上，况且如果短期内找不到工作，房租就会成为让人头疼的事，我只能临时借用一下朋友的住处。反正父亲也不会逗留多少天，不要露馅儿就可以。出行的时候，我可以用打车软件预约一些豪车，虽然价格高，但是仅仅消费几次，累积起来费用应该不会太多。不过，考虑到父亲一贯的处事方式，他肯定会自作聪明地认为司机是我的朋友，会坚持让我坐副驾位置，不用陪他坐在后座，因为显然陪这样的朋友更重要。如果我打算隐瞒，让父亲觉得司机确实是很给我面子的朋友，我就必须坐在副驾位置上，那怎么和这位"司机朋友"聊天就成了麻烦事。大不了向父亲和盘托出，说明这只是用一款打车软件叫的车，司机都是陌生人，就像出租车司机一样，这样父亲就能明白，因为他在我们县城开过一段时间出租车。总之，我的生活千疮百孔，明眼人一眼就能看出，这肯定不是坐一辆好车、吃一顿全聚德就能掩盖过去的。父亲肯定会说，你还不如听我的话回老家，把门面房留着自己做生意也好，租出去收租自己再找一份工作做也好，总比待在北京强。

不过，父亲最终并没有来北京。他确实打算来北京看看我，看我是借口，他想跟我商量另外一件事情。当年，亲戚们筹钱给我买下的门面房，父亲在其中自然是出了大钱的。因为我不愿意回去，门面房便租给别人开超市，每个月收取租金。这些租金为我保存在一张卡里，等我需要随时都能取用。不过，父亲显然因为这个遇到了麻烦。弟弟比我小几岁，由于我迟迟不愿意结婚，弟弟的婚姻便成为家里的头等大事。弟弟并没有上大学，而是念了技术专科学校，毕业后也很听父亲的话，留在他们身边工作，看起来是一个靠谱的儿子。现在这个儿子到了适婚年龄，父亲需要准备很多东西，包括房子、车子和礼金。虽然弟弟另外还有一个亲生父亲，但弟弟是跟着他的母亲过来和父亲一起生活的，父亲对他的婚事自然责无旁贷。事实上，自从继母嫁过来后，父亲对待继母的两个孩子确实视同己出，相比之下，我反而是受到冷落的那一个。但在父亲心中我是长子，也就是老大，自然要让着点弟弟妹妹。为了让弟弟匹配到一个家境优渥的妻子，必须让弟弟具有门当户对的筹码，为此继母颇为精明地看上了那三间门面房。既然我一直没有回去的打算，为什么不能让弟弟在名义上拥有这些房地产，而事实收益人仍然是我呢？说实话，如果父亲或者弟弟真的向我提出这样的要求，我没有不答应的理由。在我内心深处，这三间店面让我如芒在背，是不断提醒我让我回去的存在物。我甚至愿意放弃这些，不管是转给弟弟所有，还是把这些收益留给父亲养老，我都毫无意见。当初他们凑钱买房子的举动，已经让我非常为难和痛苦，我坚决不回去，也相当于一次表态，甚至都不敢回去参加姑母的葬礼，因为我听说他们已经商量好了，一旦我回去，就不让我再返回北京，不管我在北京工作如何，有没有女朋友，房子租了多长时间。更可怕的是，他们觉得这是在代替我死去多年的母亲行使权力。很显然，他们觉得父亲多年来在对我的问题上是失职的。这甚至让我忽略了姑母对我的爱，而我的失礼之举让我更想逃离。继母觉得我已经逃得远远的，不可能再回去生活，既然我是"走失"的那个儿子，为什么他们不能对留在身边的儿子更好些呢？父亲计划来北京，就是想和我当面商量这件事。如果他真来了，我会跟他说我的一些事情吗？例如一个住别墅的女人和一个住地下室的女人，他会觉得他的长子已经变成一个怪物，好像离开他们的时间久了，就越来越陌生，也越来越无法理解。父亲最后没有来北京，是因为他已经不用来北京了。房子的事情不幸被我的那些亲戚知道了，不知是谁走漏了风声，他们坚决反对房子移作他用。他们说，就算弟弟是父亲和继母所生，手臂伸得再长也够不到这些房子，房子只能归我所有。事情闹得沸沸扬扬，弟弟妹妹觉得很丢人，他们的身世再一次暴露在大庭广众之下。他们的母亲觉得很尴尬，她俨然成了众人眼中那个邪恶的继母。父亲很没有面子，我已经从他身边逃跑，而他视若己出的弟弟妹妹也随时可能和他再没有任何关系。几个月之后，父亲竟然和继母离婚了，具体原因谁都不清楚。继母带着她的一双儿女离开了父亲，好像他们只是在这个家中寄居了十几年。我完全没有想到，在我为父亲来看我这件事惴惴不安的过程中，家里发生了这么多的变故，而且似乎都和我深有关联。

你肯定还记得朱文有一篇小说，写父亲来看望儿子，儿子希望用男人的方式好好招待父亲。这是一篇让人大吃一惊的小说，至少我当年读到它和现在遥想书中的内容，都会觉得大吃一惊，惊讶没有任何掉色，好像我也从来没有长大。我的父亲现在已经离异，恢复了单身，在我看来不算坏事，至少他可以在人生垂暮之年过上他想过的不受任何羁绊的生活，去他想去的随便什么地方，甚至和比他的儿子还年轻的女孩谈一场恋爱。这些都是可能的，为什么不呢？几个月之后，我打算结束在北京的漂泊生活，于是给父亲发了一条短信，表示很遗憾他没有能够来北京，而我因为工作关系即将离开北京。父亲在短信中回复，他现在在深圳，和一个朋友一起创业，他投进去不少钱，希望能够尽快发笔小财，回去给弟弟买几间门面房，不能厚此薄彼。他是这样说的，不能厚此薄彼。好像这样说，我和弟弟就都能原谅他，或者我和弟弟就会相亲相爱。好像这样做，继母就准备好了再次回到他身边。我第一次发现我其实一点儿也不了解我的父亲，而他曾经无数次抱怨说他不理解我。我开始为他担心，觉得这笔钱很有可能打水漂，最后颗粒无收，他未来的生活必将窘迫，为了躲避这窘迫的生活，父亲很有可能成为一个五十多岁的疲于奔命的逃跑家，像他年轻的儿子此刻正在做的一样。同时，我也松了一口气，还好我离开北京后的首站是杭州，本来我还一度犹豫着要不要去深圳，因为据说那里的钱好挣，幸亏没有成行。那么好吧，我亲爱的父亲，看看我们这对跑来跑去的父子，此后究竟会在中国的哪座城市意外相逢。

深夜狗叫

狗

那条狗出现时，夜已经很深，马路上早就人迹全无，两畔小区的阒静连成一片，楼层皆黯淡无光，像阖闭的眼睑。路灯还都亮着，犹如午夜时分困乏不堪的门卫。偶尔一辆汽车尾灯通红，徐徐滑行至小区门口，不得不耐着性子轻摁一两声喇叭，才能惊醒拦车杆。杆子缓缓抬高放行，之后似乎又突然陷入瞌睡，很长时间不复落下，似乎是为下一辆汽车大开方便之门。狗并没有趁机把自己假想成冒着尾气的汽车，堂而皇之地溜进小区。谁敢保证狗对汽车就没有好奇心呢？它显然对竖着的拦车杆怀有惊惧，边走边打量。那不啻一根举起的打狗棍，或者是打开的狗头铡。或许它曾被下落的拦车杆砸中过头，虽然没有当场倒毙，也没有造成颅内出血，却晕乎了很多天。害得它现在对拦车杆——不管是扬起的还是横放的——留下了很深的心理阴影，觉得还会冷不防敲自己的脑袋一下，发出嗡嗡的余音。

这是一条流浪狗，自从它失去庇护所，风餐露宿习以为常，再也没有正儿八经地洗过一次澡：体味漫散而出，浸入被前后路灯漫不经心映照在地的凌乱影子；毛结成缕，早经潦倒的生活反复泼染深深浅浅好几层锈色，紧巴巴地贴在瘦骨嶙峋的肋部。

　　然而，它多少显得与众不同。此时此刻，无论家犬野狗，哪个不是窝成一团在美美地睡觉？只有它单枪匹马，宛若梦游的苦吟诗人那样，循着模糊记忆的线团，来到月下熟悉的地点。然而线团可怕地纠缠在一起，即使找得出线头，也很难理顺。这种生活中随处可见的戈耳狄俄斯之结，该如何解开？是用牙齿撕，还是用爪子挠？可怜的狗，它是被主人硬着心肠抛弃了，还是自己不小心走失，迷了路？

　　它开始埋头四处嗅闻，不停地支开右后腿撒尿。它显然是在界定它的势力圈，心无旁骛地搭建一个无形的临时舞台。等到最后几滴尿液被挤出，它便在舞台中央站住不动，歪着脑袋凝神斜觑，像在为演出默数着倒计时，静待一根指挥棒弹跳到空中，给出强有力的信号。简单而谨严的仪式终于完成，随即是一连串的长音符蹦出喉咙，直上云霄。它冲着小区半空中某个不确定的点卖力地嚷叫，也许那里隐藏着它曾经熟悉无比的家园。

　　狗确乎是狼进化而来的。特别是在它大放悲声的时候，残留的狼族基因显露无遗。蒙上琥珀泪滴的眼珠隐约闪现蓝黄之色，拉抻开的身体随时会像一支利箭射入月亮。在月色中，而不是灯光下，这条流浪狗才会摇身一变，还原为一匹荒原狼，和人群聚居地刻意保持距离，显得如此冷漠，特别孤独，而且不近人情。

　　它在叫，不顾一切，歇斯底里，简直是不要命地长嚎。让人忍不住怀疑，它这般有今朝没来日的狂吠，是不是因为有生者即将离开人世？

　　死亡的气味在空气中一圈圈扩散，混杂着远处马场飘扬而至的臭昧。狗的神情古怪而慌乱，好似下咒者被当场撞破，却又不舍得就此放弃，赌命似的继续它的长鸣。悲号中透露出的孤独、绝望，似乎涌现自深沉大地的静默，或是源于空中皎皎月轮的迷思。尾音缭绕，不绝如缕，如撕扯裹尸的布匹，也许在嚎叫的末端，戛然而止时，挂着的正是它的最后一口气。然后它将倒地不起，四肢僵硬，唯有两滴眼泪滚落在从它合不拢的嘴中夺拉而出的红色舌头上，再也不会醒来。又或者，它只是想将其怖栗的高音源源不断地送上月下西楼。

女人

通常这个时候，小区楼层的某扇窗户会骤然变亮，像听到口令的士兵突然往前迈出一大步，与幽昧的背景形成明显的隔层。里面的灯会失眠般地开上一夜，再也不灭。有人站在窗子后面，正目光散乱地端详着月亮。这是一个年轻的女人，卸了妆的脸，套着睡衣的身体，蓬松的头发，看上去像磨旧掉色的瓷器，让人不由得无比怀念并畅想她完好无损容光焕发时的模样。也许是刚从睡梦中醒来的原因，整个人显得黯淡、憔悴、浮肿，甚至隐隐透露出长途旅行后才有的倦懒和疲惫，一种对美景提不起任何兴致的困乏。她的神情像是在询问月亮，抑或揽镜自照杂乱纷呈的心事，耳朵里则不可避免地贮满马路上那条狗的疯狂叫声。在这间卧室里，即使狗吠被墙壁隔开，声音降低，显得微弱许多，依然清晰可闻。如同从一个快要窒息溺毙在黑暗中的人的嘴里呛出的一连串呼救，如一行整齐的白鹭在青天夺路而逃。又或者受困于自己鼾声的大梦者，被愈来愈急促高亢的呼噜突然惊醒，显出努力分辨声音被稀释时的那种惊愕与恍惚。

"为什么这么晚还有狗在叫？"她喃喃自语，"为什么它一连好多天都在这么晚的时候才开始嚎叫？似乎还正对着我的窗口？它在哪里？"

狗就位于声源处，但从窗子这边望出去根本看不到，只能听到狗叫声。窗子很大，取景框里有马路，有马路两边的路灯，有相邻小区的好几幢楼，还有衬托出完整月亮的一角夜空。窗子也很小，一拃窗帘、几棵树和一堵围墙，就严严实实遮蔽住了视域。任她怎么眺望，也看不到狗的身影，只能听到狗叫。那条狗躲在树和围墙形成的掩体后面叫着，制造噪音，如同异形塞壬，可怕的歌声在碧海青天飘扬，身体却已神奇地消失不见。

"我究竟做错了什么，连楼下的狗都欺负我？"她痛苦地自责。受到搅扰的睡眠宛如让人泄气的生活，被深夜一点微光映照出若有如无的形状，在异常突兀和极度脆弱之间动荡摇摆。

"我没有做错什么。事实是谁也没有做错什么。那是条可怜的狗，它本不应该在这里在这个时候出现。错误的时间和错误的地点，带来极其糟糕的影响。"她想，此刻她的生活与狗的吠叫正处于相同的频率，形成共振。狗叫声就像士兵经过桥梁时的步点，而她的生活也有可能因此摇摇欲坠，轰然倒塌。

"也许我可以去好言好语劝它离开。虽然它不一定会听我的话。这事不好说。如果狗是关在家里叫倒很容易处理，我可以直接去敲门。

'梆梆梆'，敲门声也能完全覆盖住狗叫声。但那是在路边，虽说时间确实不合适，而且我也找不到'门'在哪里。流浪狗的脖子上也不会挂着门牌号。它不会欢迎我，我那样突兀地在它面前出现，就像它的叫声一样招人反感。它难道不睡觉吗？这种质疑真让人难受，因为非我族类其心必异，因为不相关的人不会有足够的耐心去相互理解，而所有理解的努力和尝试都可能带来意想不到的伤害，加速理解行为的戛然而止。那条狗在叫。它为什么要叫？这是一个问题。那条狗没在叫。它为什么如此沉默？这是另外一个问题。这两个问题有本质的区别吗？哪个问题更重要？也许它们只是构成彼此存在并被互相证明的两条河岸，河流因此才得以形成并蜿蜒流淌。犹如相爱的两个人，谁更重要？相爱的两个人就如同相对并一路扶持的河岸，爱河涌动，一切波光粼粼，镶金嵌玉，铺满钻石和水晶。一旦任何一方撒手，河流必然倾泻一空，被冲刷出沟壑的河床尽显无遗。谁能想到河床竟然会如此千疮百孔，如此难看呢？好像既承受不住河水，也承受不住星光。而当日月运行，投射在水面，其无比璀璨，让人悠然神往。往昔是多么欢快，一去不复返的美好时光，再难回首，不堪回忆。"在狗的叫声里，她的精神恍惚，思维四散游走，犹如达利的钟表，指针冲破瘫软的表面，在限度内失控。

　　从现在到上班还有一段时间。闹钟仍在进行漫长的倒计时，嘀嘀嗒嗒，犹如沙漏。如此静谧的夜晚，却不幸受到声声狗叫的惊扰。她打开了衣柜，她想做什么？她又放弃了，关上衣柜，走进客厅，没有开灯，摸黑坐在沙发上。狗叫声依然追着她的耳朵不放。她陷在沙发里，一动不动，连眼珠也定住，像被美杜莎化成的石像。

空间同样凝固住了，一点夜光从窗户透露进来，和狗叫声充分搅拌在一起，互相渗透。夜光衬出客厅的昏暗，狗叫声让小区愈加幽静。这是子夜时分，离天亮还早，这大把的时间就此铺陈开来，滞重清冷，难以排遣。也许她更应该换好衣服，怒气冲冲地下楼去把那条狂吠乱叫的狗赶跑，而不是坐等它自行离开，那肯定还需要很长一段时间。怒气来得快去得也快，她放弃了，茫然地坐在客厅里。肯定不关狗的事。当然，狗叫的问题必须解决。但不是由她，更不是现在。哪个年轻女人会在更深人静时，冒险下楼去驱赶一条莫名狂吠的野狗呢？如果不幸还是疯狗，她确定自己可以处理那种可能出现的异常窘迫的局面吗？不是人撵狗，而是狗追人。

切切实实近在耳畔的狗叫，一定也会惊醒小区里的其他熟睡者。他们睡眼蒙眬，顶多嘟哝一句"什么狗在叫，真是烦死了"，翻个身很快重新沉入梦乡，不会坐起来，更不会站到窗前。深夜狗叫难免会惊扰酣眠，但实在不足以撼动生活。他们的生活一切照常，有条不紊，按部就班。对他们而言，狗叫并没有构成一件大事，不值得大惊小怪，它充其量只是生活中的一丝聒噪，连不和谐音都算不上，罔论带来痛苦的意外了。然而，狗叫确实让她深受折磨。因为在别人毫不困难地再次入睡后，她还得一直忍受狗叫。即使那条狗离开后，幻听依旧惊涛拍岸，狗叫声停泊在她的耳蜗深处，怎么也挥之不去。伴随着失眠，眼睛和耳朵达成共谋，又形成通感，耳朵轻易想象出狗的外形，眼睛则注满狗叫声，这让她难以平静。即使她伤心地躺回床上，用枕头捂住耳朵，将被子蒙住眼睛，也无济于事。她无奈地拿起手机。手机早已调成夜间模式，屏幕暗淡。她几乎是过于乐观地想到，如果睡眠突然降临，昨晚临睡前定下的闹钟显然太早了，为了确保第二天的精神，最好往后调哪怕五分钟。似乎只要拉大现在和闹铃响时之间的间隔，睡眠就会更容易栽进去。她前后调了几次闹钟。最后一次时，窗外已经放亮。马路上重又变得热闹起来，蒸腾出人声一片。她只得无奈放弃入睡的努力和打算，开始洗漱装扮。

现在是新的一天。狗叫声终于逐渐消隐。等到中午，她彻底清空了耳朵里残留的狗叫声，可以踏踏实实趴在办公桌上午睡一会儿，但只有约半个小时的清静和安宁。一点钟左右，记忆中的狗叫声又会慢慢抬头，一点点渗透绵延，宛如不动声色的涨潮，好像是在为接下来的深夜狗叫拉开序幕，进行彩排、预演和热场。

"你们听到楼下狗叫了吗？"她多么想就此向她的同事们求证。那些笑起来一脸闪烁的年轻女孩，她们究竟有没有听到同样的声音？她不停地发呆走神，恍惚不安。"我这是怎么了？"她问自己，意识到自己要面临的是更为可怕的困境。"不能让狗再这么叫下去了。"夜复一夜，没完没了。她在心中反复斟酌合适的求助人选。午夜凌晨，什么样的男人愿意来到小区楼下，把一条疯狂吠叫的狗赶跑，重新闭合宁谧的大幕，守护她的睡眠，而不会带来新的麻烦？她必须考量这种行为可能引发的危险，须知这比狗叫更复杂更棘手，因为这是生活中更常见也更难以解决和摆脱的问题。难道她的生活还不够糟糕吗？不应该让一团乱麻的生活变得更加混乱，这不明智。她得出了结论。

于是，她给前夫编发了一条微信："最近好几天一直有一条狗在深夜里叫，叫很长时间。我被吵醒后就再也睡不着，第二天精神很差，影响工作不说，都快神经衰弱了。你能做做好事，过来帮我把那条狗赶跑吗？"

男人

前夫瘦高个，有些驼背，看上去心事很重。微信内容他反复读了好几遍，在脑中自动生成了好几段文字，譬如："你不是一直都很有主见吗？怎么现在连一条狗都搞不定了！""狗叫也算是一个事情吗？随便找个人过去不就解决了！""这条狗喝多了吧？这么晚不睡觉瞎叫什么呀！"但都被他很快一一否定了。两个小时后，他终于回复："今天晚上约了客户吃饭。吃完饭我就直接过去，到时再想办法把那条狗赶走。"

她没有回短信，好像精神不济再次睡着了。此后一直无声无息，如同整个人消失在手机里，感觉即使醒转过来，也已全然忘了这回事。

他并不是找借口，确实约了人。也牢牢记着赶狗的任务，喝酒的时候显得心不在焉兴致不高。一起吃饭的人，有他的同事，也有他们的客户。两家公司即将完成签约，那是一个大单子。两组人提前私下举行小范围的庆功宴。每个人都很高兴，放松，充满希望。作为回请，客户提议餐后去酒吧或者去KTV，彻夜狂欢，不醉无归。他不反对，心里想着，在KTV坐上一两个小时，再赶过去，那条狗也应该登场了，时间刚刚好。

她有可能撒谎吗？既不存在狗，狗叫更子虚乌有。那么她编排这些谎话用意何在呢？他是第一次离婚，事实上他们结婚也没有多久，他连丈夫的位置都没有坐稳坐热，对离婚后的男人和女人更加没有经验。深夜狗叫很有可能是事实，但她显然夸大了狗叫对她睡眠和生活的影响。曾经只有他，对她的生活和睡眠构成过巨大的伤害，那也是他们无法继续生活在一起的一个诱因。可是，所谓伤害不也是她极度夸张的即兴表演所导致的失控吗？他一直这么觉得。意在让他产生深深的自责。是的，问题都出在他身上，所有的事情他都做错了。错了他认，但不愿意再徒劳地辩解，那势必引发她更大的不满，在这种不满的刺激下，她的生活和睡眠只会更加脆弱。他们终于决定好合好散。两个人都松了一口气，好像这口气憋得过久，快要窒息一般。这就是他们的婚姻，结婚和离婚都让周围人深感意外。或许，称之为临时婚姻更加贴切。他们本就不应该结婚，离婚更显草率。难道真的是因为时代变了吗？和他们的父辈相比，他们更少隐忍，更加咄咄逼人。他们的父母，那两条河岸之间，也产生过很多漩涡，潜藏着决堤的危险，很多次都让他们心惊胆战，却一直稳固。反而是他们，自以为固若金汤的联盟，却不堪一击，说散就彻底散架，毫无通融和转圜的余地。

他觉得荒诞，离婚不到半年，一条流浪狗就这么快享受到他的专属待遇，也能够对她的生活和睡眠产生影响了。而他，曾经左右她的睡眠和生活质量的人，此刻却临危受命，要去把那条狗赶跑。他和狗的碰面，会显得尴尬，并成为一出新的闹剧吗？人和狗之间到底如何收场呢？他应该如临大敌全副武装吗，还是索性不管不顾，该吃吃该喝喝该唱唱，然后醉醺醺的，带着一身酒气一身烟味地出现在狗的面前？就像此前每次应酬之后回家，引起她的深深厌恶，不吵不闹，无须讲道理，一再爆发冷战，且让冷战不断升级，那条狗也会自动给他让路，退避三舍，并且因为不想再次面对他的这副尊容，放弃此处，另觅不受搅扰的舞台。一条狗，哪怕患上深夜嚎叫的不良嗜好，也总能找到一个角落尽情享受吧。他应该好好琢磨一下，该怎么和这条狗打交道，如何尽量不伤和气地让它离开。如果万一需要动用武力，他也得想好万全之策，毕竟小区内外遍布摄像头，一旦深夜对流浪狗贸然动粗的画面被好事者传播到网络，爱狗人士将会声援这条原本未进入他们视线的狗，毫不留情地对他展开口诛笔伐，到时他是百口莫辩，毫无招架能力的。

　　他就这样喝着酒，唱着歌，和其他人随意寒暄着，思来想去的却是那条从未谋面的狗。他们觉察出了异常，也多少耳闻过他的婚变，问他："以前每次聚会，你总是心神不定，接没完没了的电话，急忙着慌地提前撤退，现在你都离婚了，难道是习惯成自然吗？"他断然否认。他们继续拿他打趣："那是你又有新欢了？新欢和旧爱竟然延续了同一个习惯，都喜欢把男人拴在裤腰带上，一刻也离开不得吗？"他臊红了脸，并且开始生自己的闷气。要说习惯成自然，这才是。即使离婚了，他确实还保留着过去生活的一些习性。她像一棵野蛮生长的植株，毫无道理地大肆侵占着他的个人空间。但这些与其说伤害了他的自尊，不如说让他在朋友和同事面前很没面子。他选择的反击是变本加厉地增加外面的应酬，每次拖得尽可能晚地回去。当他喝醉酒站在她面前，像深夜的一株路灯，其光亮不断地掉落到地面上时，心里越来越无动于衷，甚至还觉得好笑。生活里冒出的这种笑声，是不是对婚姻和生活的一种不自知和不自觉的冒犯呢？有好几次他就那样站立睡着了，像一匹忧伤而孤单的公马。他从不相信他会真的影响到她的睡眠和生活，即使有，他也不以为然，反而认为她在小题大做，借题发挥。他自顾自，就像那条狗一样。当然，他不是狗，狗也不是他，要说两者之间有什么必然联系，那就是他们可能确实对她的睡眠和生活产生了困扰。她犯下的唯一失误，不过是过分夸大了这种困扰而已。他很难想明白，婚姻生活中困扰多多，自己的新婚妻子为什么单单就夸大这种困扰呢？

　　置身于别人一浪高过一浪的喧闹中，他感到自己越来越冷静。这种冷静，有很长时间没有出现在他的身上和生活中了。大多数时候，他显得狂热、盲目、不顾一切，被一种美好生活的幻象激励和膨胀着，工资、奖金、提成、房子、车子，所有这一切，他和她热烈规划和快乐分享的，渐渐淹没了他们，两个人却越来越不互相理解，越来越难以包容彼此。偶尔心平气和，但更多时间里他们心浮气躁，心平气和就像是耐心用罄的回光返照。

　　千里之堤毁于蚁穴，婚姻也如是。也许，离婚之初，他们眼里的彼此是异常丑陋的，就像泄空了流水的河床一样，面目虽然新鲜，却腐旧不堪，即使无比真实，也最是让人不能目视。离婚之后，他们的联系日益疏远，因为冠了个"前"字，不是过去式，而是否定式。这是时间层面的盖棺定论，一切难以挽回。空间方面，他们很难容忍眼里的对方。好了伤疤难忘疼。他们就是那道伤疤，一辈子都存在，一直让痛彻心扉的疼欲盖弥彰。离婚后，他们打过几次电话，不过是无法回避的公事公办，显得生硬客套，随着联系频率越来越低，渐趋于零。他们已做好准备，再也不见，再也不联系。好像全世界让他们感受到的不如意、冷嘲热讽和敌对，只会让他们在彼此面前显得更加心高气傲。不蒸馒头争口气。他们即使再无关系，却依然是最不愿意让步和服输的对手。谁也不想率先低头。话说回来，要是能够低头的话，早就低头了，何必在事情无可挽回时再低下高傲的头颅呢？

现场

"喂，狗就要出现了。你要再迟一些的话，就只能赶上它的嚎叫。更晚的话，连叫声都听不到，它早已扭头离开。你不会是刻意等到它离开，再无耻地宣称是你把它赶跑的吧？"她发语音短信提醒他，生怕他忘了。

"怎么可能呢？答应的事我一定会做到。"说归这么说，但他还是和他的朋友们在闹哄哄的环境里逐一告别，或大声，或耳语，或摆手示意。他们喝了很多酒，一直在开怀畅饮，同时歌不成调，听起来倒更像是狗叫。现场多一个人，少一个人，不会让他们分心，也不会让他们开心多一点，更不会让他们感到遗憾。他们虚情假意地挽留一番，倒更像是一个劲儿要把他推出这扇门去。谁都知道，另一个世界被拒之门外，暂时被彻底遗忘。

"好吧，让我现在过去和那条狗好好谈谈。"

等他到达时，那条被紧邻两个小区隔开的马路上早已没有行人。两侧路灯虽然都亮着，却像极了醉醺醺的强忍着不睡的门卫。出租车停在小区门口时，拦车杆却一动不动。他猜拦车杆上一定装有感应装置，对什么车可以进入小区什么车不可以进入小区一清二楚。这么说来，即使一条狗幻想自己是一辆车，它也没法儿说服拦车杆放行。如果它承认自己是一条狗，哪怕是一条流浪狗，倒可以畅通无阻。

他来早了，狗的身影还没有在路远端出现。一个醉汉，走路不稳，眼神蒙眬，在四处搜寻狗的身影，差一点儿把路边一个垃圾箱误当成狗，其高大的骨架一度让他心生怯意。深夜和一头像小马驹的狗对峙，他还从来没有过这样的经历。当他的手接触到垃圾箱金属透骨的凉意后，他才醒悟过来，并释然自嘲。这条狗行事古怪，竟然每晚来到相同的地点在同一时间嚎叫，哲学家赫拉克利特肯定也不能解释这个现象。因为按照赫拉克利特的观点，每晚出现的狗并不是同一条狗。由此，他还模模糊糊想到另外一个更为严重的问题："如果它来了，却没有叫，我是不是就不能驱赶它了？"

"如果它不叫，就可能不是那条会叫的狗。它不叫，自然和我没有关系。我不会无聊到深夜专门打车来这里，冲一条不叫的狗使蛮发狠。"他对自己的逻辑感到满意。

就在这时，那条狗出现了。它孤独的身形经过一盏盏路灯，身前身后两道影子随着它的前行或长或短。很显然，它没想到这个时候路上还会有人，而且这个人恰好霸占了它平时的演出场地。它愣了一下，远远地站住，像固定在轨道上的摄像机，狐疑地打量着他。

它肯定还注意到另外一个奇怪的现象，有个窗子明亮无比。那是整幢楼整个小区唯一亮着灯的房间。他也看到了，但很快将视线转移到了狗身上。

"真是奇怪，以前都是在我嗥叫之后，那个房间才会亮起灯的。今天灯却一直亮着，在我来之前就亮着了。还有，这个人浑身酒气，他在这里干什么？"狗想必会这样想。它歪着头的样子，更像一只温顺的没有长出角的羊。

她此时就站在窗子前，隔窗而视的举动因为提前了，便带有一层偷窥的意味。她肯定在看着楼下。相比于一条狗，一个男人显然目标更大，更容易被看到，哪怕有围墙和树冠阻隔。由于男人站在狗嗥叫的位置，狗停在十米开外沉默着，她显然也看到了狗。她可以同时看到小区围墙外的男人和狗，这太奇怪了。接下来会发生什么呢？

他现在落脚的地方不对，这是狗嗥叫的固定处所，位于尿液圆圈的中心。他能闻到狗的尿骚味。如果他不让出这个圆心，它没有站在舞台中央熟悉的位置，想来是不会开始嗥叫的。他想到这里，便摇摇晃晃地离开，站到十米开外，点着了一根烟。

据说，狗最怕闻烟味，冲着狗的鼻子吐一口烟，它就会呛出眼泪。

人一离开，狗便开始靠近。已经过了往常开始叫唤的时间，它显得有些焦躁，迫不及待，撒尿也显得敷衍了事。

很显然，它看到他了，但装作视而不见，好像嚎叫已经按捺不住，在它的胸膛内发芽开花，就要冲破喉咙。它假装一点儿都不好奇他为什么这个时候出现在这里。它想当然地认为他也和它一样，要在这里嚎叫一番。但是，他可不是嚎叫派诗人，不会无聊到深夜来这里游荡。事实上，他若想要发泄嚎叫，会去一个叫KTV的地方，在那里尽情吼叫。每个人都吼得声嘶力竭，喊破喉咙也没人管。

他的样子像是醉鬼，也让它怀疑是来偷情或者抓奸的。

他已经抽完了烟，此刻望痴了眼，心里想的是："真奇怪，以前喝醉了不管多晚回来，都不会注意到小区这条路，就是走啊走啊，一直走到家门口，掏出钥匙，打开门进去。不管喝多醉，哪怕断片了，都能够顺利摸到家门，第二天醒来才发现自己躺在家里的床上。好像两只脚有记忆，即使大脑全无意识，眼睛看不清楚，也能把身体安然带回家。"

他在烟雾中沉入回忆，完全没注意到狗要开始叫了。狗已经在叫了。

狗又开始叫了。现场有一个听众，他。那个房间亮着灯，窗前还站着一个女人。那是远处的潜在的听众。他听着狗叫，脸上露出奇怪的表情。他已经看到了狗，也听到了狗叫，接下来不就是应该把狗赶跑吗？做个手势，跺两下脚，打声呼哨，让狗落荒而逃。但他什么也没有做，好像突然忘了此行的目的。

狗的叫声直达高楼。明月照高楼，有人楼上愁。她肯定也听到了狗叫，和之前的夜晚一样，所不同的是，这次她不是被狗叫吵醒的，因为她压根儿没有入睡，始终开着灯在等，等他抵达，等狗开叫。这次她应该不会反复问自己"狗在哪里"，她已经看到狗了，也在仔细分辨着狗叫。她是在等着狗叫被硬生生打断吧，因为他来了。他来的目的不就是要阻止狗叫，彻底解决深夜狗叫的问题吗？他会让狗很快停止叫唤，接着将其赶跑，并且逼它发誓永不再出现。

真是奇怪，现在狗叫声不再那么讨厌了。狗的嚎叫反而成为深夜唯一变化着的声音，一声比一声长，一声比一声高，凄凄惨惨戚戚，但即使如此，也比之前顺耳很多。也许，由于她不是在熟睡中被狗叫声惊醒，狗叫也因此不会由于梦乡和现实之间的巨大落差而显得狰狞突兀，那般难以忍受。

"你应该在这个时候动手。"她忍不住提醒他。狗越来越投入地嚎叫着，防范可想而知在不断降低，现在可以很轻易地进入那个圆圈，随便给它一脚造成的惊吓，肯定会让它慌不择路地逃跑。

"不不，还是让它叫完吧。"他又点着了一根烟，对着月亮深思熟虑地吞吐，好像月亮是一张泛白的CD，正在循环播放狗的嚎叫。他又补充了一句："不管怎么说，这是它在这里的最后一次嚎叫了，还是让它叫完吧。"

他有些同情这条狗了。它哪里知道这是它在这里的最后一次演唱会，否则必然更加卖力，说不定就会自动转译成他和她都能听得懂的方言。话说回来，它到底因何嚎叫，传达的又是什么内容呢？

狗的叫声戛然而止，如同裂帛。静谧随即悄然合拢。一切都镀上了月亮的清辉，每一幢楼就像停泊在寒潭中的船只，轻盈得如同难以辨识的旧梦，即将远去化为无形。只有月亮是银白的。只有月亮是多情的。只有月亮是永恒的。但月亮并不总是高悬夜空，它会隐身，也将坠落。中宵残漏，月亮已经开始变浅变淡，掩身徐徐而退。

离开

"走吧，走吧。"酒醒得差不多了，他对它说。

人和狗之间可能会存在的紧张和对峙，甚至撕咬追打，似乎完全出自多余的想象，他们现在倒更像是一对搭档，夜不成寐者的临时组合。一狗一人开始移动，狗行走在前，人跟随在后。狗往前走几步，就会停顿一下，看人有没有及时跟过来。他只是在后面亦步亦趋，既不至于百无聊赖地东张西望，也没有流露出"赶紧结束吧"的很不耐烦。像一个在深夜被迫爬出被窝套上衣服出门的遛狗人。狗因为过于任性了一回，不敢彻底放飞自我，一直小心狡黠地关注着主人的一举一动。

"这究竟是怎么回事？"他问自己，对事态如此进展困惑不已。在人生的中途，一个中年人遇到一条恶狗。事情真的如此简单吗？也许实在称不上是恶狗。狗的出现，打破了人生持续滑向习以为常之前的平衡。这是设定好的套路。然而，唯一的意外是，不是人把狗赶走，而是狗把人带走。就像现在这样。它走一段路，便回头看一眼，见他一直缀后，便宽心前行。他甚至觉得狗现在越来越放松，越来越欢欣鼓舞。

他的手机屏幕亮了，好像一扇亮着灯的窗户。他停下脚步，把手机举高，离脸很近，以致眉眼处在夜色中抹上一层奇异的绿光。他好像某幅世界名画中的马脸怪物，隔着窗户不动声色地窥伺一名少女的睡眠和梦境。

狗也屈腿坐下，一动不动，像是走累了。

"我是来赶你走的。赶你走！你知道吗？一个暴力的执法者，却变成了和平主义者，是因为我的一时仁慈，还是因为你的懦弱和主动配合？你的态度就好像你一直在等我到来，只为了看我一眼，然后心满意足地转身离开。是这样吗？你们——你，还有她——你们是在共同配合演绎深夜的一出好戏给我看吗？彼此心知肚明，心照不宣。你们究竟是出于什么动机，又想达到什么目的？"他简直有点儿气急败坏。这时才有些明白过来，狗不是无缘无故出现的，灯不是无缘无故亮起的，他也不是无缘无故赶过来的。

"我怎么知道，你的问题我一个也回答不了。"狗慢吞吞地说，"小区里的那些商品房卖给什么人住？他们在商品房里又是怎么生活的？你有想过这些问题吗？你充其量只是在听命行事而已，像一条机械臂，像那道拦车杆。我也一样，遵循往日生活的气息而来，难以抑制地对着过去嚎叫。我又老又丑，积贫积弱，守着垃圾苦苦度日，难免要在饥寒交迫中死去。越是这样想，我就越是对过往念念不忘，哪怕记忆模糊成一团光圈，隐约可见却终究一无所知。我是在对着月亮吟唱。

我以为它是触碰和打开记忆的开关。江畔何人初见月？江月何年初照人？我越是这样想，就越是坚持，同时也越难以为继。我希望有人出面阻止我，不让我来，不让我叫。你以为这是残忍，我却认为是仁慈。这让我彻底解脱。遗忘是一江春水，江畔是记忆之痕，我嚎叫时所站之处就是江畔，那块突兀高悬的危石，可以俯瞰滚滚江水，奔流到海不复还。但带不走我，我被遗弃在这里、此时，又不可避免地成为过去时，注定要被否定。"

此刻人和狗置身于一个小坡上，宛如一块悬崖。生活中这样的立足点比比皆是。一失足成千古恨。一步走错，满盘皆输。

他在和她互发短信。时间缓慢流逝，狗在假寐。提示音不断响起，"叮"的一声，又"叮"的一声，间隔有长有短，文字漫游的方阵或密或疏，列队呈现于屏幕，等待着被检阅。这何尝不是浓缩的狗叫声，像流星一样划破夜空。

月光下，那扇亮着灯的窗户远远看去就像一块手机屏幕。他和她通过手机短信交流，咫尺天涯。曾经的一对夫妻之间的聊天终于结束。他的手机屏幕复归暗淡，像LED灯失去能源后慢慢冷却。他冲着远处的窗户挥了挥手。像有感应似的，窗户随即也隐入混沌之中，不再清晰可辨。

是时候重新上路了。

下坡路平缓而漫长，道路两旁近处荒草丛生，远处树木稀疏，枝杈间偶或挂着一两顶鸟巢，黑黢黢的，门窗紧闭，鸦雀无声。不知道是里面的鸟儿已经熟睡，还是被弃置的空巢在变冷老去。林间空地堆着些杂物，被地网覆盖，一些纤细的植物从网眼钻出，亭亭玉立，似乎能听到根部网眼被挣裂的声音，绵延成一片。

狗略微停顿了一下，继续向林间走去。他还想继续跟过去，四条大狗突然出现，一字排开，拦住了去路，脸上挂着毫不通融的恶狠狠的表情。林地入口处似乎挂着一块牌子，上面写着"林间重地，闲人莫入"八个字。

那条狗回头看着他，像是在和他告别。他以为它会嚎叫几声，毕竟这是它擅长的，可惜没有。它不再回头，很快隐入林中不见了。四条大狗并没有放松戒备，依然龇牙咧嘴，像一道不可僭越的沉默路障。

就这样僵持了一会儿，他终究还是泄气了，返回到大路，继续往前走。在这里住了这么久，他还是第一次在小区后面走出这么远，第一次看到卧室的那扇窗户，以前都只看到厨房和客厅阳台的窗户。他下班回家时，她有时站在阳台上，有时在厨房里，好像是不经意往楼下看，便看到他正穿过小区的大门，往家里走来。她在窗口朝他微笑，向他挥手，有时他也会向上寻找她的身影，有时走得匆忙便忘了抬头，但总觉得她一直在笑意盈盈地看着他。

靡不有初，鲜克有终。男女之间的开始都是甜蜜的，但甜蜜也有保质期，保质期一过，再甜蜜的感情也会变得寡味、不合口味，甚至难以忍受。不只是投入相爱，更需要忍受爱意变淡，才能执子之手，与子偕老。

他继续沿着这条路走下去。在这里住了这么久，他从来不知道这条路通向哪里，也从来没有关心过。道路在延伸，像触角一般，它有多少分岔的小径，它的终点又在哪里，这甚至不是秘密，而是事实，就像打开的地图一样一目了然。但只有亲自走过一遍，才能深切地感受到，自己走的究竟是一条什么道路。他想沿着这条路走一走，一直走到路的另一端，看看前面究竟有什么。

马场

马场的气味越来越浓。他很奇怪，他曾在草原骑过马，并不觉得马身上有这种味道。这也许是马群生活特有的味道，是它们的生与死，每一次入眠和醒来，吃喝拉撒，打响鼻，嘶鸣，思考，幻想，交配，所不断散发和逐渐累积而成。马群在圈出的围栏里活下去，它们的足迹遍布整个马场，这些杂乱交错的足迹构建出核心区域和外围，休息地，食槽，训练场，散步和奔跑的地方，越核心处气味越浓。

深夜的马场像一座寂静深邃的池塘。此刻，他走在池塘的一侧，另一侧有另外一条路，是他此前上班回家的必经之途。无论是坐公交车还是打车，在经过马场那一侧时，他都会向马场内看过去。一开始他并不知道这个地方是马场，以为是一处工地、娱乐场或荒地，直到看见马的雕塑，一动不动地奋蹄；偶尔还能看见驯马师站着不动，手里握着缰绳，一匹马便以缰绳为圆心在跑圈，好像特制的秒针一样，那匹马像一颗被驯马师在手中挥舞的链球；有时驯马师也走一个小圈，人和马便形成两个同心圆，步调一致，默契十足。但这些都不足为奇。

有一次，唯一一次，他看见一匹马一动不动，简直和雕塑一模一样。很快它就动了一下还是两下，难以察觉，但确实动了，而且他同时看到了雕塑。雕塑只不过被移到了另外一个位置，而这匹马无巧不巧竟然站在了雕塑原来的位置。他的第一反应是雕塑复活了，然后是确定马场里面从来没有出现过两件马雕塑，之后才想到马是马雕塑是雕塑。但他还是被深深触动，太神奇了，一匹马真的可以站在原地一动不动，像雕塑一样。

他和前妻说过这件事。他们一致觉得马场里面应该有马术俱乐部之类。也许，周末可以去骑骑马。然后有一天，他们特意散步过去，依然是那条上班下班走习惯的路，问了里面的工作人员，才知道里面确实有马术俱乐部，不过是少儿马术俱乐部，不对成年人开放，但父母可以陪同孩子一起骑马。显然这并不合理，尤其是考虑到他们自己刚刚结婚，还没有孩子。也许可以考虑要一个孩子，但等到孩子能够骑马，未知的意外因素太多了——马场可能倒闭了，他们可能离婚了。他们当时从来没有想到过现在这种情况，他们还没有决定要孩子，就已经离婚，而马场依然健在，生意兴隆，在周末时从来不缺乏父母和孩子。为此，经营者还扩大规模，引入了更多的马匹和小马驹。马群数量增加后，马场的气味扩散得更远。风向往这边时，即使不打开卧室的窗户也能闻到，但他们一直没想到这是马场的气味，还以为是猪场或牛场，甚至怀疑过更远处的垃圾焚烧厂。马场可能过于饱和了，其气味在深夜似乎比在白天更浓郁。

现在他就走在马场边上。无论是他停下脚步远眺窗户，还是从窗户里往外寻找他的踪迹，都渺不可见。只有马场像睡着了一般，呼吸均匀，散发着马群生活的味道。当然，此刻马场里面一匹马也见不着。不仅马匹，那件马的雕塑也看不到。他知道马的雕塑矗立在另一侧。从这边看过去，整个马场空荡荡的，训练马匹的几个围栏里空无所有，不过柔软的地面肯定布满马蹄印。那么密集的蹄印，足以确保马的每次奔跑，其四蹄都准确无误不可避免地踏足里面。马的步点和蹄印，还有马的生活及其散发出的气味，提醒马是马，而不是其他什么东西。不过有一次，唯一一次，在微风细雨中，他看见一匹母马身侧站着一匹小马驹。小马驹那么小，在母马的反衬下，犹如一条瘦弱的狗。这是他能找到的马和狗之间唯一的可能的联系。现在他走在马场恢宏的气味中，觉得自己也像是一匹马，走着走着就忍不住要奔跑，似乎颈背处的鬃毛已经长出，渴望飘扬在空气中。

事实上，他不可能变成任何他以外的东西，他确定自己还是自己，但已经迷失。就在他以为自己可以像一匹马那样奔跑时，一辆出租车突然出现在他身后，其鬼祟的程度让他一度产生了戒备。不过，司机很高兴，显然没想到在这样偏僻的路上还能遇到一个行人，于是，减缓车速，摇下车窗，热情地问他去哪里，像遇到一个潜在的顾客处理一桩可能的生意一样。他就这样被抓回现实中。

他刚坐上出租车，出租车便立即提速往前冲出去。后面的道路他无法看见，但感觉就像被塞进了后备厢。他依旧眩晕，无法摆脱幻觉：出租车好像把他的来路卷跑了。他注定没有办法回头，只能一个劲儿地往前走。

洞中男孩

1.

"还记得我经常跟你讲的一个小故事吗?"他坐在大厦十八层熟悉的咖啡厅里,按照预想的计划给一个好朋友打电话。

朋友是一位警察,是他在这个城市最好的朋友,一位难得的倾听者。

"村里的几个孩子在冬日里玩捉迷藏。其中一个男孩躲在草垛洞中,藏得如此深、如此久,以至于他的小伙伴不仅找不到他,还把他忘到脑后,直接回家了。他等不到伙伴来找他,又不想轻易主动走出去,竟然睡着了,在那个洞里。"他点了一根烟,并没有吸,只是夹在指间,看着烟气袅袅上升,继续说下去,"我就是那个男孩。我想你们肯定早都意识到了,只是不愿意点破。在这个世界上,谁会如此在意别人的故事,并一再不厌其烦地讲起呢?现在,我要躲回我的洞里去了。"

他说着,在烟灰缸里捻灭了烟头,慢慢地,轻柔地,好像不愿意让烟头受到更大的损坏,又似乎还打算在必要时重新点燃这根烟。但是,不会了,这是他亲手点燃的最后一根烟,也是他未曾吸上哪怕一口的最后一根烟。

电话仍通着，像是呼呼的风从另一个世界刮过来。他已经完全听不见警察朋友在电话那头激动地说着什么，只想把自己最后的话说完。"我现在一个人在象咖啡坐着。你可以五分钟后过来。"过来干什么？他没有说，也不需要说了。

一个人打定主意要干什么，全世界很快都会知晓的。一个人抢在全世界之前知道自己接下来要做什么，这应该是最大的仅有的谁也剥夺不了的自由吧。他这样想着，招呼服务员过来买单，随后，他从容地走向咖啡馆这个封闭空间的尽头，爬上半人高的安全栅栏，推开窗，纵身跳了下去。

白云悠悠，说走就走。

那个警察，姑且称之为老朱吧，接到朋友电话时正在出勤。开始老朱只是静静地听着，这个耳熟能详的故事，朋友圈聚会时朋友反复多次提起过，但从来没有在电话里说，不免觉得奇怪，职业习惯让老朱警惕起来。等到朋友说要躲回洞里，老朱便意识到要坏事，只恨无法通过两部通话手机的连线穿越到象咖啡，阻止朋友做傻事。

象咖啡位于云鼎大厦的十八层，他们经常在那里小聚，喝咖啡，神聊穷侃。那一瞬间，老朱仿佛看到朋友就坐在他们常坐的位置上，高谈阔论，谈笑风生，然后突然起身，轻飘飘地走向那扇便于打开通风换气而没有焊严的窗户。

"你有从十八楼跳下去的勇气吗？"这句话异常清晰地从脑中跳了出来。很难想象，他们曾坐在离地面近五十米高的咖啡厅里，无数次煞有介事地热衷于讨论这个话题，好像这是一个玩笑，又或者仅仅是富有诗意的哲学问题，抑或是无聊透顶的一场语言游戏。

这当然不是一个玩笑。现在老朱反应过来，他的朋友在讨论时，或者是不断尝试和努力推开死亡的诱惑，或者是反复积累那纵身一跃的勇气。老朱立即驱车赶往出事地点，同时利用总控台向云鼎大厦附近的同事求援。老朱深知此事此时已经不抱希望，但又不愿意轻易放弃，期待奇迹降临。城市的交通是如此拥堵，老朱再一次深感绝望。哪怕老朱现在开的是警车，也无法夺路而出，只能坐在驾驶座上，深陷在静止的车流中，连报警器都懒得开了。朋友说的"洞中男孩"的故事，其开端、发展、结局，此刻都清晰地涌现出来。印象特别深的是，当男孩从藏身之处走出来时，他母亲把他紧紧搂在怀里。男孩的家人都以为他已经死了，当他再度现身，不啻死而复生。这是一个关于失而复得的孩子的故事。失而复得，弥足珍贵。然而，老朱的朋友，那个从洞开的窗户钻入天空又一次躲藏起来的朋友，再也不可能失而复得了。想到这里，老朱已泪流满面。泪水在老朱脸上蜿蜒，像朋友多次提起的故事中村边那条瘦弱的小河。

2.

快吃晚饭了。

大年三十的年夜饭是如此重要，很多出门在外的人都要紧赶慢赶，乘火车，搭轮船，坐汽车，最迟也要在下午太阳落山前返回家中，一家老小围坐一桌，吃上一顿热热乎乎的团圆饭。然而，有一个男孩没在饭点回家，也许在外面玩疯了，连肚子饿都不知道，更顾不上。

眼看着天色一点点暗沉下来，男孩的母亲沉不住气了，先是在大门口高喊男孩的名字。即使男孩在村边埋着头玩耍，也能听得到从自家门前升腾起的声音碎片。可是，男孩既没有应答，也没有闻讯很快出现在家门口，低头接受母亲的数落。母亲还是习惯性地忍不住朝着空气埋怨两句，灶上还烧着晚饭，她喊了两声便返回屋内。过了一会儿又出来，她已经解下围裙，这次是挨家挨户去找了。

男孩的奶奶家，两个叔叔家，都没有，一天就没见过他的人影。几个常在一起玩的伙伴家，那些孩子都在家里，老老实实坐在饭桌前，已经捧着饭碗在吃晚饭。他们下午还在一起玩来着，捉迷藏，办家家，但后来就各自回家了。

孩子会去哪儿了呢？母亲开始着急，父亲也坐不住了，他们扩大范围四下寻找男孩，叫声急切而慌张。有一个邻居告诉他们，太阳还有一扁担高的时候他不经意瞥到过一眼，男孩在河坎上走着，但不清楚是男孩落单，还是有其他孩子在一起，他也没有用心。

声音沿着河岸，远远地传到村外，慢慢又返回村里，父亲的已经嘶哑，母亲的则夹带着明显的哭腔。男孩的爷爷奶奶，两个叔叔和两个婶婶，都加入高喊男孩名字的行列。凄切的寻人声，夹杂在远近的炮仗声中，随着时间一点一滴地流逝，暮色越发凝重加深，找到男孩的希望也越发渺茫。

　　从男孩不见了，越来越滑向男孩没有了。虽然谁都不点破，但大家几乎已经默认了这个事实。男孩没有了。这个消息很快传遍村里，甚至河对岸的人家也知晓了。陆陆续续有人端着饭碗，从家里汇聚到河岸上，稀稀落落的两排人影中，不断有人填充进去。河岸上，男孩的奶奶和母亲终于开始大放悲声，捶胸顿足，哭喊着"怎么办呢"，越来越撕心裂肺。两个婶婶须在旁边小心尽力扶持着，不然人早就弛到了地上。男孩的爷爷、父亲和叔叔们在商量，他们必须做一个决断了，男孩也许失足滑入冬天冰冷的河水里，早已经淹死。他们必须下河去摸尸体，把男孩摸上来，在这大年三十的晚上。

　　这是一个暗星夜。一床河水幽暗无声，微微泛着点光，那是临河房屋窗子里漏出的灯光，还有河岸上站着的人们手里高高擎举着的火把或者手电筒，映照在水面上。远远望过去，好像春天的篱笆上攀缘植物星星点点绽放的黄白色小花。

　　四个男人——男孩的爷爷、父亲和两个叔叔，齐刷刷脱去棉衣棉裤，只剩一条短裤，身体发着白。一瓶白酒被轮流灌入喉咙中，在肚子里燃起幽暗的火苗。他们从码头处下到了河里，河水被惊动，漾起不安的水花。他们并排着往前摸，像冬天全身套在皮裤里走在河里的捉鳖人，也像夏天将大半个身子匍匐在水中的捕蚌人，激发出哗哗的水声。

　　河的两岸，第一次聚集起了这么多人，偶有小声交谈，大多数时候沉默着，踮着脚，够着手，让火把和手电尽量抬高，慢慢地随着河里的人挪动，不仅给河里的人照亮，似乎也希望能为他们驱赶寒意。

这么冷的天，泡在冰冷的河水里，该是多么的冷啊，连岸上的人都冻得手指头快要断落，牙齿打战，咯咯作响。但大家都抿紧了嘴，不愿意轻易吐出这样的话："别在河里摸了呀，几个大人身体再冻坏了，可怎样好呢！"潜台词是：孩子没就没了吧。这么残忍的话谁能说得出口？就都闭着嘴巴。岸上又有几个男人开始默声不响地脱衣服，新的一瓶白酒被喝干，他们扑通扑通下到河里，让前面的人再喝口酒回暖一下。

现在河里突然意外地热闹了起来，打赤膊的男人们分成两个队列，沿着两个方向蹚水、潜水，把河水蹚得更浑，天空似乎也因此变得更模糊昏暗。岸上的人自动分为两个方向，随着水声的指引移动着脚步。每个人的心里都在焦虑地回荡着那两句话："摸到了吗？""还没摸到啊。"但谁都强忍住，不问也不答。

在那几个小时里，人们忘记了这是大年三十的晚上。死亡和新年，就好像河的两岸，区别那么明显，过渡却又极其自然。在巨大的悲伤面前，过年的喜悦被挤到了一旁。这注定是一次令人意外的守岁经历，所有在场者都终生难忘。在那个萧索寒冷的夜晚，因为一些勇敢的男人像下馄饨一样纷纷下到河水里，这条河流仿佛突然提前进入了夏季，喧哗骚动，并且具有了暖人的水温。

在夏天，村里的男人们常常会自发组织起来，每个人拎着赶罾子，下到河里，排成一排或者两排，整齐有序地往前赶，一边用脚将身边的水尽量捣浑。水里的鱼儿都惊慌失措，又看不清情况，纷纷钻入网罗中。一遍赶到头，再往回赶一遍，两遍赶下来，河里的大鱼基本就全落网了。人人满载而归，傍晚的炊烟也沾染上了河鱼的新鲜美味，香气四溢。要等很久，被翻搅混乱的水面才会渐渐澄清，恢复之前的平静。只有河流自身知道，人们从它体内取走了丰美的水族，这正是它滋养并馈赠给依水而居的人群的食物。有时，它也会从人类那里擅自取回一些礼物，尤其是喜欢幼小的没有长大成人的孩童。

3.

每年春节前是他最为焦躁不安的时期。他像无头苍蝇一般乱飞乱撞，以为明亮的地方都是出口，每次却都拖着疲倦的身体迫降原处，和朋友们打招呼，其中最经常和最主要的当属老朱。是的，他又回来了，像远行归来客，像刚休完美妙假期的人。事实上，他或许哪里都没有去，只是像一个一头扎进冬眠的小动物，在某个不见天日的地方挨过了必须要熬过去的几天，几个月，数十年。大睁着双眼，默数着时日。

有一次，他一个人去了山里，几乎撞不见其他游客，但山里不时会涌现一两处人烟。他往大山的更深处走，心里冒出韩东的那首题为《山民》的诗歌，感觉自己是选择了逆行的山民后代，或者像那些谈不上喜欢却天性必须洄游的鱼类一样，受着磁场指引，不达目的地誓不罢休。不过，他的人生从来没有明确的方向，他信奉走一步看一步，走走停停无所谓，甚至退返原处也不打紧。所有这一切或许早就校准，既无从偏离，也难以动摇，只是他无从得知，亦不愿深究。一个虚无主义者，好比一个厌倦了看似刺激其实无趣的跳棋参与者，早就丧失了最初可能存有的热情，越来越难以为继，并倾向于尽快结束这无聊的举动。他是一个虚无主义者，对此他早就向外界袒露无遗。奇怪的是，他越是这样强调，别人越不觉得他是，包括朋友们，大家都认为他只是口头上说说而已。如果人生就像王杰歌中所唱的，"不过是一场游戏一场梦"，那也是有能力的人参与的游戏和有才华的人织造的梦。

在群山之中，他奇迹般地邂逅了一座长满了柿子树的山坡，一片像是完全野生的柿子林，从柿子的形状和颜色来看，肯定汁液饱满，异常可口。没有人来收获，枝头还挂着为数可观的红彤彤的柿子，地上更是落满了数不胜数的千疮百孔的柿子。这些离开枝头的冻柿子敞开着各种各样的伤口，像雕塑一样固定在落脚之处，静静地腐烂，等待着彻底消失。必须挨过很长的时间，或许要等到来年春暖花开，微生物和虫蚁再度活跃起来，才会把这些受伤的柿子在大地上的痕迹完全抹去。

他仰躺在又冻又烂的柿子中间，看着空中那些略显寂寥高低参差疏落有致的高挑在枝头的柿子，奇怪它们为什么如此恋枝。冬日的阳光斜射下来，山风时紧，摇晃着树枝。远处又有柿子从高处跌落，皮开肉绽的沉闷声触耳可及。他盯着自己眼睛上方的那几颗柿子，心里默念着它们会不会很快脱离枝头，痛痛快快地砸在他身上。他看了许久，风声渐渐大了起来，在几座山峰之间，空气如同水被贮存起来，风声像极了浪涌。或许他就是一颗太早被解开树枝束缚的柿子，青涩坚硬，在地上砸了个深坑，却毫发无伤，自此之后，静静等待腐烂、挥发和消失。可是，他被忽略了，被禁锢在时光里，好像他越是提前离开枝头，就越久地被禁足在那个地方，哪里也不能去。即使无所不有无时不在的重力，也不会对他发生作用。他在，却又不在，地心引力既看不到他，也感受不到他，更无法给他精确导航，让他得以从枝头掉落。

那么问题来了，如何向他，向这颗曾经擅离枝头的果实，描述自由落体运动？

很久之后，警察老朱还是无法接受朋友从十八层高楼一跃而下的事实。就像雨天傍晚大厦能源灯照出的纷杂雨线其中之一条，一个人在重力的裹挟中呼啸而下，几乎就是眨眼的工夫，像一袋水泥猛烈地拍在地面，徒留下一个奇怪的不规则的白线框架。如果是规则的，那就更奇怪了。

老朱抬头仰望，根本无法辨认出十八层具体是哪一层，总之很高。七层以上都很高，十八层很高，三十二层也很高，很高的楼层连在一起，形成了危楼的既视感。只有在电梯里，依赖数字显示，他才能确定自己去的是十八层，而不是十七层或者十九层。这些有什么区别吗？一个人从十八层跳下来，或者从十七层跳下来，或者从十九层跳下来，其间有区别吗？危楼高百尺，手可摘星辰。不敢高声语，恐惊天上人。十八层逾百尺高，十八层以上还有那么多层，是不是里面的人都可算作天上人？天上人是特指那些死去的人，还是寓意待在洞天福地享福的神仙?

仰望久了，老朱似乎看到一枚枚柿子从天而降，砸在松软的山坡地面，但不知道这是一枚未经岁月洗礼的青柿子，还是一枚饱受风霜浸染的熟透了的柿子。老朱不知道朋友化身为哪一颗柿子，又或者，自己能不能张开手接住它?

在老朱看来，朋友一直是很奇怪的人，不仅因为他总是重复讲述一个男孩躲在洞中的故事，还因为他似乎从来不和家人一起过年。每当春节临近，他筹划的从来不是回家过年，而是独自一人去哪里玩两天，好像他已经没有在世的亲人，特别是每次这样的外出他总会有奇怪的遭际，比如遇到一片野柿子树之类。远足野游，碰到什么桃子林或者猕猴桃林并不足奇，但有几个人会和落了一地的半腐烂水果躺在一起，并产生自己也是其中之一的幻觉呢? 或许是时间的缘故。春节前后，怕也是只有柿子树，其果实才会大半落尽，少有几颗残留枝头。时令触动于心，才会让朋友黯然卧于满地的柿子中间吧。

让老朱更骇异且不安的是，朋友脑子里似乎总会按捺不住地冒出奇奇怪怪的念头。假如朋友在野外真的变成一颗柿子，说不定还真是一件好事。人生天地间，忽如远行客，有什么不好的呢? 朋友的问题是，他太潇洒了，潇洒得有点儿过头，反而隐约透露出一种说不出的悲凉。老朱还记得初相识那会儿，自己是一个刚从警校毕业的警察，朋友已经是外贸公司的一名经理，两人因为一次经济纠纷引发的案件碰到一起。两个人虽然年龄相仿，经历却截然不同，好在性格相投，一来二去成为好友。朋友那时已经小有成就，却突然辞去工作，似锦前程说不要就不要，理由让人哭笑不得：害怕在一行工作久了，人会困进去。这些年来，老朱目睹朋友换工作如家常便饭，让人艳羡的是，每份工作都很不错，而且朋友总是能够很快做出成绩；让人遗憾且不解的是，每到这个时候，朋友都会无一例外地提出辞呈，不顾用人单位挽留，翩然离去。给外人的感觉是：不要太潇洒哦。老朱甚至可以断定，哪怕是朋友手头的这份工作，只要他安心干下去，很快就会成为所谓成功人士。朋友的感情问题也是如此，他身边从不缺乏莺莺燕燕，但似乎一到谈婚论嫁，必然以分手告终。按照朋友的自嘲，就是一个人永远不停下来，这样的状态也挺好；生活一旦稳定，人就难免陷入困局，再想挣脱难于上青天。

一直以来，老朱都觉得朋友是一个特立独行的人，让人乐于接近，却始终难以理解。不管怎么说，朋友的那番解释太过牵强。按照朋友的理论，老朱毕业至今一直做警察，即意味着被警察这个职业困住了；老朱从恋爱到结婚，都是同一个对象，也是被困住了。这么说来老朱就是一头十足十的困兽。有时候碰上绕不开躲不过的烦心事，老朱夜不成寐，也会思考这个问题，想着想着他就豁然开朗。如果他老朱是一头困兽，显而易见，朋友更是一头困兽，所不同的是，一个既来之则安之，一个落荒而逃，心有不甘。朋友不仅是一头慌不择路的困兽，同时还是被拘禁在冬日枝头的一颗冻柿子。虽然且战且退的困兽和渴望纵身离开枝头的残留柿子之间，究竟有什么样的隐秘联系，老朱一直没有想明白。他也不想弄明白，有些事还是糊涂些好。

4.

秋收之后，晒谷场上或者屋舍旁边就会垒起大大小小高矮不一的草垛。村民不知道的是，从草垛堆成的那一天开始，每一个草垛差不多都被男孩们掏出了以供藏身的洞穴。有的大一些，里面简直就像一个茅草棚子；有的小一些，大概也有一张单人竹床的面积。有的男孩好不容易掏出了一个洞，转身自己就给忘了，要等到稻草慢慢被烧完，主人家才会发现草垛中心还码着这样一个窝。像是有精灵居住过，里面遗留了一些打磨得发亮的石头，一些瓜子花生壳，一些糖纸，或者一丛羽毛，甚至有蛇蜕和龟壳之类奇怪的东西。

在捉迷藏这个古老的游戏中，参与者必须遵循一个原则，躲得好，找得准。如果任意一方敷衍了事，游戏多半就会进行不下去。比如，躲的人不想挖空心思躲，直接站在找的人旁边，甚至不用转身就能一眼看见；或者是找的人不肯十分用心找，随便转一圈就宣布失败，声称自己找不出任何一个藏起来的人；甚至一方擅自把另一方晾在角色中，直接单方面退出游戏。这些都会导致不欢而散。好在年幼时每一个热衷于捉迷藏的孩子都很投入，只有到了一定的年纪，比如结婚后，才会有人借着捉迷藏的名义，等到妻子在家中藏好，却转身带上门，走出家，从此踪迹全无，下落不明。

男孩怀着不能被寻者轻易找到的期待，兴奋而又小心翼翼地甩掉假想中的尾巴，确定没有人能够看见自己后，在一座碉堡一样的圆形草垛前停了下来。金黄色的草垛，给人以吃饱了饭的充实感。稻草的根部一律对外，拔出其中一捆之后，露出一条黑黝黝的通道，瘦小的身子便能像泥鳅一样钻进去。顺着稻草根桩，往稻草尾巴上滑行，似乎再一次攀附于秧棵的生长，体会到拔节、灌浆和成熟的快乐。草垛的内部已经被掏出一个洞，有拖拉机车厢和小船船舱那般大，跪着的话能够直起腰，转身打滚也不在话下。男孩返身爬回洞口，拎起斜靠在外面的那捆草，拽着稻草尾巴，身体往回缩，一点一点地重新将活动的那束稻捆填充进缺口。入口处的光圈就像发生了日全食一样，慢慢被黑暗一点一点覆盖。待到这捆稻草的尖尖和其他稻草一样齐平，料定从外面看全无破绽，男孩这才松了一口气。这时，洞里面已经漆黑一片。伴随着黑暗一起降临的，是突然被放大了好几倍的声响。男孩举手投足，都会激起稻草干燥的咔嚓声，似乎稻草们在扯着嗓门吵架。声音像打雷，如果这个时候有人从草垛旁经过，一定会听见的。男孩小心翼翼地躺了下来，尽量放平自己的身子，手脚一动不动，只有轻缓的呼吸，引发鼻翼旁的稻草叶子微微颤动。鼻息可闻，心跳像打鼓，甚至血管里血液的流动声也渐渐清晰可感。

男孩龟缩在洞穴之中，凝神谛听草垛外的动静。两只狗间或叫两声，便轻盈地跑过去了。一个男人重重地咳着，吐出一口卡在喉咙口的浓痰，脚步声一下两下地走远了。男孩确实找了一个不错的藏身之所，小伙伴到现在还没有出现在周围就是证明。也许用不了多久，他就会捕捉到对方宣告失败的声音，恳求他从藏身的地方出来。但是，对方也很有可能埋伏在外面，和他比谁更有耐心，如果他沉不住气，想要推开机关探头出去察看，对方就会从旁边突然跳出来，对着他哈哈大笑。那样一来，他就失败了。他费尽心机的躲藏会沦为大家的笑柄。对方棋高一着，比他更高明，更有办法。他不能冒这样的风险，一定要等到对方明确认输之后，才能从蔽身之所中出来。

草垛洞中不仅黑暗，而且温暖。寒意被阻挡在外面，一丝丝风也渗透不进来。这些被割倒晒干捆扎码堆的稻秆，微微有些霉味，仿佛是它们一生所吸收的泥土和阳光，还有河水、雨水、露水和汗水，混杂在一起发酵后散发的味道。就好像晒了一下午太阳的被子，阳光的味道扑鼻而来，让人安心，很容易滑入香甜的梦乡。

男孩睡着了。身下的生稻草被爬来爬去，已经压得半熟了，一点也不硌人，像一张温暖柔和的草铺。他睡得如此香甜，竟然错过了他的伙伴扯开喉咙大声认输的喜讯，他的母亲唤他回去吃夜饭的声音也没有听到。

草垛洞里的黑夜比外面来得更迅疾。当男孩睡醒时，他清晰地听到了天空中爆竹的声音。那些二踢脚从四面八方升上夜空，在他头顶聚集，发出欢快的砰啪二重唱。今天是大年三十，他竟然错过了晚饭时间，回去不知道要被怎么骂。就像母亲惯常数落的，一年骂到头，三十晚上也要弄顿生活吃吃。这倒还不是问题，脸皮厚就能应付过去，初一就只能说吉利话，不能说丧气话了。可是，外面还有其他一些奇怪的人声。他的奶奶和母亲在哭。哭得太伤心了，男孩只在亲戚的葬礼上听到过她们类似的哭声。是不是家里死了什么人？他又听了一会儿，才知道原来是自己死了。她们在哭的不是别人，正是他。

5.

　　"你们猜，男孩究竟死了没有？"他习惯在这里卖一个关子，抽一根烟或者喝一会儿茶。大家都很配合，装作在认真思考，并热烈讨论。如果男孩再也没有出现，显然他就是真死了；如果他出现在家人面前，那么他就还活着。在座的人很快分为两派，双方据理力争，谁也说服不了谁，最后齐齐听他高见。

　　"男孩没有死。按照现在流行的说法，男孩只是'被死'了。"他说，不失时机地往里面加入新的网络流行词汇。

　　"他的家人以为他失足落河淹死了，很多人下河去打捞他的尸体，有的还因此得了重感冒，甚至更为严重的伤寒。这些都扯远了。

　　"但男孩确实没有死，可以说毫发无伤。村人看到他在河边走，是在他们几个小孩玩捉迷藏之前。在捉迷藏的时候，男孩避开其他人，神不知鬼不觉地躲进了草垛洞中。然后他不小心滑入了梦乡。

　　"在他睡着的时候，发生了很多事情，他都不知情。

　　"他的小伙伴找过他，怀疑过他很有可能躲进了某个草垛洞里，但村里的草垛太多，草垛洞也太多了，他们不愿意一座座挨个儿问遍，于是放弃了。他们觉得他更有可能是违反游戏规则私自跑回家了。他们没有找到他，几乎是带着对他的怒气作鸟兽散，因为晚饭的时间也快到了。

　　"他的家人像呼唤家里的阿猫阿狗一样喊他回家，他也没有听到，因为那时候他睡得正香，除非把草垛掀翻，他才有可能醒过来。

"事情正是在此处发生了质变，所有人不知道他在哪里，他也一直没有出现，大家自然都会往坏处想，以为他没了。

"在乡下，孩子早夭的不幸时有发生，但因为没有长大成人，对外人的影响几乎没有，不会火化尸体，不会摆丧席通知三亲六眷，甚至不会置办棺材，只会请村里的一个孤寡老人，把孩子的尸体草草埋葬了事。像洞中男孩这次，为了找到他的尸体，几乎把整个村子都惊动了，绝无仅有。

"之所以这样，是因为此事发生在特殊的时间，那就是年三十晚上。这里又要扯到另一个习俗。秘不发丧并不是宫廷剧中皇帝老儿的专享，事实上在民间，如果一个人在过年前几天离世，也只能等到年后才能通知到亲戚，并请来八音鼓手。那几天工夫，死人和活人是待在一起的，就好像死者仍活着一样。

"如果男孩真的淹死了，他的家人把他的尸体打捞上来，也会强忍悲伤，装作男孩依然活着，即使要哭泣也不能太大声音，以免影响到邻舍正常过年。这样一来，就不难理解男孩家人的悲伤几乎满溢成双倍。即使事后证明男孩并没有出事，他只是在草垛洞里睡了一会儿，在他家人那里，他们可以破涕为笑，但悲伤却很难一下子倾倒干净，残余的悲伤，竟然相当于真的失去了这个儿子。

"当到最后，洞中男孩钻出他的藏身之所，走向岸上排成一条长龙的人群时，第一个见到他的人，竟然吓得扔掉了手中的火把。他的母亲一把将他揽在怀中，说出来的第一句话是：'你到底死到哪里去的啊，把我们都急死了你知道吗？'

"男孩回来了，没有事了。河里的男人们赶紧上岸穿衣服，在河岸上站麻双腿的人也都往家走。似乎只有男孩一个人在深深自责，他毁掉了大家的年。自此之后，他再也不像以往那样盼望过年了，过年对他来说甚至更像是一种煎熬。"

濒死是一种什么体验？死后复生是怎样的感觉？如果很多人都认为你死了，那你是真的死了吗？如果一个人冲着你喊"死去吧"，你真的会死去吗，像受到最最可怕的诅咒，还是会死掉一点点？所有的这一点点，日积月累是不是就堆积成了死亡本身？

朋友失足坠楼而死后（警察局的死亡鉴定书上这样写着），警察老朱想不明白的问题越来越多。想不明白也没有关系，至少生活不会受影响，毕竟这些问题都只是和死亡有关，和生命有关。老朱很想在朋友死后完整地复述洞中男孩的故事，但困扰于从何说起，又头疼在什么地方结束。

在男孩藏入洞中之前，世界仍是他所熟悉的世界，但等到他从洞中走出，世界已经完全变了。呈现在他人和男孩眼中的世界，就像是硬币的两面。死亡过早地侵入了男孩的意识，他人用生眼看世界，男孩则用死眼看世界，犹如倒悬。

那么，索性就让洞中男孩的故事从男孩走出藏身之所开始吧。

他在第一个看到他的人眼中看到了死亡，第一个和他说话的母亲脱口而出的第一句话也是死亡。此前他在听到奶奶和母亲的哀哭时，意识到那个可能的死者恰恰是自己。

接下来，他的爷爷奶奶先后辞世。他的父亲成了病秧子，他的一个叔叔得了肺结核。家族矛盾凸显。他的母亲只身远赴上海做帮佣，除了按时寄钱回来，好像和这个家庭再无联系。

他在那条河里无数次遭遇过自己的幽魂，也许只要他坚持躲在洞中不出来，他的尸体就会被人们如愿以偿地从河中打捞上来。在那一刻，他僭越了，竟然一脚跨进了无数条河流。他还想全身而退吗？

直到朋友口中的洞中男孩变成了老朱口中的朋友，老朱才有所释然，他还是更熟悉自己的朋友，而不是朋友的前世，那个普普通通的在捉迷藏游戏中彻底迷失的男孩。不妨把时间推回到深山偶遇柿子林那里。朋友原本想要找个山穷水尽处，脱光衣服，赤裸全身，托体同山阿，但漫山遍野的柿子让他改变了主意。他觉得他不配。于是回来，于是自由落体。生在人世间，死亦在人世间。生未必绚烂，死后必静美。

通过朋友，老朱似乎想明白了一件事：很多人是生活的困兽，但一定有人是生命的困兽。

洞中男孩，远行乎！尚飨！

我们的朋友小正

1.

小正是我在大学认识的朋友，却并非我的校友，而是众多暂居在我们学校准备考研的人员之一。他也不像那些矢志考研的人，恨不得把白天和黑夜都用在复习上。除了宿舍，他在学校里似乎只有两个去处，球场和图书馆，在球场他随便搭伙临时组成一支球队也能踢得不亦乐乎，在图书馆他永远用相同的一摞书占据着同一个位置，然后坐在那里慢慢老僧入定。

在球场上渐渐熟悉之后，我发现小正的心思似乎不在考研上。他之所以准备考研，可能是出于父母的压力，以及他本人并不确定的对未来生计的巨大担忧。他像开玩笑似的说，天天能踢球的日子就很不错，如果顺便再泡到我们学校的一个妞，那生活就算过到天上去了。

我觉得他说的是真心话。

本科时小正就读于苏北一所我们都没怎么听说过的工科大学，按照他自己近乎刻薄的说法，从那所学校毕业后能找到工作的学生寥寥无几。"而且还都他妈的是有关系的，"他愤愤不平地咬着下嘴唇，一字一句地说，"像我这样在苏北农村长大，家庭条件又不好的穷人家的孩子，能有什么机会呢？"

除了类似的感慨，他说的更多的是，"文科学校女生就是多，而且还都那么年轻漂亮"。很快他就在图书馆和一个女生熟络了，那个女生是物理系的，和我同届，正在自发备战考研。两人志向相投，目标合一，他就抓住各种机会大献殷勤，每个晚上都坚持送女孩回宿舍，途中还不失时机地请佳人吃点零嘴小吃之类。

有一次，我们几个人正坐在台阶上急吼吼地等上场踢球的机会——

由于学校只有一个足球场，自从植了真草皮，又因为护理不周，像秃顶严重的中年人，到处都是"青山遮不住，毕竟东流去"的斑秃后，学校干脆耍赖皮将足球场关闭，美其名曰"养草"，不再开放给学生自由踢球。只有一年一度的校园杯足球比赛，才会临时启用它。我们这些一天不踢球脚指头就痒的学生，平时只能在篮球场和打篮球的同学争场地，把两边的篮球架当成球门轰射，为此经常发生打架斗殴事件。不过随着踢球的人越聚越多，不仅有各系的男生，也有校外人士过来赶场，打篮球的同学看到我们人多势众，一般也就退避三舍了。当然，学校篮球场比足球场多得多，这也是不争的事实。

——小正突然站起来，很快迎回一个女生，正是他在图书馆认识的女孩，姓古月胡，当时我们只记住了姓，后来就一直"小胡小胡"地指称她。小胡还特意买了几瓶水带给我们，一举树立了很好的形象。恰好已经轮到我们上场，我们四个人，尤其是小正，像打了鸡血一般，平时都是一轮游的末流队伍，甚至只能上场象征性地踢几分钟，有的队员脚还没触到球就被对手戏耍淘汰了，这次超水平发挥，竟然连赢了好几支队，其中有体育系足球班学生组成的强队，差一点儿"打通关"了。唯一遗憾的是，等我们终于被淘汰下场，却早已不见了小胡的芳踪。

踢完球，我们照例去学校后门小餐馆"高师傅"喝啤酒吃晚饭，小正平时都只喝一瓶，推说酒量不好，从不多喝，那次破例一口气喝了三瓶，把一张"正字脸"喝成了猪肝色。小正借着酒意不停地问我们："刚才兄弟们也都看了小胡，你们几个人觉得这个姑娘怎么样？"吃人家的嘴软，我们当然说好了。小正就挨个儿盘问我们："把小胡介绍给你做女朋友，你要不要？"吃人家的嘴软，小正是司马昭之心，我们当然推脱了，一致公认他们两个人倒是蛮般配的。小正看来是"甚合朕意"，眉宇间却又难掩自卑落寞，几次三番地叹着长气自问："你们说，像这样的女孩子，她能看得上我们这样的粗人吗？"

小正一直认为自己当初不该报考工科学校，他长得黑瘦弱小，不可能具有草莽英雄的气概，几年大学生活也没有培育出粉白的文人书卷气，导致他自我感觉不伦不类，这可能是他一门心思要报考我们学校文学院研究生的唯一理由。现在认识了小胡，这个缘分几乎就成了永动机，可以向他提供源源不断的动力了。

事实上，那段时间小正也的确卓有成效，不仅复习的效率提高了，而且和小胡的关系差点儿就捅破了那层窗户纸。他通过小胡的同班同学打听到小胡是物理系的尖子生，这种好孩子想要考研基本上就是板上钉钉。暗喜之余，他继而明忧，如果小胡考上了研究生，自己却名落孙山，那两个人在一起的可能性就微乎其微了。很快他又发现了另外一件让他加倍恼火的事情——原来向他提供情报的小胖子竟然也暗恋小胡，并且要趁着即将毕业的机会，大胆向小胡表白。

作为一个"插校蹭课"的名不见经传的三流学校的往届生，既不是小胡的同学，也不是小胡的男友，只是共用一个图书馆的熟人，或者其貌不扬的"大叔"，他怒火中烧却毫无办法，像热锅上的蚂蚁，病急乱投医，拉着我们几个人帮他拿主意，诸如他给出的"要不要找小胖子出来谈谈话""给他适当警告""让他离小胡远点"此类议项。但我明确同情小胖子，因为我也是大四男生，也一直没有谈过恋爱，难免有兔死狐悲之感，又因为小正的口气颇像我们院系那位道貌岸然的辅导员，其逻辑思维无不透露出他的工科教育背景，激发出我们不同程度的冷嘲热讽，他也就只能作罢，静待时局发展。

好在小胖子硬件差了那么一点点，表白一事最终不了了之，但还是惊出了小正一身冷汗，连续很多个夜晚的寝不安枕，让他在球场上脚底没根，形同梦游。

之后，他假装关心地向小胡打听小胖子的近况："那个之前好几次陪你来上自习的小胖子，怎么最近几天都没有见到他人影?"没想到小胡主动跟他说起这件让她颇为苦恼的事情，他知晓实情后难免心花怒放，不仅是因为小胖子吃了闭门羹，还因为小胡言下之意充分表明她并不打算来段"黄昏恋"。也就是说，他们很有可能会成全对方，在双双考研成功之后成为彼此的初恋。还有比这更美妙的事情吗? 想到这里，小正忍不住手舞足蹈。

不过，小正还是高兴得太早了。小胡虽然打算考研，并且已经为此精心准备了近一个学期，但最终还是偃旗息鼓。小胡来自富庶的江南，家境优渥不说，父母又只有她一个独生女儿，并不支持她考研，更不愿看到她今后有愈来愈远离他们的任何蛛丝马迹和可能性，只希望她生活在他们眼面前，工作，寻找对象，结婚生子，所有这些都在发生在他们触手可及之处。任何超出他们可控范围的，都意味着某种一发不可收拾的危机，他们可不能眼睁睁看着宝贝女儿跳进火坑，接受生活卑劣邪恶的炮烙，于是通过各种动用得上的人际关系，走蟹路虾路，走陆路水路，终于帮女儿解决了工作，进入当地市教育局做一名职员。

一个本科毕业生，能去教育局上班，无论何时何地，都是一桩美差，能拒绝的怕没有几个人，更何况这里面还夹杂了太多的亲情友情，送出去的礼物或金钱可以忽视，但里面包含的一番心血却不能白费，这会让多少人寒心，让人觉得小胡这个小姑娘是多么的不懂事。平心而论，不要说小胡了，就是小正，如果同样的机会放在面前，他也会接受吧。再说了，他之所以憎恶自己的本科母校，想要再努力深造读个研究生，不也是为了找一份看似体面足以养家糊口的工作吗？话又说回来，即使他辛辛苦苦研究生毕业，能不能找到这样一份好工作，也存在太多太大的疑问。

就这样，小正的爱情种子虽然在黑暗中获得了足够的养分，膨胀发芽，却终究没能破土而出，而是胎死腹中。伤感不已的小正很快原谅了小胡，并且在小胡毕业离校时送上了恰如其分的祝福，犹如一位学长和长兄。小胡或许并不知道他曾经心怀鬼胎，是另一个更加猥琐不堪和唯唯诺诺的小胖，她心怀感激，多少也因自己考研计划的半途而废而对小正这个一直予以鼓励的同行人感到歉疚，在这个即将来临的学生时代的最后一个暑假，她向小正发出了真心的邀请，希望他有时间去她的家乡城市玩一趟。

这次苏南之行，一方面让小正再度因为无法和小胡发生一点儿恋情而感到无限惋惜，同时又重燃小正考研的旺盛斗志。他觉得如果自己考不上研，那么将永远不可能置身于苏南地区的富饶生活中，也不可能拥有像小胡这样巧笑倩兮顾盼生姿的明媚女子，颇有不成功便成仁的雄心壮志。

2.

功夫不负有心人，小正终于如愿以偿地"中举"了，不过他的分数岌岌可危，并没有如愿投档到他报考的学科，而是不得已接受调剂去了比较冷门的古文献专业。

古文献就古文献吧，好歹还落了一个"文"字，范仲淹不就谥号文正，苏东坡不就谥号文忠吗？而且因为沾了个"文"字，倒激发出了小正身上的"文人雅意"，比如他不再懊恼自己长得黑，而是自嘲"面如墨色"；他之前穿衣打扮很土，为此经常狡辩说"朴素"，现在话风突然一变，美滋滋地自誉为"古风犹存"，我们这些人在他眼里就彻底沦为郑智化所唱的"骄傲无知的现代人"。

小正读研一时，我已经毕业就业，上班的公司就在学校附近。好踢球的习惯积习难改，只要天气晴好我整个人就不好，一到下午更是脚指头发痒，寻找各种借口外出办事，其实是跑回学校踢球。在这种情况下，如果将球衣球鞋塞进包里上午直接带到公司，出去时带着包虽然也能掩人耳目，但毕竟心虚，于是我就索性将这些装备都存放在小正处。他如果去踢球，就把我的行头带上，如果他没在球场，我就直接去他的宿舍拿。为了方便出入，我不仅冒充学校的研究生，并且配了小正宿舍的钥匙。只是那会儿小正踢球的兴致骤减，不像他准备考研时那样勤快了，倒不是说他良心发现开始抓紧时间学习，而是因为他找了份家教的工作。除了在学校听导师上课，他还要去学生家里给学生上课，两相夹击，踢球的时间自然也就所剩无几了。

当时文学院一直会有不错的家教工作流出，能动用文学院寻找家教的学生家长非富即贵，这样的学生如果带出成绩，不仅能拿到一笔不菲的收入，还能有其他想象不到的利好。碰到这样的机会，院方一般会考虑本科生中品学兼优的学生，通常都是学生会的，因为和院系辅导员熟络，近水楼台先得月，如果学生家长明确学历要求的话，就会推荐研究生甚至博士生。

研究生小正很快就得到了这样一个机会，对方是一个读高二的女生，各科学习成绩都很普通，高考在即，家长特别着急，鉴于理科短期内不可能出奇效，唯有希望文科取得突破，至少要能考上"211工程"名录的大学。文学院此前推荐过几位学生过去，有一位甚至还是博士生，都是一直名列前茅很擅长学习的，却始终不被女孩所接受，没有收到成效不说，成绩反而退步。学生家长委婉地向院系领导传达了意见，院系领导于是决定更弦改辙，找到了小正，因为小正本科时读的是工科院校，却考上了文学院的研究生，寄希望于小正这段跨学科的经历和努力对女孩有所帮助。

小正也不负众望，以曾经工科男的线性逻辑思维，结合文科知识点的发散特征，成功编织了一张大网，将历史、政治、语文、地理科目里的大鱼小虾一网打尽，不仅如此，还凭借着工科男的童子功底子，考研时对英语的突击复习心得，对女孩的数学和英语也能指点一二。加之小正"古风犹存"，不装腔作势，不自视甚高，不作逼捣怪，那时还不兴"凤凰男"的说法，也就老老实实一个本分的农家子弟上了研究生，不独让家长放心，女学生也不再浑身刺猬一般地戒备着，觉得没那么反感，愿意试一下他传授的方法。一来二去，小正不仅跟学生一家人打成一片，还让学生的各科成绩直线上升，让其父母乐得合不拢嘴。

当然，小正一个区区研究生，根本入不了学生父母这等成功人士的法眼，但小正能让小孩在学习上听话，也能让小孩的成绩提高得很快，这是亲生父母甚至是博士教授都办不到的，他们不由得不另眼看待，待小正如上宾。比如，下午的补习结束后，他们一定会留小正一起吃晚饭，做父亲的还会特意打开一瓶昂贵的葡萄酒，和小正细酌慢饮，畅谈一番人生，当然小正主要是洗耳恭听。若是遇到晚上的补习，快到下课时，做母亲的一定会端来消夜，让小正吃得暖暖的饱饱的再回校。

有一个晚上，小正有些肚饱胀，那位风韵犹存（有钱人保养得好）的妈妈按照惯例煮了一碗面，切了一盘鸡，端到餐桌上。小正没有食欲，又盛情难却，进食得极为勉强。年轻的妈妈客气地说："小正老师，不吃面就吃鸡吧。"这正中小正下怀，他赶紧吃了几块鸡，然后告辞回校。

这件事本来也就到此为止，小正并没有觉得怪异。不过下一次去上课时，女学生却在上课间隙学她妈妈说这句话，学得惟妙惟肖："小正老师，不吃面就吃鸡吧。"他吓了一跳，脸上火辣辣的，一路臊红到了脖子根，这之后好几次他都不敢像以前那样看着女学生，满舌生花地讲解各种知识点，感觉怪怪的。

扰乱小正心绪的，肯定不是浑身珠光宝气的妈妈，而是清水出芙蓉的女儿。小正曾经反复跟我们说，他的女学生是一个小美女，但现在还小（高二其实已经不小了），以后肯定是个大美女，到了大学里一定会"祸害"很多男生。然后，他跟我们说了"不吃面就吃鸡吧"的典故。她能当着老师的面若无其事地说出这句话，显然不是出于天真无邪，当然要说经验老到肯定也够不上，可是考虑到小正是羞红了脸的，相形之下，她确实比小正要"开窍"得多。还是处男的小正第一次做家教，就碰上这样的"女魔头"学生，我们不禁为他暗暗担心，怕他一时失控，做出有失师道尊严的荒唐事儿。不管是母女中的哪一位，他如果忍不住心猿意马染指了，绝对会死得很惨。我们一时也说不清我们到底希望小正怎么做，只能拭目以待。

事实上，绝对是我们多虑了。倒不是说我们以小人之心度君子之腹，把小正想错了，小正实则对这个女学生是有想法的，不过被他硬生生地克制住了。小正当然不会逞一时之快，一步走错，不仅让自己考研的一番辛苦前功尽毁，而且还导致他人生的棋局满盘皆输。他自认为不是那种有福气之人，某种好运不可能降临其身，何况他又很胆小，绝对不敢去尝试任何于连式的冒险。即使对方是包法利夫人，或者是包法利小姐，他也绝对不会去做于连。他不具备任何做于连的特质，也没有成为于连的野心。

那么小正为什么要跟我们煞有介事地说他的一些想法呢？一方面，他肯定会在这些想法刚冒头时就将之芟除殆尽，另一方面，这些想法的断根依旧在无形中依靠想象力的进补得以继续茁壮生长，所以他才会栩栩如生地复述给我们听，好像他真的身处但丁的炼狱之中，或者躲藏在卡夫卡的地洞里。

后来我们终于想明白了，就好像我们会在回忆里对以前发生的事情进行加工改造，以获得部分满足一样，小正不过是将已经彻底交代了的事情在畅想中继续赋予其各种可能性，这仍然是一种代偿心理。如此我们就释然了，觉得小正虽然读了研究生，究其本质依然跟我们是一路人。但我们这个群体到底是怎样的人，却从来没有人去想过，哪怕是喝醉酒之后追问上一句。我们不是"在路上"的颓唐青年，也不是陷入疯狂的"在刀锋上跳舞"的艺术家，倒更像是《盗梦侦探》里面被催眠的队伍，可能是家具，或者是玩具，也可能是动植物，甚至是人。如果没有被唤醒，就会歪歪扭扭地踩着奇怪的鼓点，一直走到世界尽头吧。

等到女学生高考结束，有一次小正还真把她和她表弟带来学校玩。在小正宿舍里我们终于得见"小女魔头"的庐山真面目，确实是一个美人胚子，性格也明快，但显然不至于早熟到能说出"不吃面就吃鸡吧"的地步，最多有点儿娇憨而已。我们顿时反应过来，所有这些不过都是小正的杜撰而已，母女俩对他都有吸引力，但他马上掐灭了这股无名火，取而代之的是背地里阴暗处变本加厉安全无虞的幻想加工。

小正啊小正。

3.

不光我们洞若观火，小正本人也心知肚明，无论是小胡还是高中女生，注定都与他无缘，即使他心有所动欲有所求，美人依旧如花隔云端。不过小正也不用再等待多久，他的春天即将来临，好事一件接着一件，让我们这些旁观者都有点儿应接不暇了。

小正一门心思报考文学院的研究生，并且如愿以偿，在我们看来，小正显然是觉得文科的研究生比较容易考，死记硬背，加点理解，再投其所好而已，其实不然，小正还是有文学情结的。这一点在他复习备考时就显露无遗。作为一介工科大学生，他的文学素养超过了很多文学院的毕业生，爱掉书袋，爱寻章摘句老雕虫，更令我们吃惊的是，百忙之中他还去阅览室翻阅新出的和往期的文学期刊，对一些现当代作家及其作品还有一些评论家都如数家珍，着实让人另眼相看。

这些特质在他考上研究生之前，当他抒发"窈窕淑女君子好逑"之际就时不时地闪现，我们大抵觉得他只是冒充斯文附庸风雅，并没有真的往心里去。没想到他在考上研之后，竟然悄悄地熬夜伏案写小说，而且竟然真就在省级文学刊物上发表了一篇短篇小说。

收到样刊及稿费后，小正请我们吃了一顿大餐，稿费顿时所剩无几，但看得出来他异常兴奋。由于样刊只有两本，他视为珍宝，吃饭时仅仅带出来一本，每展示一番就一定要小心放回包里，免得被酒水菜炙弄污，又动员我们赶紧去报刊亭买个几本收藏，静待升值。似乎每个发表处女作的人都是这样的嘴脸，让人既为他们的成功感到由衷的高兴，又因了难逃小题大做的嫌疑而倍觉不可思议。

受了这样实打实的鼓励，小正自觉即使在文学院中他也是凤毛麟角，终于难得地表现了一回狂妄。文学院中本科生不算，那些研究生和博士生，无论男女老少，估计也真没有几个心系小说创作，都一门心思放在论文发表答辩和找工作门路上。像小正这样的，也算是稀有之物了。不仅如此，他甚至开始盘算着在研究生毕业之前，一定要再发表几首诗歌，如此一来，左手诗歌右手小说，才不枉在文学院里走一遭。既得陇，复望蜀，饶是我们嗤之以鼻，但有铅字小说撑腰，他也已经不以为然。说也奇怪，我们私下碰头交换意见，也觉得在小说发表前后，小正确实像换了一个人似的，尽管性格没有大变，但眉眼之间，顾盼流彩生姿，果然是腹有诗书气自华了。小正虽然没有被"漂白"，但俨然是一颗黑珍珠了。

是不是因为小试牛刀让小正自我感觉良好，我们不得而知，总而言之，言而总之，小正在发表小说之后很快就坠入爱河了。这次是我的一个师妹，在读大三，宜兴人，姓张，谈不上漂亮，但极富态，白白嫩嫩的。嘴损地形容他们两个站在一起，好比是观音姐姐身旁立着一只泼猴。尽管如此，他们很快就在校园里光明正大地明确了恋人身份，有没有偷吃禁果我们尚不清楚，但他们情感日深却是有目共睹。受到爱情的滋润和触动，小正诗兴大发，有时偶尔来球场踢次球，都会从球裤后口袋里摸出一张折叠的纸片，在下场的间隙把纸片上的诗读给我们听，让我们提点修改意见。

这个时候，怎么看怎么觉得小正意气风发志得意满，即使他写出来的爱情诗完全拾人牙慧毫无新意，我们依然不敢贸然冒犯，除了贡献我们的耳朵，简直就是张口结舌说不出半个字来，哪里还敢擅作"推敲"。

小正的如意算盘是，一定要写出自己最为满意的一首诗（当然是多多益善，不过按照当时的情形，一首已经耗尽心力勉为其难了），发表，献诗，朗诵，那将是多么浪漫，值得终身纪念。自然而然，水到渠成，小张要向小正托付终身了。想到这里，小正心里乐开花，嘴都笑歪了。

谁承想，小正不仅想得太美，也高兴得太早了。虽然小张和他出入成双成对，大方公开了彼此的恋情，可惜追求小张的不乏其人。偏偏小张对此竟浑然不知，自然就不会刻意回避瓜田李下，徒惹一个事端。

原来，早在小张认识小正之前，小张和美院一个叫洪哥的美术系同年级生走得很近，因为小张有一个在美院读书法系的高中男同学阿凯，而阿凯和洪哥又是狐朋狗友，一来二去，小张和洪哥也很熟了，经常去美院玩。洪哥最近在江心洲租了房子做画室，邀了阿凯、小张等一帮朋友去玩，玩得晚了，就没有回校，同去的几个男女都住在了画室。这话听在小正耳朵里，就等同于留宿，又因为小张没有事先跟他说明，加之晚上他打了无数个电话小张才接，没说几句话又挂断了，周围人声嘈杂，难免小正不胡思乱想，一时妒心疑心大盛，怎么都开释转移不了。

小张回校后，小正都快成望妻石了，眼见得小张左右无事人一般，更是气不打一处来。小张呢，也恼小正一晚上的电话没完没了，让她被洪哥等人笑话，觉得没面子不自由。两个人都在气头上，话赶话，全是气话狠话，闹得不欢而散。

小正好歹从小张口里知道了洪哥云云，更是认定了洪哥对小张心存歹念图谋不轨。小张留宿不归，小正心里是希望最好什么事情也没有发生的，可越是这样想越觉得有问题。传闻画画的这帮人，没有一个是好东西，自以为有才，什么都敢乱来，酗酒吸毒打架泡妞，就差杀人放火了。想到这里，小正浑身发冷，牙根都要咬断了，风风火火就去美院找那个洪哥，要把危险的火苗及时掐灭。

等见到洪哥本尊，小正不由得倒吸了一口凉气。原来这洪哥是个徐州人，体格魁梧，声若洪钟，差不多有两个小正这么大，气势逼人。小正硬着头皮说明来意，发出照会，点到为止，希望洪哥从此离小张远点。洪哥不置可否地盯着小正足足两分钟，看得小正心头发毛，末了洪哥才从鼻孔里喷出两道黑气，哼了一声，说："你让我离小张远点，我还要警告你离她远一点呢！"

小正当然不会因为这样的恫吓就鸣金收兵，他还想跟洪哥这个愣头青掰扯几个回合，说些"子曰诗云"之类的场面话，没想到对方二话没说，从地上捡起块砖头，也没见怎么扎马步运气，一掌如刀，就把砖劈成了两截。小正看着断砖在地面翻滚，脸渐渐变成了猪肝色。对方块头大没吓住他，这单掌切砖的功夫可着实吓了他一大跳。在洪哥抛出"如果让我知道你还缠着小张，我就废了你写字的那只手"的最后通牒之后，小正本着"君子动口不动手""好汉不吃眼前亏"的美德，赶紧撤了。

惊魂未定的小正非得让我们几个做他的保镖，除了上课和睡觉，寸步不离地保护他。他是真给吓着了，舍不得写字的右手被咔嚓了，这只右手虽然写出了一篇堪称杰作的小说，可是还没有写出风华绝代的诗歌，说什么也不能就此断送于一个不通文墨的武人之手。

我们以为他太过小题大做了，进一步打趣说，说不定小正被卸下来的胳膊与丁龙根的右手有得一比，不遑多让，写出划时代的诗歌更是不在话下。小正立刻停下脚步，咬着嘴唇说，那是你们没看到，半块砖头在地面翻滚是什么感觉。我们提醒说，那个洪哥也许是故弄玄虚，砖头说不定是用胶水粘住的两块断砖。那个时候，姜文主演的《有话好好说》正在上映，我们对那把仿真菜刀记忆犹新。小正生气了，加快脚步把我们甩在身后，让我们觉得，如果不紧跟上去，我们的交情也会戛然而止。当然了，前面随时可能会冒出来的危险，让小正始终有所忌惮，看我们又把他团团围住，他顿时感到安全和踏实，也就不和我们一般计较了。

4.

这些不过是一笑而过的小插曲，看样子小正和小张经历过风风雨雨，必将修成正果。对比其他即将毕业、寂寞无主的男女，他们在学校里比肩而行，自会引发道道嫉妒的目光。小张如牡丹般华美，益发衬托得其貌不扬的小正如一坨牛粪，不过考虑到小张是本科生，小正是研究生，也就觉得两个人其实还蛮般配，意味着他们可以水到渠成地结婚生子，不出意外的话白头偕老。

小张是这样想的，小正也是这样想的，随着两个人的毕业临近，最后一个关口也浮现了出来。和之前的小胡一样，小张的父母也不愿意掌上明珠远离在外，找了关系让小张回到当地的政府部门工作。不同的是这次"嫁鸡随鸡"没有难倒小正，他自信满满地报考了小张家乡城市的公务员，并且如愿考上。

我们都为小正高兴，毕竟没有几个人能把爱情和工作同时圆满解决的。喝饯行酒时，考虑到宜兴和南京几百公里的距离（那时候还没有开通高铁），再聚在一起踢球喝酒的机会实在寥寥，加上小正自己又觉得此去无疑是入赘做上门女婿，父母似乎白白养了一个儿子，因而闷闷不乐，颇有点儿醉不成欢惨将别。

我们以为小正杞人忧天，没想到事情的发展大出我们的意料，小正虽然稍解风情，但委实不谙人事，还是显得过于乐观了。

小正和小张双双回到宜兴，虽然不在一个部门工作，但都在政府大院里，两个人也得以延续大学的习惯：上午在不同教室上课，中午一起去食堂吃饭，下午在不同教室上课，晚上有时间就约会，牵手散步看场电影之类，然后再各回各宿舍。不过是变换了地址，南京变为宜兴，宿舍变成家而已（小正还是住宿舍）。

我们和小正偶尔也会通个电话，通常是在我们踢球后的酒局上。想到我们玩得痛快，小正的羡慕之情溢于言表，他在宜兴的工作还可以，就是没几个认识的人，更不用说发展到一块儿踢球喝酒了。言下之意，小正这个苏北人，对在苏南的生活，甚至摇身一变为苏南人，明显还是准备不足。而且他很快就要领教到苏南人的排外和势利，首当其冲的就是他的准丈母娘。按理说，小正和小张也算是对外表明了爱侣关系，就差结婚领证办酒席分喜糖。可是，小张的母亲并非很满意小正，小正的苏北人身份、家境不好、长相一般，都让他们颇有微词，开始还有些遮掩，逐渐泛滥开来，小正常常恨不得找个地洞钻进去。以前特别让准丈母娘满意的研究生身份，随着高校的扩招，硕士、博士的人满为患，身价顿失，大为贬值。两相比较，小张的母亲越发觉得，找个女婿，最好还是要挑有一定经济实力的人家，女儿也能少吃很多苦。

如果说小张的母亲只是让小正重陷自卑羞愧难当，小张的表现则让小正失望心寒。在母亲的压力下，小张被迫与小正假装分手，背地里两个人还好着。小张觉得就此与小正分手，于情于理都说不过去。这说明，小张是个好姑娘。如果小张和小正留在了南京，小张的母亲鞭长莫及，影响有限，说不定小张就能抗住压力，两个人在一起过日子，日子也会越过越红火。这是可能的。不过，谁让他们回到了宜兴，在小张母亲的眼皮子底下生活呢。尤其是小张母亲的眼里已经完全容不下小正。这个时候，他们妄想明修栈道暗度陈仓，怎么可能。得知真相的小张母亲暴跳如雷，眼泪掉下来，把小张关在家里不让其上班，跑到小正的单位大闹，说他拐骗无知少女。那段时间鸡飞狗跳，本来朴实无华默默无闻的小正在政府大院里一下子变得赫赫有名，大家见到他都侧目，不知道是出于同情还是厌恶。在母亲的压力下，小张终于挥泪斩断情丝，和小正彻底分手，并且在家人的安排下走上了相亲之路，很快有了未婚夫。

小正如坠冰窟。要知道，分手后小正和小张还是在一个大院里上班，碰面是尴尬的，也是难免的，特别是周五傍晚，新男友会开车来大院接小张。小正的办公室正对着大门，俯瞰之下一目了然。可怜的小正将额头抵在玻璃上，看着小张走过去，上车，车子发动，一骑绝尘，那个时候他万念俱灰。他想辞职，离开这个伤心地；他还想过考博，为此复习了大半年，不过最终也没见结果，不知道是没考还是没考上。

这是我所知道的小正的最近的消息：他还在宜兴，具体生活不详，无论情感。紧接着，我来到了北京，有很长一段时间，差不多两年吧，我找不到人喝酒，也找不到人踢球，生活得灰头土脸，经常在茫然中心生惧意，和小正的联系也就中断了。

5.

有一天下午，同在北京的王才突然发短信通知我一块儿吃晚饭，原来是小正来北京出差了。我们约好在小正所住宾馆的附近找家餐馆，毕竟我们在北京混了很长时间，而小正初来乍到，人生地不熟，有诸多不便。三个大腹便便的中年男人围桌而坐，在他们中间显然不再有一块绿意茵茵的球场，甚至连欧洲五大联赛都放弃不看了。酒量倒是见长，喝进去的是啤酒，撒出来的是尿液。

酒过三巡，逐渐耳热，往事灰扑扑的影子得以挤进身隙，我们重温了当年的球场情谊，壮怀激烈，就好比膀胱被尿液满涨。

小正这次来北京是当地政府的按例出差，只要在岗，又没有熬成领导，总是要轮到的，逃都逃不掉。对他的特殊使命，我们多少能猜出一些，小正也含糊其词，不愿意多说，只是冠以"反正不是人干的活"。

相比较而言，在座的三个人中间，小正的人生无疑是最安稳的，不像我和王才，还在有今天没明天两眼一抹黑地打拼。小正的生活已经步入轨道，差别只在快慢短长，而我们作为北漂却一眼望不到我们所处江湖的边。

虽然如此，小正显然不是想要炫耀他今天所取得的成就，我们也都知道他一路走来，正应了"如鱼饮水冷暖自知"的老话。

小正恰如其分地表达了对我们现在生活的羡慕。有什么值得羡慕的呢？难道是为了朝不保夕的生活独立悬崖上的自由吗？我们就像那幅著名漫画中的身在不同鱼缸中的金鱼，彼此羡慕，如此而已。

一杯杯啤酒下肚，小正慢慢打开了话匣子，主要是向我，王才一直和他保持着联系。在小张和他彻底分手后，小正又煎熬了两年，什么背后闲话当面白眼，他终于都能安之若素。渐渐地，单位同事们认识到他的与众不同，因而更衬托出他的能力出众。和那些走关系进来的同事相比，他无论是在工作态度还是效率上，明显高出一大截。一年后，小张结婚，两年后，小张生子，小正都不为所动，甚至主动拿这件事和同事开起了玩笑。是的，如果小正和小张没有分手，他就会是那个新郎，那个父亲。在这不经意的自我解嘲中，小正如愿升迁，别人也终于不再觉得他这个外乡人高攀不上当地的姑娘，纷纷开始为他（当时已经是科长）介绍对象。小正疲于应对，酌情合理地选择了一位在人民医院工作的女医生，于彼时也算是门当户对。现在的小正，已经是两个孩子的父亲，有一个是前妻生的。

"人生如此，夫复何求。"喝完酒后，醉眼蒙眬的小正大声说着。我和王才一左一右送他回宾馆，他张开两手分别搂着我们，就好像我们是他业已长大的儿子。

小正这次在北京要待一个月，平时几乎没什么事。他约我们随时去找他喝酒，但我们竟然一次都没有再去。他太闲了，而我们太忙了，这是其一。其二就是，待在北京时间久了，人会不由自主地沾染上冷漠的通病，习惯于孤独自处，像卡夫卡小说中那个洞穴深处的小动物。我原先准备等小正快离京时再聚一下，没想到这个机会并没有来。

差不多一个星期之后，王才给我打来电话，这有点儿异常，因为平时我们基本都是偶尔短信联系的。王才告诉我，小正已经回去了，不是请假探亲，也不是出差完成，而是被遣送回去的。原来，在其后的某个晚上，应该没超过九点，小正突然裸体从房间里走出来，他好像并没有意识到自己什么也没有穿，就这样大摇大摆地乘坐电梯下到一楼，经过宾馆前台，穿过旋转门，一直走到大街上。前台的服务员没有看出一点儿异常，甚至还跟小正打了个再正常不过的招呼。小正就这样一丝不挂地出现在北京街头。

"他疯了吗？"我问王才。

"他疯了才怪呢。"王才说，"他就是想试一下，不穿衣服走出去，会不会有人拦住他。结果没有人出面阻拦他，他也就只好勇往直前。在他看来，半途而返是一件可耻的事。"

"那这样对他的前程会有影响吗？"我又问。

"会有什么影响啊？最多说明他扛不住压力。做他这一行，压力肯定是很大的，说不定想裸奔的人多得很。"

我突然想起一件事："小正不像是会离婚的人，可他说有两个孩子，还有前妻，这究竟是怎么回事？"

王才说："那是他故意骗你的，他就结了一次婚，两个孩子是真的，他生了一对双胞胎。不过，他和妻子关系很不好。"

原来是这样。小正还是原来的那个小正，并没有改变多少，说不定这次言之凿凿的裸奔事件也子虚乌有，纯属他自己的虚构创作。挂断电话后，我突然有点儿为小正高兴，不管他有没有在北京城的夜幕下裸奔，他终究还是穿上衣服不动声色地回到了他的生活中去。说句实话，我竟然为此长出了一口气。

象舞之年

　　2009年冬天，年前大约一个月，我回了一趟溧阳，为的是把我的户口迁回老家，挂靠在长兄的户头下，也才能把我的一代身份证换成二代身份证。网络上风传一代身份证即将停止使用，我唯恐再拖延下去会造成诸多不便，或者滞留外地回不了北京，或者陷守在北京哪儿都去不成，两者对我而言都是不愿落得的困境。回去之前我只和大哥私底下打了招呼，毕竟我要把名字登记在他作为户主的户口簿上，又不想弄得家人皆知，到时候穷于应对。

　　十五年前，我去常州读高中，随后三年都要寄宿，大哥陪我到溧阳城区的江南春批发市场购置行李箱等生活物品，昔日情景还历历在目。因为念的是高师预科班，类似于能参加高考的普通师专，当时户口就被迁走，然后调档到南京，这两次上的都是集体户口。大学毕业后，我将档案直接挂在南京市鼓楼区人才市场，自以为免了后顾之忧，一挂就是将近十年，竟然差点儿想不起来。其间使用的身份证，一直都是在大学时统一办理的，发证机构是鼓楼区公安局。当时和同学排起长队拍照，照片上的人个个稚气犹存，乳臭未干。庆幸的是，不管是在南京还是在北京，身份证都没有弄丢过，免了我很多麻烦。2004年全国范围内开始启用二代身份证，我一直拖到2009年，这才着急起来。大学不可能为离校好多年的毕业生升级补办二代身份证，只能将我的户口和档案迁回原籍，以便我在当地镇派出所办理新的身份证。

印象中位于镇郊的镇派出所，已变成一个工厂，我进不去。找人打听，才知道由于相邻两个镇合并，为了出警方便，派出所便搬到了一处居中的地点。好在新派出所的距离并不是很远，我可以走过去，也能赶在他们下班前到达，不会误事。这条路拓宽了不少，显得更气派，但沿途并不陌生，初中时我曾多次骑车经过，路两旁的各个村庄里分散住着我的很多同学。每一年去烈士陵园扫墓，全校师生需要在这条路上步行蜿蜒，跋涉很久。植树节学校组织学生在路两旁植树，三五人一组，也能足足排出一两里路的队伍，男女学生的个子和树秧子差不多高，等到树苗都插上，这些颗人头便呼啦解散。具体什么树种已经忘记，但肯定不是松树，现在路边这些花、草和树，一看就是绿化公司的产物，人工、技术、规划的痕迹非常明显。植树活动充满了难得的快乐气氛，可能源于三方面原因：其一，在上课时间而能堂而皇之地在校外徘徊，顿觉天地宽广；其二，拿着挖锹、水桶等物却不是在自家地里干活，即使装装样子敷衍应付也不会遭到呵斥，加倍感到轻松；其三，不仅能和女生互动、吵架、追逐，还能站在路边不停张望看痴眼，将路上疾驰的车辆看饱。二十世纪九十年代车辆还很稀少稀奇，公共汽车一两个小时才开过去一趟，小轿车半个钟头左右有可能出现一次，卡车和拖拉机倒是很多，一会儿开过去一辆，一会儿又开过去一辆，发出噪音，扬起灰尘，喷吐黑烟。我那时候喜欢追着汽车屁股闻汽油味，也喜欢拾捡搜集从卡车和拖拉机上颠簸下来的各种工业边角料，金属的，有机塑料的。树苗种下去之后，除了老天爷，再没人管其死活，不浇水，不治虫，学生在上下学途中往往因为无聊折断树枝，甚至将刚有点儿生机的幼树连根拔起，像鲁智深，这其中就有我。小树的成活率很低，往往隔好远才有一棵挣扎着终于挺直起腰，像断了很多根齿的梳子，有碍观瞻，残缺一目了然，令人难忘。后来这些残存下来的树也都被移走，统一置换成现在的草皮、樱花、松树。园林局和绿化公司除了安装摄像探头，还安排职员专门巡视管理，无人再敢破坏，很快成了气候。现在路上交通繁忙，车辆往来不绝，尾气扬尘，铺天盖地，如果没有这些绿化植物静静吸收，卫生情况肯定极其糟糕。"要想富，先修路。""爱护草皮，请勿践踏。"路边不时冒出这样的标牌，甚至有一块牌子上面还停栖着一只麻雀，一动不动，像是假的。走在这条崭新气派的公路上，我想象着噪音、尾气、灰尘统统被绿化带吸收，谁也不清楚它们能坚持多久，会不会罢工，或者突然报废。

新的派出所坐落在一个丁字路口的右手，马路的一边突然陷进去一块，形成一个"凹"字。这个缺口里面停着三辆警车，车头一律朝外，随时都准备蹿上马路。无事不登三宝殿，有事才来烧高香。站在派出所门外，我的心咯噔一下，竟然无来由地打了个冷战。办理新身份证的时候，果然出了一点儿小意外。一位民警在接待窗口为我做登记时，突然问我有没有犯法违规的记录。我很确定我没有，但他盯着他调出来的记录，责怪我没有说实话。到了派出所，坦白从宽，还不应该实话实说吗？我也觉得奇怪，除非我有梦游症，否则犯没犯罪违没违法，我自己难道还能被蒙在鼓里不成？他把电脑扁平的方脑门儿偏过来很多，以让我看到大部分液晶显示器。屏幕上面确实映着，2005年10月，我因为打架纠纷惊动了110，还被带到派出所做笔录，接受民警苦口婆心的教育，"牙齿和舌头再好，也有咬着的时候"，"夫妻打架，床头打床尾和"，最后调解成功。全程都有记录，白屏黑字，显然是事实。我更糊涂了，逐条核对出警记录，确实是我的名字，身份证号码也没有错。看到最后却让我哭笑不得，这个"我"，原来是和妻子过不下去，属于家庭矛盾，闹得凶了，周围邻居怕出事，这才偷偷报警，也算是及时阻止了一场人间惨剧。时间是晚上十一点二十分，寂寂人定初，万物已静默。地点是大湾庄，也就是我现在的户口迁回地。"我"的妻子名叫黄彩琴，是一个性格泼辣的少妇，敢于和丈夫大打出手，并不落下风。村里何时住着另外一个"我"？除非我分身有术，不然如何能同时既在北京又在村里？更何况，我并没有结婚，怎么就多了一个妻子，还有名有姓，有鼻子有眼睛。所以，上述行为绝非本人所为。那个民警也解释不清楚，不停地摇头，渐渐摇出一头雾水。过了一会儿，他被一个神情严肃的胖警察叫走了。差不多过了五分钟，他回来，之后对此事绝口不提。他似乎已确定此事与我彻底无关，完全是一场误会，多谈无益，再也无须解释。很可能只是电脑出了故障，数据混乱导致。另外，既然旧的身份证要换成新的，错误的信息一笔勾销就是，以后自然也不会影响到我。在这种情况下，我如果再打破砂锅问到底，还想不想办二代身份证了？很显然，我的身份证曾被人冒用，还好那个人只是以我的名义和他强悍的妻子在夜深人静时打了一场势均力敌的架，声势惊人，把邻居惊醒了，此外并没有更过激的行为，比如杀人放火，否则我即使身在北京也不可能置身事外。停在广场上的三辆警车之一，必然会冲上路，一路开到北京，再把我风尘仆仆地带回来，关在监牢里，唱一出铁窗泪。我又安慰自己，如果真的犯了大事，估计别人也不敢擅报我的身份证号，报了也没用，审查必严，违法必究，那种情况下反而再无漏洞可钻。可是，这个和妻子打架闹到派出所都不敢用自己真实姓名的人，是不是隐藏着什么不可告人的过去？他会不会是一个潜逃的通缉犯，借用我的身份改头换面，在此地某个工厂里谋得一份差事呢？王八沉塘走直线，他现在又窝在哪里呢？我就这样七想八想，知道里面肯定有问题，问题说不定还不小，而我一旦办下二代身份证，再想追查就绝无可能。我坐在圆凳上，心神不宁，显得很不适应。负责拍照的姑娘忍不住埋怨，说我又不是第一次拍身份证，何至于如此紧张。她让我摘下眼镜，坐好坐直，不要低头，不要眨眼，调整了好久终于拍到她满意的照片。新的身份证将在一周后寄往我留给他们的北京地址，我很快就能收到。在此期间，派出所发给我一张临时身份证，有效期是三个月。临时身份证上显示的形象模糊，眼泡略肿，眼球凸出，眼镜戴时间长了的人都这样。身份证上的照片都会把人往丑里拍，也许好看都是打扮出来自己在镜子里才能看到的，落在别人眼里的都是一副丑相，可笑的是，每个人都不自知。话虽如此，我还是很懊恼：身份证上的我虽然不像在逃的犯人，但脸上分明有一种疲惫厌倦的感觉，如同丧家犬。此后说来也怪，只要用到身份证，取火车票，过机场安检，酒店订客房，每次掏出来，一律都是背面朝上，显然我并不想看到身份证正面上的照片。背面2009—2029年的有效期限，让我时时重温那次回乡之旅，想起那个素未谋面的"我"，还有黄彩琴，这框定的二十年时间，不知道他们会怎么度过。

事情的始末说起来比具体操作容易很多，为了拿到各种证明和盖章，我多次往返南京和溧阳，嘴皮子虽然没有磨破，但双腿确实走得酸疼。最后，我带着所有材料在一个叫五家墩的村子路口下了车，找现任的大队书记盖上大红印章。村委会就设在村头一座废弃小学里，一路上听不到狗叫鸡叫猪叫，人影也不见一个，好像被施了魔法，所有生物都同时陷入沉睡，只有植物疯长。五家墩当然不止五户人家，但即使如此，也难掩它是一个弹丸小村的事实，一个明显的证据便是，以前村小学只设一年级和二年级两个班。该村最知名的竟然是一家榨油坊，老板叫八斤子，生下来就有八斤重，后来也一直是一个大胖子。很多人家都将晒干的菜籽用板车拉来，机器开动，村子里便弥漫着香极了的菜籽油味。菜饼可以作为鱼饲料卖给养鱼户，但小孩会偷偷地藏一些起来，钓鱼的时候，撒一把到河里，铺成一个鱼窝子，坐等鱼上钩。菜饼很快沉入水中不见，水面顿时染上一层五颜六色的油。我在村口使劲吸一口气，以为还能闻到当年的菜油香味。在村委会走完最后一道程序，我才发现我竟然是个幸运儿——再迟两个月，也就是春节后，新的政策就会下来，那个时候因为到外地读书户口被调出去的学生，就不能再迁回头了。这话听起来有点儿像好马不吃回头草，泼出去的水收回不到碗里。如果真到了那个地步，我还能把我的一代身份证换成二代身份证吗？我确实吓出一身冷汗。出冷汗还有一个原因，那个低头在证明函上认真盖章的大队书记突然想起我是谁了。他是我姐夫的同村人，年纪也相仿。他抬起头看我，几乎是很得意地一口气说出了我父亲、我大哥、我姐夫的名字。态度随即变得更加和气，语气近乎温柔。这意味着，即使大哥刻意帮我隐瞒，其他人也终究会很快知晓，就像纸包不住火。这种节外生枝让我很沮丧，毫无疑问它会让我的如意算盘落空，台面下会翻到台面上，简单的事情会变得复杂，问题将生出新花头，好像嫌我的麻烦还不够多似的。我其实对自己的户口最终落在哪里并不在意，要不然大学毕业这么长时间也不会选择只身蓬飘万里，我只是担心身份证，人在江湖漂，没有身份证可不行。但家人和村人显然不会这样想，也绝对不可能把所谓乡下人和城里人，南京人或北京人混淆，即使他们已然犯错：他们以为我在哪里工作，户口就落在哪里了。天底下哪有这么便宜的事情呢？

总而言之，我虽然把户口顺利迁回，也如愿以偿办下了二代身份证，心中一块大石头终于落地，再不用担心因为没有身份证而处处碰壁困守一隅，但另一块大石头又迅速被推到了心尖尖上，高悬在那里。生活中的每一个人，也许都是那个西西弗斯吧，终日终身滚着一块巨大的石头，也像屎壳郎。我必须很快做好可能被反复盘问的准备，尽管那些问题高悬如巨石，无聊胜狗屎。家人绝对无法接受这样的事，户口顶不容易迁出去却又迁回头，好比一觉睡到解放前，若在别人口中说出听到耳朵里更像是一个天大的笑话。他们会觉得我这些年的书都白念了，"某人家的孩子读书读傻了"，同时必然愈发怀疑我大学毕业这么多年究竟在做什么，可能什么也没做，从南京到北京，说起来名义上是好听，在大城市工作，其实都荒废了，混来混去最终一事无成，还不如回到溧阳，正正经经找个单位，老老实实上班。和其他同龄人一比较，我们之间的差距再明显不过，我的存款几乎可以忽略不计，没有买车，更不用说置房，未曾带过女友回家，结婚八字还缺那一撇，如同老话所说，老婆都不知道结在哪棵树上，谈什么生儿育女。凡此种种，我难免涌起一阵阵巨大的羞惭，头顶心像是要炸开来，一如当年那个稀里糊涂的初中生，遇事就缩脖子，不知不觉脖子变短，眼光变浅，再没有一点长进。这些年来，家人对我，颇有些头痛医头脚痛医脚的感觉，然而顾得了脑袋顾不上腔，摁住葫芦浮起瓢，不知道被我钻了多少空子，撒了多少谎，瞒了多少事，现在一朝真相大白，可想而知他们的失望之大，溢于言表。既然到了这个地步，我也就只能死猪不怕开水烫，索性再次装作死蟹一只。

　　姐夫姐姐他们特地过来一趟，我们一起在大哥家吃晚饭。那个大队书记，显然已为此事找过姐夫。几杯酒下肚，姐夫忍不住了，抛出一连串问题。他以为我把户口迁回家，人也会紧跟着回溧阳。不然为什么要眼巴巴地迁户口呢？这是他唯一勉强可以接受的理由，这样毕竟离家近了很多。以前在南京，我隔几个月才回家一次，到了北京，一年就只能回来一两趟。但我并不接话，也不表态，表明我无疑还是会继续待在北京，一直熬下去。北京有什么好，难道真的有窖子挖吗？姐夫顿时陷入迷茫，而我在他的沉默中更加惶恐。该怎么解释呢？我在北京待习惯了，那里有我玩得来的朋友，有我不头疼的工作，熟悉的环境、作息、饮食，这些都让我适应了，我已经很难接受在其他城市的生活和工作，哪怕是溧阳，一样也是遥远和陌生的。就像现在，在没有暖气的屋子里，虽然门窗紧闭，但我还是感到冷得受不了，而他们早已习惯，浑然不察，以为我冷只是因为衣服穿得少。他们不知道，在北京室内我外套都不用穿，着一件单衣，赤着脚走来走去。这些其实根本不值得拿出来讲，算什么呢？可是都说如鱼饮水冷暖自知，生活不就应在"冷暖"二字上吗？更何况，我真的也不能确定，一旦离开北京，我还能做什么，还愿意做什么。姐姐几乎是一直脸带愁容地看着我，她眼神里的内容我懂：反正在外面也没人管我，我偷懒已成习惯；习惯病，习惯病，养成容易改掉难。

还有几个问题，是他们很想问却最终没有问出口的——我打算什么时候买房子，什么时候结婚，什么时候要孩子。多年来，我因为这类问题饱受折磨，内心愈发排斥，无法给出答案，也不想回答，但又没觉得对方这样问有什么不对，并非冒犯或不敬。问题是问得太多，倒似成了见面的常用问候语，齐刷刷众口一词，以致众口铄金。可能也是我生性容易紧张，在这些问题上不断累积情绪，觉得极其愚蠢，变得过于敏感。我真正反感的是隐藏在这些问题背后的那种趋同一致的生活，那套非得如此不可的逻辑。很显然，从生活迈向更好的生活，这本身无可厚非，但让更好的生活完全凌驾于生活之上，显然是哪里出了问题。我年幼时，耳熟能详的是"麻布袋，草布袋，一代管一代"，慢慢变成"金坛县，溧阳县，不如现过现"。转折发生在八十年代，完成于九十年代，正是我青少年时期。九十年代之后愈演愈烈，生活之上的花团锦簇，变身为花团锦簇之上的生活，有点儿本末倒置了。

　　2008年奥运会后，即使是遥远的溧阳人，大抵都已清楚北京的房价，知道在首都买房不是件容易的事情，而没有房子，娶妻生子就更像是讲空话。早动买房子的心思就好了，那就赚到了，所有人都这样想，都渴望在北京三环附近拥有一套房子，能在某个饭局、某列火车上有意无意地提起。没有房子而又在北京勉强混着的人，就像我辈，只能深深地埋下头去，半天抬不起，佯装假寐。如同打麻将，摸了一张白板，又摸一张白板，再摸一张白板，继续摸还是一张白板，形成白板对子，白板碰子，白板杠，若想杠上开花胡一把大的，那是想太美。就拿我来说，不要说我工作这么些年没有多少存款，即使我每年省吃俭用努力存下些钱，和买房的钱相比也不值一提，这么大的亏空如何填补得上。还有一句潜台词，他们私底下肯定是为此长吁短叹的：在2009年时，我已是实足年龄三十岁的人，还没有结婚。大队书记和拍照姑娘察看我的身份证，为此表达过类似的惊讶。哎呀，小伙子你还没有结婚啊，要赶个紧了。姐夫更是感慨，他认为像我这样的年纪，又没有结婚的，在老家地面上，扳起手指头数，算来算去也只有一个国荣。国荣的娘老子绝可怜，早就愁白了头发，两个人吃辛吃苦，每天过得都像是在还债。但姐姐不愿意拿我和国荣比，姐姐觉得我是她弟弟，怎么都要胜过那个国荣。姐姐说，国荣是不要好，而我是太要强。这个国荣我知道，他是我初中同学，同级不同班，现在还能浮泛起来的印象是，他面孔圆圆的，笑起来两边嘴角露出一对小虎牙。国荣现在怎么样了，我有些好奇。这个时候我反过来打听国荣的事，流露出很感兴趣的样子，明显是想转移话题，用了李代桃僵的计策。他们就都及时缩住话头，陷入一阵沉默。外面天光暗下来，风声渐紧，终于姐夫姐姐他们也觉得冷了。天气预报早晨说要降温，果然降温。现在天气预报也比以前准多了。他们还要骑电瓶车回去，大概骑十分钟到家。交通工具确实缩短了出行时间，在骑自行车的年代，逢上天冷、风大、暗星夜、落雨、下雪，姐姐姐夫便会住下来，最多也就是姐夫一个人回家，姐姐会在娘家歇一夜。现在，一家人吃饭不复以前那般热闹，这肯定不全是我的原因。眼面前的时代确确实实变了。

隔壁村的寄爷知道我回来，打电话让我去家里吃晚饭。其实他不喊，我也会去看望他们，难得回来一趟，不能绕门过。这门寄亲还是在我小学时认下的。当时我父亲过辈了小半年，我一直生病，去医院怎么看都不见好，没有办法，迫不得已信了巫医。巫医是个和蔼的老妇人，笑眯眯的，不像医院的医生护士那般冷冰冰，隔人三丈远，不爱搭理人，巫医见到我第一面简直就把我当成了孙子孙女辈。巫医的话容不得人怀疑，我的病是年少丧父加上运道不好引发的，必须找到生肖符合的一对夫妻，认作他们的干儿子，病才能好起来。我母亲颇费了一番工夫，走村串户地仔细打听，果真找到了这么一户人家，夫妻两个的生肖都符合，而且只生了两个女儿，膝下没有儿子。事情至此就相对简单了一些。母亲领我上门去，给我的寄爷寄娘磕头。寄爷家准备的回礼是一套手工定做的西服西裤，我穿上了很贴身，也显得神气，乍一看像是有钱人家的孩子。但我很清楚这是假象，因为我只有这样一套像样的衣服，除了节假日，根本舍不得穿，平时都穿补丁摞补丁的衣服。尤其是有一条运动裤，补丁无巧不巧缝在裆部，不注意看不出来，弯腰时屁股那里就会露出小半块阴影。阴缺的同学于是给我起了个外号，叫"吃豆腐干佬"。为此我很羞愧，甚至恨不得真的把那块豆腐干一口全部吃掉。而且那块阴影时时都会闪现出来，让我总是陷入沮丧的情绪。寄爷家没有男孩，很希望我真的做他们家的儿子，不仅是认寄亲，走走亲眷那样，而是过继过去，由他们养大，以后养他们的老。不知道为什么，我的母亲始终没有松口，也许她不愿意轻易把拉扯孩子长大的责任让渡给他人，也可能是她觉得这样做对不住我死去的父亲。一直到初中三年级，寄爷一家一直遮遮掩掩，时不时像讲一句笑话一样不着痕迹地提及，可能他们并没有完全放弃。其实凭空多出一个儿子，对他们未必是好事，他们要蜕层皮，才能盖好房子，帮儿子娶到媳妇，而且这个所谓的儿子和儿媳，估计难得和他们贴心贴肉，到时把他们养在井锅里也不一定。那时我每次去寄爷家，他们都会夸张似的说起过继这件事，他们是有多么希望我这个寄儿子有朝一日变成真儿子，而我总是手足无措，无言以对，无地自容。如果母亲真的要把我送给别人，我或许也能接受，但母亲不发话，我就只能成为哑巴，一个字也不往外吐。怎么着这事都不由我说了算，也就似乎和我没有任何关系。我只能像一个附属物，或者一件奖品，甚至是赠品。中考之后，寄爷一家逐渐不再提及此事，我反而有些不适应。他们以为我有了出息，而这显然是对我母亲含辛茹苦养大我的犒劳与奖赏，他们更不好意思分杯羹。他们这时再想让我做儿子，有点儿不近情理，倒像是存心占人家便宜，索性不再说。然后是高考，然后是大学，然后是工作，即使我迟迟没有结婚，寄爷一家也不像母亲这般着急上火，一方面是他们很相信我，另一方面他们显然也疏远了我。从小学一直到现在，我在寄爷家经历了一段抛物线生活，先上升，到顶点，再下降。我毕竟只是他们的螟蛉子，不是嫡亲的骨肉，他们很希望接手管我，但管不了我，也不想管我。有些事随着时日推移，终究会不了了之。因为担心寄爷一家也已经知道我将户口迁回一事，一路上我很是忐忑。不知怎么的，面对他们，我越来越觉得自己好像仍然没长大，嘴巴没毛办事不牢，依旧不懂事，横竖都让人担心。把户口迁回来，不过是又一个活生生的佐证。不管怎么说，我应该混得比现在要好一些，要好很多，才能避免这一轮又一轮的尴尬和害臊。我确实感到羞愧，想要逃避，但也仅此而已。迈过三十岁的门槛，我虽然依旧单身，但处事确实老练了一些。

有一年，大概是我到北京的第二年，春节回老家过年。溧阳乡下的习俗，腊月最后几天是向祖先祭祀的日子，最迟要在三十那天完成祭祖，祭祀毕还要去先人坟地烧纸，回来张贴门联，这些事情都要赶在太阳落山前完成，天上没有太阳的话就看时辰，然后一家人吃饭守岁。大致是这个流程。那一年的大年三十，我和大哥一家去坟地上烧完纸钱，还只是中午，有充足的时间去镇上浴室洗把澡。大哥一家和母亲会在下午借用邻人家的浴锅烧水洗澡，按照先男后女的顺序，大哥和侄子先洗，大嫂同母亲后洗。前一家洗完，把脏的洗澡水都舀掉，另一家早就等候多时，提水洗锅，再烧一锅新的洗澡水。灶膛里塞进稻草，水升到一定温度，也按照先男后女，像下水馄饨一样依次入锅。初中时我曾用一盒电光炮作为贿赂，让一个小孩偷偷地往灶膛多塞了几把稻草，水温升高，很快变烫，害得里面洗澡的人衣服都没穿就跑了出来。自此之后，我对这种浴锅反而落下心理阴影，大约是担心别人也不会放过我。大哥告诉我，有家浴室标志醒目，很容易找到。其实镇上有三家浴室，在同一条街上，相隔不远，既可扎堆形成洗浴一条街的效应，也能互相争抢生意。大哥说的估计是他常去的那家，叫光明浴室。我有好多同学都叫光明，小学、初中、高中、大学，赵光明、李光明、周光明、陈光明、蔡光明，总有这样的名字在身边熠熠生辉。这显然是一个时代的遗留，不仅有人名，还涉及理发店、器材店、照相馆、百货商店、饭店、电影院。浴室取这样的名字，我倒是第一次见，不禁哑然失笑。光明浴室虽不大，也分男女，一楼为女浴室，二楼是男浴室，三楼作休息室，每个房间有两张床位，像宾馆的标间。在光明浴室里裸体的男女，都像一根根体态臃肿分了枝杈的白色蜡烛，想一想，确实明晃晃。如果又有叫光明的人，也大驾光临到光明浴室洗澡，一定更加亮堂堂。可惜我没有名字里含有光明的女同学。洗澡的时候我忍不住这样想。

其实也没什么好洗的，主要是洗头，头发容易惹脏，起味道，必须勤洗，身体反而积不下泥垢。小时候冬天往往个把月才洗一次澡，身上能搓下麻绳一样粗的泥垢，几个人洗完，浴锅里的沉淀物都能用脚蹈起来。确实脏，要好好洗，特别是过年前。我的父亲生前常说，钱是人身上的垢，搓搓就能有，害得我恨不能把皮肤都搓下来，那分明是满满的一吊钱。我挤了洗发精涂在头上，往身上打了一遍香洋碱，等到从头到脚都起了泡沫，就在淋浴下冲洗。洗完澡，时间还早，想起中午转播的一场NBA篮球赛应该还没结束，便去三楼休息室，要了一个床位，打开电视，调到中央五台，点上一支烟，躺在床上看。其间有人敲门进来，是一个五十多岁的老头，给我倒了一杯茶。他还问我要不要服务，掏耳朵、敲背、洗脚之类，我拒绝了，因为不想妨碍看球赛。两支队你来我往，攻防打得确实好看，一个小时倏忽而过。这段时间旁边那张床一直空着，也许是下午，池子里的水已经很脏，没人来洗澡，也就没人需要躺在上面。他们好像在上午把澡都洗完了，十点左右是高峰期，池子里面都是人，挤得水面一下涨过了池子壁，不时有水被晃出去。里面很多人头都熟人熟面，彼此大声喧哗，对如此祖胸露背丝毫不以为意。在城市的浴室里，这种情况是难得一见的，最多几个同学同事好友相约去泡澡，怎么可能满池子都是相识的人，有种包场的感觉。

等到球赛打完，我翻看手机，已经一点半，是时候回家了。我准备穿衣服，把浴巾扯下的刹那，无巧不巧有个女的推门进来。这显然是故意的。这女的看上去年龄不大，闷头进来，像走错门，又慌忙出去，轻轻带上门。我倒有些意外，没想到有人这时候进来。等我穿上内裤，那女人在外面象征性地敲了下门，不等回应便偏身闪入，随即将门反锁。我看出她不是本地人，像是湖南人或四川人。听到房门的保险咔嗒被拉上的声音，我的身体居然不争气地有了反应。虽然如此，我还是客气果断地拒绝了她。是这样的，我恪守老家一些难以启齿的代代相传的规矩。规矩一：远嫖近赌，理由不赘述。规矩二：三十晚上夫妻不能行房事，具体原因不明，我也很好奇，但苦于一直没有机会，即使想践行破坏也找不到愿意配合的人。这个突然站在我面前的女人，在这样特殊的日子里，显然不是合适人选。只不过她比我老练和大胆，也许还更放肆，在向我不依不饶兜售的同时，竟然一把拉下了我的内裤。这样做了之后，她似乎闪闪烁烁地笑了，好像在说："你看！"你看你看，月亮的脸偷偷地在改变。她自以为取得阶段性胜利，已经狠狠戳穿我言不由衷的谎言，不必再费口舌讨价还价，还顺手牵羊般把我拉到床边。一眨眼工夫，她人已经躺到床上，脱得只剩下内裤和胸衣。我目瞪口呆，可能还为此感到难受和伤感。大多数青春不再的肉体都是丑陋不堪的，无法直视。那一年，我还年轻，年轻到在这样的情况下就会有所反应，但我阻止她脱光自己。我不想有进一步的行为，那势必更难堪。我没有忘记，这一天是大年三十，我又不是畜生不如的人，怎么能做出这样的混账事呢？更何况还是在我读初中的镇子上，离我家不过三里地，骑摩托车甚至不需要一支烟的时间。她显然没有放弃，不停地在说。那种普通话听起来很像川普。这个小镇，即使我难得回来，通过其他人的讲述，我已十分清楚它近十年的变化。当我选择成为北京外省人的时候，它也吸引了大量外地人涌入，来此说不上安居乐业，但显然是一种相对不错的选择。或者进工厂做工人，或者在饭店旅店做服务人员，或者其他。普通话大有淹没本地方言的趋势。过年了，她用川普说。过年了，她留在这边过年，她用川普说。过年了，她却不能回去和家人团聚，她用川普说。过年了，她的孩子在盼她回去，她却不能回去，她用川普说。是的，她有一个或者不止一个孩子，这从她的身体就能看出。当然，她或许还有一个动不动就喝醉拿她出气的丈夫，于是她逃了出来，即使过年，举国阖家团圆欢庆的日子，她也不太情愿回去。即使她想家想孩子，犹豫再三，她最终都没能回去。她没买到回家乡的车票。既然如此，她就留下来，勇敢地在异地一个人过年，如果可以的话，继续工作挣钱。我用我的方言在心里默默地想。说实话，我几乎相信了她的所有话，并油然升起一丝同情。这个时候，我几乎自私又无助地产生恐惧，如果她叫起来呢，如果她不仅叫喊起来，那个房门口还很快聚集上百颗脑袋，里面不乏我的邻居、同学和老师呢？他们挤破脑袋，看戏一般，还在牙齿缝里用方言吐出我的名字，不知道是羡慕、理解，还是嫌弃、厌恶。我竟然是这样的人。我怎么会变成这样的人呢？初中时，我可不是这样的孩子。暑假里我和女生在教室走廊里说话，教导主任在楼底下冲这边大喊一声，我都会惊慌失措，还是女生嫣然一笑，打开遮阳伞，遮阳伞像开放的花一般将我们挡住。和女生一起骑车去同学家玩，不提防路边走着我母亲，她叫一声我的名字，吓得我使劲蹬车，骑很远了还不敢回头。高中时我和甘平每次晚自习后都送一个女同学回家，顺便再走一段路到火车站买茶叶蛋吃，有一天他告诉我他和该女同学好了，我简直不敢相信自己的耳朵，就那样看着他。大学时我约了另外一个系的女生在湖南路吃晚饭，回到学校时女生宿舍已经上锁，她犹豫再三，不敢惊动宿管科的阿姨，还是我自告奋勇把宿舍门拍得山响。然后呢，然后就没有然后了。千年道行一朝丧，奔流到海不复还。

对异性的渴望让我抓狂，厚着脸皮四处求欢，广撒网多捞鱼，恨不得一个也不放过。但不是在溧阳，也不是现在。现在我妥协了，告诉她，我可以给她钱，但不需要她为我做任何事，真的不需要。平时我并不会如此大方，但我一直是怕麻烦的人，这点从来没改掉。我给她钱，她收下，流露出一些羞赧。我不知道怎么描述她身体上或脸上霎时涌现出来的这种表情。她也许不是惯犯，她的身世和遭遇可能都是真的，但我无法向她解释大年三十这天对我辈的意义，也解释不清楚。我只能再次妥协，这次是在她貌似要求公平合理的一再坚持下，我接受了她一只手的帮助。那日好天气，阳光透过窗户铺在床边，感觉很是温暖，从里面望出去，外面没有高楼，所以不用担心被看到。我的注意力有一部分在她手上，有一部分在门上，我担心会有人在这个时候进来，哪怕是响起敲门声，也会让我心惊胆战。还有一部分，我回想起初中时，我第一次牵女孩的手，我的手就像我此刻的某个部位一样发烫。那真是奇妙的经历，牵手尚且如此，更不用说她如果效法田小娥，或者像现在这样。我不知道当年的女同学现在何处，或者远去外地嫁人，或者就在镇上生活。幻想逝去，我只盼望着赶紧结束。等到她闪身离开，我穿上内裤，继续此前被意外中断的着衣过程，穿上保暖内衣，套上毛衣，穿上外套鞋裤。也就在那时，一年难得联系几次的寄爷，突然打电话给我，让我去他家吃饭。那顿饭，我兴致不高，几乎是恍惚地吃完。不知怎么的，我不住地揣测着，我在家乡的亲朋好友和同学老师，也许都是光明浴室的常客，比如我的寄爷，我的姐夫，还有我的大哥。我是一个心怀恶意的人。

　　就这样，我满载着记忆，像一艘载重过巨的慢船，前去寄爷家吃饭。在看似杂乱无章像荒草一般丛生的往事中，突然理出了一条偏僻幽长的小径。我是这样想的，多年前我前往寄爷家，因为一次荒唐的行为而暗自羞愧，这种羞愧并未延续至今，但今天再次前往寄爷家，我依然为又一次糟糕的行为而生愧。这不是巧合，更可能是必然。我没有在感情上做到洁身自爱，也没有因为窘迫的家境而知耻后勇，无法过上理想美好的生活，看起来更像是咎由自取。我进而想，如果寄爷一家旧事重提，考虑到我的母亲年事已高，想必不会像当年那般沉默着反对，而我又已年过三十，不仅未婚，而且还重新变回农民身份，来自他们的善意和善心还能像过去那般遭到无视和拒绝吗？然而，寄爷一家并未就我把户口迁回去一事说什么，他们也没有提醒我年过三十、至今未婚的现实，甚至全然忘了过继的可能。我松了口气，但又有隐隐的失望。这种矛盾的心理，让我深感沮丧。我越来越不确定自己到底想做什么，以及会成为什么样的人。这似乎应该是青少年时期就要积极面对认真考虑的问题，我在三十岁头上才算第一次正视，不知道算不算得上及时。在寄爷家的这顿饭吃得索然无味，偏又要装得津津有味，不仅是我，还有寄爷一家人，都有些强颜欢笑，该说的话却一句也没说。但究竟什么才是我们该说的话呢？寄娘在吃饭时一再提醒我，千万不要变成像国荣那样的人，会被人当笑话看。寄爷每次都及时打断她，不让她说下去，好像如果不阻止寄娘就会说出更难听的话来。寄爷认为国荣也没什么不好，更何况国荣自己心里想什么，私底下做些什么，旁人并不清楚。隔着门缝把人瞧扁了，才会闹出大笑话。

　　上午，我沿着河岸随意行走，满眼入冬的灰败景象。近村的河岸两边倒满了生活垃圾，眼看就会把河身拦腰截断，堵塞河水，臭不可闻，要走出去很远，才相对干净。生活越好，产生的垃圾就越多，反之，垃圾似乎也能被贫穷消化。一公里之外，总算显出野外的迹象，水变深了，显得青绿，天空在水面留下清晰的倒影。有一个人，悠然自得地坐在水边垂钓。斜斜伸向水面的钓竿，像一件精巧的工艺品，由粗渐细，线条感十足。隔着好远，我就猜想这可能是国荣，果然是他，这个旁人完全不知道他心里想什么手上做什么的人，我的初中老同学。冬天向阳的水底，会有鱼儿活动，大多是鲫鱼，因此便也只能钓到鲫鱼。初中时我们曾结伴在河边钓鱼，用的是竹林里现砍下的竹竿，放秧的秧线，缝衣针烧红掰弯的钩子，随便一个角落掘出的蚯蚓。青青竹竿，很快变黄；经年的秧线朽烂，受力便会扯断；钩子没有倒刺，容易导致滑钩；蚯蚓有一股臊臭的味道，不知道鱼儿会不会讨厌。凡此种种，都无损我们钓鱼的快乐。彼时这条河无论春夏秋冬都很诱人，趣味和危险共存，而我们几乎就在河沿上长大，每晚都不得不从河堤上走回去，随时向晚霞发出啊呀啊呀的叫声。眼前的国荣，穿着青色滑雪衫、破洞的牛仔裤和一双大头皮鞋，半坐半躺地斜靠在河埂上，嘴里嚼着一根细长的草茎，像另一根伸过来的钓竿。一个小马扎上放着半导体和茶杯，一根轻塑钓竿插在土里，浮子一动不动。这几天我一直犹豫着要不要去找国荣，没想到竟然在河边遇到了。我站在河埂上，他半躺在河坎上。天上飘着悠悠白云，水面冒出丝丝热气，水底有隐隐水草。撇开周遭环境不提，倒有点儿像人间仙境了。

国荣乐于分享他的钓鱼经。不仅是冬天，在这条河里平时也很难钓到鱼。当然，现在鱼也不值钱了，想吃鱼，无论何种鱼，街上什么时候都能买到，除了鲫鱼，还有青鱼、黑鱼、昂公鱼、鲶鱼、鳜鱼，冰柜里甚至垒着冰冻的带鱼、鸦片鱼。所以钓鱼并不是为了吃鱼。刚开始那会儿，还能经常遇到鱼苗站的人员，骑着自行车或摩托车沿着两岸巡视，发现有人私自钓鱼就会上前劝阻驱赶，轻则没收钓具和养在网兜里的鱼，重则罚款。后来他们就只盯重点河段，那里河宽水深，鱼多也大，偷钓的人经常能钓到大鱼，令人振奋的消息不胫而走，一传十十传百，连溧阳城里爱好钓鱼的人都会专门开车下来野钓。鱼苗站的人为此焦头烂额，巡视和惩罚就更严更重。不过，国荣现在钓鱼的河段一般没人来问信，即使钓到几尾野鲫鱼，他们也懒得出面出手管。渐渐地，这块地方就成了国荣钓鱼的专属，他在这里架根钓竿也被默许。国荣的父母倒是希望鱼苗站的人来管管，哪怕是撵着他不停换地方钓鱼也好。

其间，浮子偶尔动起来，沉下去一点，又浮上来，再沉下去一点，又浮上来，不停在试探逗弄，好像要慢慢放松钓鱼人的戒备，突然一下沉得很深，鱼线瞬间被拉得笔直。我在岸上看得真切，心里竟然暗暗着急起来。国荣也赶紧提竿收线，但钩子上是空气，钓饵没有了，鱼鳞也不见一片。

现在的鱼，比人还聪明。国荣说。我每天上午来钓鱼，无论刮风下雨打雷飘雪，都不会间断，感觉是鱼在钓我，而不是我在钓鱼。真的，我一直觉得鱼在水里是看得见天空的，能看到水边钓鱼人的一举一动，但我站在岸边，最多只能看到水下一米深。更深处的水底有什么，我完全不知道。当浮子显示有东西在吞吃钩子，我也不清楚是不是鱼，每次提起来，什么也没有上钩，也许钩子上钓住的是别的什么，比如说河水本身。

说到这里，国荣把话题引到我身上，像从河坎底下向上扔一支烟给我。当然了，国荣并不抽烟。说说你吧，我们是老同学，又是同一个村上人，你怎么样？我听我妈说起过，你现在在北京大公司里上班，挣大工资，似乎也还没结婚。为什么到现在还没有结婚呢？是因为眼眶子太高，要求太高，挑花眼了吧。

我想了想，只能这样告诉国荣。这事说来话长，简单点讲就是，想结婚的时候没条件，有点儿基础的时候找不到对劲的人。刚开始顾虑太多，越往后越成为惯性，觉得一个人挺好，习惯了，就不想改变了。我姐姐也说我，习惯病习惯病，旁人看得头痛，自己一点儿不觉得。兴许这就是旁观者清，当局者迷。国荣点头附和，他讲的话好像从收音机里飘出来，听起来夹杂着自比的况味。男女结婚的理由千千万，但总体上可以被归结为一条，那就是想两个人一起生活；不结婚的理由万万千，同样能够被归结为一条，那就是还想继续一个人生活。可惜，两个人扎堆生活就被认为是对的，一个人生活总被质疑是有问题的。可问题究竟出在哪里呢？也没人认真去想，随便应应付付就过去了。

　　就这样，我们有一搭没一搭地聊着天，谈得来劲时甚至不愿意有鱼上钩来打岔，陷入沉默时又巴不得有东西咬钩吃饵以分我们的心。眼前的这条河，已经看不出来十年二十年前的模样。好像因为我们长高了，河身就变窄，河水也变浅。不只是河流，村庄也是，也在不断缩小，就好像人老之后会变矮缩短一样。只有公路越修越宽，越修越长。六车道的马路用作飞机跑道也够了，只是不知道它最终延伸到哪里，又会把人带向何方。说到飞机跑道，每次坐飞机，我都尽量选靠舷窗的位置，这样下降时就能看到下方的建筑群，一开始像高中时手工课上焊有零件的电路板，慢慢放大，渐次像同事小孩迷恋的乐高玩具建筑、无数人流连观摩的楼盘沙盘，等到猛然接近实体大小时，都会有些吃惊，难道我们每天就是在这些奇怪的建筑中出出进进吗？当飞机盘旋在城市上空，地面的一切特别像我随手点下的密密麻麻的眼屎，等到飞机着陆，坐在飞机上的我就只能是仰视这些高矮胖瘦的建筑，充作它们的包芯都嫌小。因为飞机，国荣顺口提到一个叫野猫的村上人，年龄和我们父辈相差不大，野猫有一年去海南岛打工，去一趟，回来一趟，都乘了飞机，因为坐过飞机，上过天，就断言他的人生再没什么遗憾。国荣现在对村里男女老少人头的情况比我熟悉得多，如今这个野猫已经害病去世。国荣有时候会忍不住想，如果野猫坟头的碑上也能刻上墓志铭，这句话会不会是他一生最为生动的写照："这里埋着一个叫野猫的人，因为坐过一次飞机，此生已无憾。"人生如果真能过成这样简简单单就好了。

　　国荣每天的活动雷打不动，上午钓鱼，下午去镇上买彩票。这也是他引人侧目招来闲话的主要原因。线路已经固定，如同用两脚圆规画出来。其实我也买彩票，一三六体彩大乐透，二四日福彩双色球。买彩票看起来成了我和国荣最大的共同点，我们的运气也一样，四等奖以上望眼欲穿，那些中过大奖的人都像是子虚乌有的神话人物，从来没有在我们周围出现过，但我们依然宁信其有不信其无。

我和国荣步行去镇上彩票店，像两个真正游手好闲的人。路上偶尔遇到个把个行人，停下和我们打招呼，看样子同国荣很熟悉，也认得我，但我已经完全想不起他们是谁。和他们作别后，国荣会向我大致介绍他们的情况，倒出来的信息，如同在课堂上对着老师背一段索然无味的课文，我既不认真听，也不费劲想，更别说记住。早上这条去镇上的必经之路上的行人想必才多，一直到中午都会络绎不绝，有上街买菜卖菜的，有去茶馆喝茶玩牌的，有去厂里上班的，有做其他营生的，剃把头，修个车，抓副药，总之有事可做。当然那个时候国荣多半已经一个人窝在河边钓鱼，独自享有一整条寂静的河流，云无心以徘徊，鸟倦飞而知还。由于彩票店上午十点之后才开门营业，到晚上八点半关门打烊，如果不是玩3D彩票，而是买双色球或大乐透，在这个时间段里任何时候去买都可以，大可以不必赶在一时，挤在一块儿。国荣上午去钓鱼，被视为无所事事，下午去彩票店，被看作不务正业。一个人不能既无所事事，又不务正业，这样整个人就废掉了。买彩票这种事，更被村人视同赌博。坐吃山空，赌到山穷水尽。赌徒都想赢铜钿，赢来赢去就只能赢台子板凳了。

天下彩票店，似乎都一个样。一个柜台，两台机器，柜子里摆着一沓沓刮刮乐彩票，总有几个人用一张卡或者一枚硬币在哼哧哼哧地刮卡，刮完一沓，再要一沓。中奖了喜出望外，将奖金换为新的一沓卡……什么也没中就瞪大眼睛发一会儿呆，好像明白必然如此，不如此才是痴心妄想，叹几口气，吸根把烟，如释重负，黯然离开。柜台所占位置有限，余下更大的空间里，摆着几张麻将桌，几张牌桌，都是固定的牌搭子，下午人陆陆续续过来，聚齐一桌就开始。其他人想玩，很难被接纳，只能站在一旁吊长脖子过干瘾。打牌的人，旁观的人，间隙想出几组数字，扔到柜台那边，让人打出来，到离开时一同会钞。买彩票的人，都以为好运气会在不经意间降临，刻意去求反而求到雪山冰山上。等到放弃了自己坚持多年的数字，这组数据却突然大放光明，中了一等奖二等奖，像是一个笑话，让人后悔得想死的心都有。国荣去彩票店虽然一天不落，但他不打麻将，也不玩牌，停留不超过十分钟。他每次都是花十元钱照打五组数据，这些数据他已追了三年，时不时中六等奖，偶尔中五等奖，仅此而已，运气再难往前走一步。按理说是失望的，但失望越大，希望也随之增大。这是玩彩票人都有的心理。不过，国荣心态更为放松，他不抽烟不喝酒，每天花十块钱买彩票，就好比一天抽一包烟。钱花了也就花了，无论侥幸中什么奖，感觉都是高兴的。但我不这样看，我觉得国荣买彩票，表面上看是为自己的生活添一个念想，就像旁人说的，期待咸鱼翻个身成为百万富翁什么的，其实不是，他只是让自己有一件固定的事情做，以打发溢出来的时间，钓鱼也好，买彩票也好，在国荣那里就好比上班。仔细想想，上班也就是这么回事，把时间花掉，把生活费挣到，把讨老婆买房子养孩子的钱挣到，把看病的钱旅游的钱养老的钱挣到，如此而已，除此之外，也没什么值得大说特说。

一些初中老同学纷纷在手机里跳出来，表示要"好好聚一下"，你一言我一句，出主意，献点子，最后讲定在镇上一道吃晚饭。他们本来要预订溧阳城里的高档饭店会所之类，反正现在都有车子，接送很方便，从大湾村到城里，跑一趟也就十来分钟。但国荣建议，还是在镇里吃。一来他们既然有车子代步，来去方便；二来镇上还有其他老同学，索性搞个小聚会，闹热点；三来就是为我考虑了，我在北京什么没吃过，高档饭店反而显得没特色，又是一年到头难得回来，不如在镇上吃点本地菜。讲妥之后，国荣还感慨一句，还是从北京回来的人面子大，几百年没冒头的人都争着要请客。我脸上顿时发热，赶紧岔开话头。

时间还早，我们若先回趟家再赶过来，却又有点儿急促，便在镇上闲逛。下半天，镇上没什么人，理发店、车行、银行、邮局、小商场门可罗雀，加起来还没有彩票店的人气旺。偶尔卷过来一阵风，像是有一只看不见的手在有一搭没一搭地扫大街。为这次聚会，特设了两个联络员——城里一个，负责在QQ同学群里发布聚会消息，通知聚会时间地点；乡下一个，就是国荣，联系在镇上工作的老同学，他们平时基本隐身，在同学群里向来不作声，不知道看到消息没有，或者看到也当没看到。镇上的老同学，一个在小学里教书，一个在大药房里做销售，还有一个承包了镇上的移动营业厅。他们应该也在城里买了房，平时可以在城里镇上两头歇，但因为工作所在地的关系，都还是以乡下人自居。我们踱步过去，顺便逐一探访。老师在上课，我们给他办公室的同事交代了一句，说我们来过；医药代表上午很空闲，下午交关忙，三个人总共没说上几句话，我们便告辞出来；营业厅老板今朝没来，只能打电话通知他。另外还有几个同学，在附近几个工厂里上班，国荣一一打电话通知。一个出差去了浙江，肯定赶不回来；一个说孩子生病在家需要照顾，就不过来了；还有一个说可能要加班，下班时才能决定来还是不来。俗话说，饭好吃，客难请，同学聚会也是如此，越到后来越有可能聚不全聚不起来。何况这一天又不是周末，周末不用上班也许好点，可周末事情或许更多更难脱身。像国荣，天天休息，天天上班，休息就是上班，上班就是休息，也就无所谓周末不周末。很快，能够参加聚会的人数确定下来，失之东隅收之桑榆，有在常州宜兴做生意的同学表态也要赶过来，这样加起来有十多个人，满满一圆台子。

不知不觉路过光明浴室，竟然还在，牌子都没有换掉。兴之所至，时间也够，我们便进去冲了把澡，要了两个床位休息。这次没有人进来招徕生意，不知道他们是不是认识国荣，很大可能是国荣预先跟他们打了招呼，免了不必要的尴尬和麻烦。或许是刚才在澡池子里的裸体相见，我们彼此放松了很多。我告诉国荣，我这次回来是为了迁户口，在北京落户是绝对不可能了，只能把户口迁回头，不然二代身份证就没着落。没有身份证，在外面寸步难行，说不定分分钟都可能被遣送回来。国荣也有他的烦恼，他并不是村人眼中那种附着在年老父母身上的蚂蟥，他有自己的生活。他每天都在工作挣钱，虽然不多，但足够他一个人不那么光鲜地生活下去，因为他已深深厌倦不切实际、高攀不上的生活。国荣觉得我能理解他，作为过来人，他也希望我能不回来就不回来。富贵不归乡，如锦衣夜行。穿西装打领带的人，内裤破烂有洞眼谁人知晓。那些住别墅开豪车的人，说不定资不抵债，欠银行贷款说出来可能吓死人，正所谓虱多不痒债多不愁。国荣说："我显而易见是村人眼中的失败者，被他们认作反面的典型。所有父母都会告诫自己的孩子，不要活得像国荣，不要长大了像国荣。好像只要避免像我，成为什么样的人都可以接受，都是成功。"我在嘴里反复咀嚼着这句话，心想，可是到底什么才是成功呢？事业可以用成功来修饰，生活难道也要用成功来丈量吗？心里一时很不是滋味。外面马路上不时有大卡车开过，呼啸着碾过我们的似醒非醒，似睡非睡。想来这时，无数和我们年纪相仿的人，都上班的上班，干活的干活，在通往成功的大道上一路狂奔，过五关斩六将，一骑绝尘，独有我和国荣两个，浮生眼看着就这般滴滴答答地漂走。我也不知道自己到底睡没睡着，只是耳朵里反复听到我和国荣的手机滴滴作响，一会儿收到一条短信，一会儿又收到一条短信，都是晚上要一起吃饭的人发来的，或是问候短信，或是段子笑话，或回忆某件昔日往事。有的电话是存在通讯录里的，有的是陌生电话。一串数据发来的短信，如果末尾没有顺带着标注姓名，我一时对不上号，那么短信里流露出来的那种熟悉乃至亲热的口气，就会很让人生疑。我明知肯定是某个初中同学，但初中毕业后，我们交往就少了，越来越少，几近于无，但随着这个人突然在手机里冒出来，却好像我们一直互相陪伴着不离不弃地生长，一起过二十岁，一起过三十岁，互相喝结婚酒，甚至喝了养儿酒。如果大家一直在溧阳，这是很可能的，即使外出过一段时间，读书或者工作，然后又很快杀回来，再也不走，也会处得很熟，熟得像兄弟。像我这种，偶尔才回来，显然是老同学不假，但生分了也是不争的事实。像国荣，很晚才回来，很多同学的孩子都上小学了，即使决定不再离开，确实也很难再熟络起来。就这样，我看到国荣躺在床上认真回短信的样子，突然意识到认真恰恰是疏远的反映，认真的人反而可能是率先遭遇失败溃不成军的人。国荣躺在床上，鼾声渐起，突然手机"滴"一声，他便立马挣扎着醒过来，一把捞起手机。整个动作准确无误，一气呵成，却也显得恍惚茫然。在国荣看来，我肯定也是一样，好像在我们躺着的两张床之间，立着一块看不见的镜子。我们透过镜子，看到彼此。

晚上吃饭的地方，在水库大酒店，其名源于离镇数里的塘马水库。初中时我们常去塘马水库，那时候傻瓜照相机还很少见，好不容易借到一部，肯定会买两三卷柯达胶卷，约了要好的同学去水库游玩，精心选景，拍一些照片留作纪念。塘马水库现在已是溧阳著名旅游景点，很多人周末都会去度假，周边地区跟着沾光，类似水库大酒店的场所，镇上就有好几家。主要是吃河鲜，因为溧阳离长江也不远，所以还有江鲜品尝，其他各色菜肴，也是应有尽有。大家寒暄一番，团团坐定。我和国荣挨着坐，我们俩旁边分坐着其他同学。从我这边起是徐江、大伟、方明、马李，从国荣那边起是建国、毛鑫、董军、潘庆，潘庆和马李中间坐着谢宁宁，这次聚会里唯一的女生。徐江就是桃李满天下的徐老师；大伟是日进斗金的药房销售员；方明是加班费满天飞的钢铁侠；马李是"窃听成性"的移动营业厅老板；建国开广告公司，平时接两单小生意；毛鑫是房地产公司经理，为旁人打工当马仔；董军买卖汽车，挣点辛苦铜钿；潘庆手底下有两个小厂，天天为鸡毛蒜皮的事体烦心，头顶心都已经秃了一个圈圈子；谢宁宁在城里开连锁花店，是交际花一般的存在。为什么谢宁宁越活越年轻，越长越漂亮？天天和鲜花相伴，面孔能不和香喷喷的花一样好看吗？至于国荣，是在外面挣足了钱回来将老家当疗养所，快活惬意无人可比。而我是在外面混得风生水起，舍不得回到小地方小城市。菜没走起，酒没开喝，先就着一杯茶水，讲会儿老空，吹点牛逼，真真假假，假假真真，互相吹捧，不嫌肉麻，倒是消了几分初见面的不自然。国荣照例不喝酒。一堆初中同学，快有二十年没见面，没有想象中的生疏，不缺生活话题，回忆也活灵活现，个个都能讲会道。毕竟是老同学，我和国荣没有成家的处境，国荣长时间不找工作以及我把户口迁回村里的现状，大家浅浅交流点看法，并不觉得尴尬，反正手上有钱心里不慌，工作不工作不重要，现在拼死拼活不就是为了以后退休过安稳日脚吗？户口在哪里不重要，当下又不比以前，照样可以在北京买房，甚至去东京和纽约投资房产。时代变了，工作和户口，还有出身和相貌，再也不是紧箍咒。

十几盅白酒下肚，大家开始真正推心置腹起来。对徐老师的建议：趁早调到城里去，在实验小学或者是光明小学上班，同样是做老师，上同样的课，光是家长送的礼，几年下来就能在阳光城市买一套房。

对大伟的建议：做药房销售，天天跟平价药处方药打交道有什么利润，不如多进保健药和美容产品，老人家怕生病怕死，女佬家怕丑怕没人爱，他们的铜钿绝好挣。对方明的建议：在轧钢厂这种单位，做到死都不会有什么出息，不如承包点山地水面，做农家乐，垂钓、娱乐、旅游、美食、休闲一体化，要是缺铜钿，找几个老同学，逗一逗凑一凑，百八十万肯定是小菜一碟。对马李的建议：营业厅算垄断行业，一年光拿补贴就有十来万，吃饭自然没问题，指望它发财就不够，要另外开动脑筋。对国荣的建议：国荣样样都好，难怪比大家都早退休早享福，就是一样不好，不会吃酒，男人不喝酒，白来世上走。对我的建议：常回来看看，常回来聚聚，天上有什么发财的好机会，不要忘了地面上的老同学。围绕着建国、毛鑫、董军、潘庆和谢宁宁的话题是：毛鑫作为阳光广场的甲方，能不能从手指缝里漏出点生活行当给建国做，肥水不流外人田；建国做广告公司积累了好些经验人脉，有没有打算往文化产业发展，现在政府对文化产业的补贴可不少，若有点子路子，不妨开始着手做，近水楼台先得月；董军计划扩大营业规模，补进几款车型，并且进军旅游和餐饮业，建议兄弟们有兴趣都来投资做股东，一起把蛋糕做大；潘庆则一门心思准备圈地，他早就收到内部消息，市政府近两年有大动作，将划出一片区域做工业园区，到时寸土寸金，他想抢先一步争取到一块地用作仓库，静待拆迁变现，借鸡生金蛋。谢宁宁只管听，负责笑，亭亭玉立，鹤坐鸡群。

半个小时后，常州的王唯静和宜兴的崔小东也拍马赶到。王唯静高中毕业后考取南京林业大学，分配到常州园林局，几年后瞅准时机辞职，自己创业成立绿化公司。王唯静告诉我，2008年北京奥运会，北京城用的花草树木，很大一部分就是常州这边提供的，他们公司也参与此事，发了一笔小财。崔小东的姑父是宜兴人，早年间开始做实业，崔小东毕业后即投奔过去，现在独力做建筑防水，业务在饱受梅雨季节折磨的几个省份开展得十分不错。崔小东很谦虚，觉得自己终究是靠了他姑父帮衬支持，不比其他人都是白手起家，更是难得。为了表示敬意，崔小东自罚三杯，喝之前说："你们都比我牛逼，兄弟我是打心里佩服的。"从常州到溧阳车程不到两个小时，从宜兴到溧阳不足一个小时，他们比我们预料的来得更快。当然，他们是由司机开车送过来的。至此，由于新加入两个老同学，话题再次回到原点，只不过没有铺展开来说，大致介绍每个人的发展情况而已。此外增加了两个新话题，一个就是常州、溧阳、宜兴三地房价的比较，常州市区房价均价竟然低于溧阳市区，让大家颇觉不可思议，同时也增加了家乡荣誉感，在喝酒后表现得更加明显和浮夸。不过，溧阳房价偏高，对普通人肯定构成不小的负担。徐江、大伟、方明三个人就持这样的观点，认为一般家庭咬紧了牙关供房，身上要脱几层皮。但其他人对此表示吃惊，甚至王唯静和崔小东都承认，曾考虑到溧阳来买房，建国、毛鑫、董军、潘庆和谢宁宁在溧阳城里都有房，还不止一套，他们觉得溧阳是旅游城市，靠近上海、杭州、南京，听讲马上又会通高铁，房价肯定会涨，即使做投资也是值得的。说到旅游城市，少不得又要将溧阳和宜兴比了又比，急得崔小东不断强调自己是溧阳人，误入敌营，身在曹营心在汉。

　　至此，聚会也进入尾声。喝完了八瓶白酒，平均下来每个人半斤多，算上国荣滴酒未沾，谢宁宁喝了小靠三两，徐老师和我都不到半斤，其他人喝了更多，可见都是有酒量的人。潘庆原打算人均一斤，车子后备厢里还有四瓶，要喝随时都有酒。所有的菜却基本没怎么动筷子头，只是变冷的变冷，上面覆盖了一层油花，变焦的更焦，散发出煳味。还有一个大人物，说要赶过来却迟迟没有现真身。其间潘庆数次打电话过去，都说马上来马上来，已经在路上了，已经快到了，却始终没见人影。等到我们快散了，又打来电话，反过来催促大部队赶紧杀到城里某个夜总会会合，VIP房间和小姊妹都安排好了，然后再去南山竹海泡温泉。此人名叫窦列列，有个外号叫窦大眼，因为一双眼睛特别大。按潘庆的说法，窦列列在我们这届老同学中混得应该算是最好的，市里的领导也称其为窦总，窦总前窦总后，总之面子大得吓死人。潘庆转达窦总的意思，最好我们所有人都去城里，愈夜愈美丽，白相到天明。总共十三人，车子是绝对够，完全坐得下。王唯静和崔小东都是开车过来的，潘庆他们四人下乡时本来一辆车就坐得下，特意开了两辆车，原是准备装满了人杀回城里。但我和国荣都不去，我明天要回北京，国荣明天要去钓鱼。徐江、大伟和方明也不愿意去，他们一早要上班，不能也不想熬夜了。只有马李去，他本来就讲好坐董军的车子回城里歇夜。

　　水库大酒店门口停着四辆车，一辆沃尔沃，一辆宝马，一辆奔驰，一辆奥迪。沃尔沃和奥迪的发动机已经在响，王唯静和崔小东分别坐上副驾位。他们摇下车窗，跟我们热情打招呼，让我们务必记得，去常州和宜兴时一定要告诉他们，也让他们享有做一次东道主的荣幸。奔驰是谢宁宁的，宝马是董军的。谢宁宁是从董军公司买的这辆奔驰，而实际付款人是潘庆。我们剩下的几个人站成一排，看着潘庆弯腰钻进奔驰，建国、毛鑫和马李上了宝马。四辆车子的前灯雪亮，尾灯通红，徐徐滑上马路，不约而同地加速，很快在不远处的夜色中消失了。

参与商

人生不相见，动如参与商。

——杜甫《赠卫八处士》

1.

　　七月入大伏，天地似火炉。有个叫阿灿的人，本是水云镇中心小学的语文教师，正行走在午后大街上，心中居然想起辞汉而去的捧露盘仙人。由于心念故人旧交，临别之际金铜仙人眼里涌出两行清泪，那确实是融化的铅水。如此瑰奇的想象，人间能得几回闻！晒软的柏油路面和鞋子底粘连在一处，阿灿每次抬脚时都发出哧啦哧啦挣脱的声响，似乎能在地面留下或从地上拔出一个完整的鞋底印。

　　此时接近一天中气温的最高点，地面不断蒸腾起一股股热浪，在空气中幻化出无数个大小不一的光斑，像美杜莎的镜子，依稀能映照出行者阿灿当下的情状：脸红着，如同饮酒之后薄醺上色，额头和脖子处有几道青筋微微杠起，仿佛蚯蚓留在地表排泄物的隆起痕迹。

　　他原本脚程就健，向来喜欢步行，此刻更是走得急忙急促。开弓没有回头箭，其迫不及待的心情就像蓄足了两膀子力气猛然飙射出去的箭。在高速破空飞行中，箭身温度会不断升高，使得箭杆受热变形弯曲，恰好抵消尾羽的剧烈颤动，以此确保箭镞能够不偏不倚正中目标。而不像陨石，很多造访地球的陨石都在停泊的过程中燃烧殆尽。它们曾在星际孤独地漫游，谁会想到坠毁霎然而至，甚至来不及喊出一声"那就这样吧"，既无法直面身前的终点，也不能与身后作别。沿途不时有重型卡车呼啸来去，巨轮和地面的摩擦带出火星，几乎就要把热空气点燃。其一端是车站码头，另一端是镇子周围鳞次栉比的各类工厂。人类的加工厂，加工了全人类。但愿人还是西风中那棵思辨自有的纤柔芦苇。

一刹那的恍惚中，阿灿不独身心一分为二，躯体急急往前冲，灵魂好似被细线拴在脖桩上的气球，在两人高的位置徐徐缀尾随行；他那有限的日常生活也豁然开裂，先一分为二，再二分为四，如同生物教材中标有详细图解的单细胞分裂。作为一名教师，阿灿曾经是学生——小学生，中学生，师范生，现在一部分时间在学校上班，另外的时间则耗散于学校的围墙之外；在学校的具体工作又一分为二，不是站在三尺讲台上认真给学生讲课，就是坐在办公桌前精心备课或者批改作业，偶然抬起头来，总会惊讶于窗外一片云正被看不见的风追着跑。作为一个儿子，他本来早就应该升级成一个父亲，麻布袋，草布袋，一代管一代，将家庭的接力棒和姓氏的火炬传下去，而不是像现在这样，一直形单影只地生活在母亲的眼皮子底下。母亲希望他能尽早成家生子，组成二人世界三人世界，多少也算了却她的一笔心思。可怜这做母亲的心！她望眼欲穿，简直快成了睁眼瞎，因为唯独在这件事上她什么希望也看不到。难道这就是她的命吗？为了不让可怜巴巴的母亲眼见心烦，阿灿在家里的活动又一分为二，有时长久躲进小楼成一统，读经阅典，或者暂避于住宅后面的池塘边作孤独漫步者的遐思，一个人潜心幽闭，闲云野鹤般独来独往。

父母亲并不清楚阿灿成天看什么天书想什么大事，也许他们曾经想问来着，但总是话到嘴边欲言又止，体现出微妙而复杂的心思。儿子大了，很多事情不好过问。儿子更大了，很多事情想管也管不上，正所谓皇帝不急太监急。类似矛盾的心理阿灿也深有体会，既无法进一步靠近，又不能抽身而退，只得沿着圆周作无用的外切逡巡，进退都不啻冒险，构成冒犯。他只是寄居在父母家里的时间过久而已，像拖欠房租不交且不断死乞白赖延长租期的房客，每次进门出门都会扬起一阵透心凉的穿堂风，又像父母每日三餐前一定要在一楼提高嗓门唤他下来吃饭时的空洞回声。

"阿灿，阿灿，下楼来吃饭。菜和汤都凉了快。"

十年时间倏忽而过，阿灿在水云镇中心小学所教的第一批学生也已经蹿为成人。做学生的于街头路上偶尔撞到曾经的老师，他们惊诧于他一如既往的年轻，同时又在心里感叹他的十年如一日，这是怎样毫无变化没有波澜的人生！甚至连阿灿的家人也觉得此情此景难以理解，并为之痛心不已，曾经不需要父母操半点心的儿子，现在却反过头来要让他们操碎了心，这中间还有什么道理能向外人宣讲呢！

水云镇上的阿灿就是这般生活着，竟然因为表面上过于被他人所熟悉，愈发难以得到实质上的理解，并最终招致某种接近嫌弃甚至显得草率的非议。他在自己的家乡终于把自己活成了异乡人，这是怎么回事；他又在自己的家里把自己活成了寄居者，这又是讲的哪里话。总之，在所有人习以为常的日常生活中，他是特别惹眼睛的反常现象，像地震前胆子突然变大不再藏形匿迹的蛇鼠，像变天前急剧膨胀的隐藏着电闪雷鸣的乌云，不经意间总会吓人一大跳，看清之后更是躲之唯恐不及。

即使身处一个再普通不过的南方小镇，这里的发展也是日新月异，唯独他毫无变化。两相对照，一年半载不明显，五年十年便化身异类，醒目又刺眼，容易被揣测：这个阿灿怎么了，不会是身体上有什么暗毛病或者心理上不健康吧？初始还本着十足的善意，渐而带有一半的调侃，最后恶意就不可抑地冒出尖来。

为什么阿灿既不谈恋爱也不想结婚？为什么阿灿既不谋求升职也无意调迁？为什么阿灿既不抽烟也不喝酒？为什么阿灿既不玩牌也不打麻将？阿灿的那颗脑袋瓜里，究竟装着什么瓤？很多事情不是所有人都无师自通的吗，生来自有，像从胎盘里带出来，他阿灿凭什么就绝缘，还显得不屑一顾、高人一等？其中缘由让人难以捉摸，索性就任由他继续格格不入，成为刺窠一般的存在。阿灿自己呢，也乐得暂偷浮闲，以空中楼阁为衡庐，以半亩方塘为心野，自在遨游。

然而，搅扰无时无处不在，凡心思律动，便生成帆影。渐渐有流言传出，愈演愈真，讲得有鼻子有眼睛的，因而愈厉。认为他不像个男人，那也罢了，却又说他的一些女学生——她们中间年纪最大的也不过十二三岁——崇拜他，萌生了奇怪的想法，长大要找像阿灿老师这样的人做丈夫。像他而已，并不是他，却也成了他的罪证。他何尝动过任何坏心思，比如说要在自己的童稚学生中寻找另外一个洛丽塔！但也由此发现并惊诧于现如今孩子们的早熟，要知道他读师专时还懵懵懂懂，并没有迎来情窦初开。奈何此种谣言一出，便难免甚嚣尘上，即使还没有学生的家长因此大闹到学校和家里，阿灿也打定主意要辞职了。这是他第一次爱上一个集体，然而孩子们的合唱结束了。

　　风波不存在于外界，在阿灿心中自有风暴，过去的风暴，现在的风暴。他的不变，只是一种身处风暴眼的平静，出于假想和伪装，以示于人而已。也因此，当他的父母亲在他出门之际堵住他，终于忍不住向他摊牌，质问他为什么不结婚，因为结婚是对所有荒诞不经的流言最有力的反驳，他平静地告诉他们，眼前这种困局还有一个办法可以解决，那就是只要他不继续在学校当老师，自然会风平浪静。对此他们难以理解和接受，因为几年前他们就曾希望他主动做出积极的改变，升迁或者换工作，毕竟讲起来做一个乡下小学老师能有什么出息！当时他不置可否的态度带来的伤害，他们花了很长时间才将之消化。现在儿子又自作主张，脑子一发热竟然要辞职，好比大伏天里穿棉袄，不独颠三还倒四，等于亲手揭开了旧时里那道伤疤，好似在宣布，他确实将这个家当成了倒头就睡的小旅馆和解决一日三餐的便民饭店。阿灿的言行委实太过不合时宜，是不肖子，让娘老子伤透了心。他母亲的眼泪最不值钱，扑簌而落，他父亲则在连天的唉声叹气中垂下花白头颅。

　　阿灿便在父母的目送中走向学校，他深知这次离职决定造成的母子父子之间的隔阂势必将花费更长的时间才有可能升化。他像被父母含着无比失望愤然射出去的箭，飞行中感受到无所不在的压力和越来越强的阻力。不再继续把老师当下去，难道真的不是一时心血来潮吗？难道真的只是一时心血来潮吗？他母亲说，以后有阿灿懊悔的时候。是提醒，也是告诫，更像是断命。谁家的儿子会让母亲说出这样心酸之语？有一种箭，箭尾拴有长线，连着弓胎或挽弓的手，便于把射出去的箭和射中的猎物一起回收。由此衍生发明出一种射团鱼的枪，阿灿曾眼睁睁看着有人用这种工具当着他的面把池塘里的老团鱼抓走。那只团鱼和他互相陪伴了好几年，以至于它趴在塘中烂木桩上晒太阳时，一点儿都不回避他。确实是他闯入了它的生活，造成了它对人的警惕不断下降，以致被轻易发现、捕获，可恨的是悔之晚矣。谁会在活着时一直瞻前顾后呢？谁又会过分依赖并始终摆脱不掉这种前瞻之喜与后顾之忧呢？也许他应该把揣在口袋里的那张纸片掏出来撕碎，转身回家，继续通宵达旦地枯坐在阁楼里的书桌前，或者沿着池塘绕行很多圈，直到把自己走成乌有化为无物。

然而内心的念头盛开如星吹落如雨，很快便汇聚成汹涌奔腾的大河。沿途有多少个阿灿啊，站成密集的人墙，头碰着头，身子挤着身子，摩肩接踵，脸如湿漉漉的花瓣，绽放出丰盛各异的表情，掩映的却是一成不变的心境。阿灿们就这般排成密不透风的行道绿化树，又像一眼便能望到尽头的蜡烛行列。原来十年光阴，拢聚起来的竟然是这么短的一条历程，那么又是什么力量驱使他在其上来来回回不知疲惫不觉厌烦地移动？阿灿的母亲曾不止一次向娘家人诉苦，说自己的这个儿子看来是读书读痴了，不通人情世故，太过目中无人，眼睛长到了额头上，她担心他的路都要走得竖起来，像是要上天。大道如青天，谁独不得出？如果把这条路竖起来，阿灿就化身西西弗斯，除了没有实际推动具体的巨石，他同样在爬上走下，既平步云端，又跌落尘埃。要么泯然众人，要么成为自我标榜同时为他人含讥带谤的异类。

心中的理想和眼前的现实，好似一根链条上拴着的两颗链球，在虚空中蹁跹绕圈，看不出哪一端更为沉重，只是在旋转中默默地积蓄力量，以便能够远远地投掷出去。但到底是理想还是现实会率先击中目标，击中什么，碰撞之下是粉身碎骨还是安然无恙，阿灿心头也自茫然。好似花了十年时间孕育一场梦幻泡影，最后证明那不过是实验失败，遭到排挤，被从蚌壳里吐了出来——仍然是一粒砂子异物，连费尽心机嫁接的一点薄膜般的亮色也荡然无存。如果他丝毫没有幻想成为珍珠，那倒好了！这就是他目前最为真实的处境和不容置疑的下场。是时候做出改变了。

作为一个即将离职的老师，阿灿第一次无事一身轻地闯入孩子们的喧闹中。他们即将迎来期末考试，之后便是暑假。暑假拥有神奇的伪装，等待其到来总会让人觉得非常漫长，结束之后回望时却显得无比短暂，好像时间也会缩水脱水一般，好像时间一直在四散逃逸。每个孩子都会被这假象团团困惑住。当老师这些年，阿灿也像自己的学生一样渴望暑假的到来，不啻在沙漠中跋涉很久的旅人亟盼跳入清凉的水池。他通过暑假远游的方式来舒缓自己疲惫的身心，以期重新精神饱满地投入生活与工作。到哪里去？兴之所至地兴冲冲前往，兴尽而归，好像成为天地逆旅中唯一的行人，才是他真正独处的方式。他渴望独处，身边不仅没有家人、邻居、亲友、同事和学生的面孔，也没有荷马、弥尔顿、博尔赫斯们的目光，更没有维纳斯的那条断臂以及折磨拉奥孔的可怕预言。

唉，他学会了一种语言，却很难找到可以与之对话的人。他发现了美，然而这种美让他自惭形秽，经常羞愧得无以复加。

2.

半个小时后，阿灿走出主任办公室，既感轻松，又觉虚弱，整个人像蜕完了皮的新蛇。飞箭射帛，他已经完成任务，把辞职信按规定流程交到了主任的手中。此时他脑子里盘旋的是同一个句式繁衍的语言矩阵，如同被诗人远观详察的谜之乌鸦群——离开，就是死去一点点；毕业，就是死去一点点；辞职，就是死去一点点；退休，就是死去一点点；遗忘，就是死去一点点；告别，就是死去一点点——他绞尽脑汁地苦思默索：写出这样奇怪诗句的诗人究竟是谁？他竟然遗忘了名字！当诗人作为寂寂无名者却能借助诗句闪耀在人生至为黯淡的角落，并通过他人之口邂逅自己早年带给世界的那抹诗意时，阿灿在心底发出由衷的赞叹，似乎聊作隔阂的那面尘世之镜被哐当打破，或者经反复擦拭而焕然一新。哦，这才是诗人，这才是头戴桂冠身披香草手持竖琴的诗人。这也正是他在阁楼中有时自比为居住在市场街的斯宾诺莎，以及流连于池塘边便习惯默诵湖畔派诗歌的原因：何以解忧，岂止杜康，日常生活中随处迸溅的一点诗意足以弥补整个囹圄的日常生活；更何况在诗人被流放堕入尘世之前，便有可能先一步倒悬的灿烂星空也一直真切地安慰着诗人的整个人生。

当阿灿以这种方式在心底与工作了十年变得异常具体可感的校园默默告别时，王彩霞看到并喊住了他。对于他突然辞职的事，她似乎很生气。比阿灿晚几年毕业、同在水云镇中心小学当老师的王彩霞，一度是最有可能走进他的生活并重新发现他或被他照亮的人。有一次阿灿的母亲邀请王彩霞——那时王彩霞刚分配到学校不久，还是一个既让大家眼前一亮又觉陌生的英语老师，说着ABC，穿着时髦，像一枚挂在枝头的美国蛇果——到家中吃晚饭，其用意不言自明。饭后她在徐母的与其说是建议不如说是怂恿下，好奇地推开了阿灿阁楼的房门。哪里想得到，芳心好不容易鼓足的勇气，在走完曲折的三段楼梯后即已消失殆尽。王彩霞就像误入房间而不是自行投林的飞鸟，其心慌意乱亦如是。女孩的局促让阿灿尤其感到窘迫。他没有想到饭桌上的八目相顾，还要在餐后继续演变成面面相觑，更不知道该如何招待这位闯入者，对此他可以说毫无经验。位于三楼的阁楼一直是阿灿的卧室，兼用作书房和画室，更像他的私人领地，平素他的父亲不知为何从不涉足，好像这是需要避嫌的婚房，母亲偶尔会进来打扫一下卫生，但在有一次不小心打碎了一尊维纳斯雕像之后，便再也没有进来过。可能是因为阿灿执意要保留那堆石膏碎片，以为消失的维纳斯能够在他流连不去的目光培育中婀娜重生。这让母亲心里一直犯嘀咕，好像儿子真的把一个断臂的外国姑娘娶进家门，处理跨国婆媳关系的隐忧一度让她信心全失。房间里最招眼的是两排很高的书架，此外便是一张简陋寒酸的单人床，一条长度略显夸张的桌子，桌子好像一枝羽箭，要穿透墙壁和阳台，一直延伸到无边的夜空中。桌子四个角上依次摆放着荷马、孔子、但丁、伏尔泰的半身像，他们像是在开一场特别严肃的无声会议。沉默如积水空明，在房间里漫涨。拉奥孔和维纳斯本来也应该在列。墙上贴着他临摹的好几张维纳斯画像，静默的石膏雕像好像因为摔碎这个意外，在空中成了飞天。墙角还立着几尊人体石膏像，其中有一具是被缚在十字架上的耶稣。这使得房间里目光交错，像布满舞厅的镭射灯光柱一般。王彩霞手足无措，坐立不安，她借故走到书架前，假装察看那些浓墨重彩的书名。国外诗人的诗集汉译本，阿灿恨不能收全了，此刻少不得站在王彩霞身旁殷勤介绍。真正的如数家珍，口中吐出的诗人之名像在高处暗黑天幕中滚动的沉雷，企图唤醒大地上的栖居者生活中和心灵里的诗意。书架最上层摆放的是商务印书馆的汉译世界学术名著，亚里士多德、柏拉图、斯宾诺莎、黑格尔、休谟、帕斯卡尔等，也收了不少。那些在人类历史中大名鼎鼎的人物，在女孩的耳朵深处竟然没有激起任何反响。阿灿最为遗憾的是现在没有那么多时间，只能等着以后慢慢看。"慢慢看"居然含有慢慢变老的意思，带着几分意想不到的甜蜜。他的语气真诚热情，丝毫没有炫耀的成分，不愧是学校里那个众人交口称赞的谦谦君子。只不过王彩霞被房间里的目光还有书籍弄得心慌意乱，胡乱想到一个话题，犹如溺水的人抓到了一根救命稻草。她现在几乎可以肯定阿灿是一个诗人，私下里悄悄写下很多华丽的诗篇。多么遗憾，对于现代的诗人，她说得上名字的只有席慕蓉和汪国真。这也替阿灿解了围，他不知道从什么地方变戏法一样掏出一沓 A4 纸，上面缀满了盛开的诗行，开始高声朗诵自己手书的诗稿。宛如破晓前的露水悄悄濡湿了地面，旋即被初升的朝阳晒干。他的声音渐趋平静，甚至因为诗节的跳跃激荡而越来越抑扬顿挫，好像在给孩子们上课一样恢复了自如和神采。他眸子发亮，脸上升腾奇异的红晕，喉结上下窜动，如同岗哨在忙不迭地给鱼贯而出的句子放行。可怜的王彩霞一心只想赶紧结束这次贸然的约会——如果这算得上是约会的话，她凭直觉差不多可以笃定：诗人阿灿内心深处肯定深爱着一个人。那是怎样的爱情啊！惊讶多于紧张，她什么都听不见了，只感到自己的手脚越来越冰凉，整个人都快要晕厥过去。那样的话，会有一只巨大的甲虫在天花板上掉头俯瞰她吗？要知道，她最害怕的就是甲虫了。天花板上游来游去的是蝌蚪吗，是褐色鸟群吗？蝌蚪阵或飞鸟群在高处倏忽来去，像受到朗读者的神秘驱使，压迫着她，又引导着她。王彩霞猛然觉察出自己的轻率，她这是在干吗！阿灿则致力将凝固在方块汉字中的诗意解冻融化，并沉醉在诗意的汩汩流动中，全然忘记究竟朗诵了多少首诗，也忽视了现场唯一的听众。等到王彩霞离开，激情退却，房间重新退回秩序的安宁中，他才意识到自己一不小心犯了和麦田里那个采穗人相同的错误，依旧没有献上那些他自认为最好的诗歌。王彩霞显然不是那个指定者。不过，他并不感到后悔。下次吧。如果还有下次的话。他只是这样自我安慰，然后倒头便睡，酣然高卧，梦也不曾做一个。

做了一夜美梦的是诗人的母亲，她以为好事将近，双喜临门，不仅儿子会娶到体面的媳妇，自己还能抱上大胖孙子。只有王彩霞做的是噩梦。那些卷发、深目、白皮肤的外国人，一直围观她，用她倍觉陌生的南腔北调对她品头论足，无论她避到哪里，他们的目光都像探照灯一样直射过来，似乎要将她钉在原地。她感到慌乱，甚至是羞耻，他们是想要从她青春的肉体和可怜的脑袋里压榨出诗意来吗？醒来时她发现自己出了一床汗，好像整夜都睡在旷野里，身体如同一棵桑树般承接了过多的露水。毫无疑问，同事阿灿是一个文化人，甚至比师范院校里教她文学鉴赏课的那些教授还要博览群书，这让王彩霞一度不可抑制地产生了仰慕之情。阿灿固然优秀，还很绅士，但不一定是合适的人生伴侣，瞧他房间里的那些摆设，简直就像一个道场，还有他写的那些诗，一会儿致敬西方的维纳斯，一会儿歌颂东方的洛神，这让王彩霞心里很没底。她觉得还是应该看看风头才好。世上没有不透风的墙，王彩霞去阿灿家做客并逗留良久的消息不胫而走，好事者拐弯抹角地打听其间具体发生了什么，以及将要发生什么。羞怯的王彩霞情急之下找到现成的托词，她向众人宣告作为一名仅有的现场观众，她聆听了大文人阿灿一场精彩绝伦的诗歌朗诵会。这种急智成功转移了众人的注意力。阿灿原来还是一个诗人，学校和镇上竟然出了一位伟大的作家。大家都被蒙在鼓里毫不知情，啧啧称奇之余，很快便觉索然无味，就像夏天的酒菜时间放不长，除非有冰箱。相对于阿灿的诗人身份，他们其实更好奇阿灿对王彩霞做了什么以及想做什么。大家都是成年人了，什么想法都可以放到明处说，什么事都可以放到明里做，有什么好遮遮掩掩的呢。难道诗人不吃饭不放屁吗？如果什么也没有说没有做，只是读了几首诗，那这个夜晚也就彻底归于平淡无奇。良夜的光环消失了，所谓诗意也没有构成他们急于掀开的那块遮羞布。渐渐地，"诗人"成了学校同事对阿灿的戏称，再然后，"诗人阿灿"被遗忘到脑后，让位给了"怪人阿灿"。要说这件事对阿灿的影响，不过是涨红着脸劝阻母亲不要再动贸然请客——尤其是名花无主的初来乍到的女老师——的念头，以及把带到办公室的诗集无一例外都谨慎地包上一层书衣，像小学生倍加爱护新领到的教材一样。《湖畔派诗集》套上了尼斯湖水怪的新闻插图，《萨福诗集》被覆上靓丽的女明星海报，其他更多被迫改头换面的诗集只是用泛黄的旧报纸加以粉饰，上面用毛笔字恭敬地写上诗人名字，如同朴素的墓碑和简洁的碑文。直到此时，同事们才突然发觉阿灿老师原来不仅是一位诗人，还那么精通书法，工整而潇洒的板书——每次阿灿上公开课，教育局领导和外校老师都对此交口称赞——只是小菜一碟。当然，所有这一切都会照例被忘川河淹没，除非他的字变得突然值钱，可以按个卖而不是论斤卖。只有王彩霞，偶尔不失调皮地称他为大诗人，有时是书呆子，似乎通过延续这样的称呼保有一种恰当的亲近感和分寸感：他们的关系和感情显然不同于一般的同事，但也仅此而已，她毕竟没有成为被他翻阅的名著，也没有索取和拜读过他的哪怕一首诗。

　　此时此刻，面对似乎在怪罪他为什么辞职而辞职这么大的事竟然没有事先和同事打一声招呼的王彩霞，阿灿突然起了想要捉弄她一番的心思。那晚之后，他在她面前时常还会感到局促，这种反应直到她嫁人生子才逐渐消失。当然，他再也没有在她面前高谈阔论过，似乎彼时突然高涨并很快退却的潮水已经把他这艘醉舟远远地带回了大海的深处。

"为什么要辞职？因为我想做一名诗人。"

这便是阿灿对王彩霞所作的解释和交代。他并没有悄悄溜走像悲伤的逃兵，尽管他心里的退堂鼓已经敲了数年，声闻数里，只是听者——包括他自己——都假装听不见而已。他听到的只是身后的王彩霞忍不住发急跺脚骂他是疯子的声音。

就这样，属蛇的阿灿循着十年来自己蜿蜒而行的唯一蛇道返归家中。每天从家到学校，从学校到家，他走的都是同一条道，不止七步，不会拐弯，更不用说曲径分岔，硬是将一条道走到黑。沿途的一切，雨丝风片也好，朝云暮霞也好，他已经熟悉到不能再熟悉，快要熟视无睹。也许问题正出在这里。他想改变一下自己的生活，他想看到另一个不同的自己，更为真实的自己，仅此而已。

他的父母倚门而待，几次欲言又止，好像他们的喉咙已经是一口深且窄的枯井，十五只井桶也打不出一滴水。他们依然不清楚自己的儿子为什么要辞职，贸然发问又怕触了他的霉头。虽然阿灿一直都是好讲话的人，好讲话而已，也可能是闷声怪，像严严实实的没嘴葫芦。直到吃晚饭时家里的沉默才被打破，这次他们破例没有在饭点前高声唤他，好像要存心多饿他几分钟。阿灿告诉他们，教导主任已经当着他的面在电话中向教育局汇报了这次人事变动。事情已经板上钉钉，再无转圜的余地，开弓没有回头箭。这句话像一束光投进入夜幽暗的水面，他们发出叹息，事到如今，只能如此，唯有期待船到桥头自然直。可以后该怎么办，依然是撑在上眼皮和下眼皮之间的尖锐问题，让他们愁眉不展束手无策。夜深了，他们的上下眼皮直打架，如果阿灿再不交底讲出点心里话，他们就要上床睡觉了。阿灿不忍心再隐瞒他们，他早已打算报名考研，虽然可能会花更多冤枉钱——这是他母亲平日里经常埋怨他读了大专却还要回来做小学老师的话，搭进去两三年光阴——但也不失为一条不错的出路。他有一个关系最是要好的老同学，硕士毕业后留在南京工作，他可以住在同学那里准备考研的事。这不是临时拍脑门的决定，阿灿是真这样想的。

3.

每年暑假正是古城南京最热的时候。老朋友阿灿的突然登门来访，让光辉很是吃惊。他不觉得阿灿想考研是一时心血来潮，可是联想到阿灿这个历年暑假闲云野鹤惯了的人此前却从来没有踏足过南京半步，最多也就是在开学后通过邮局信件跟他大谈特谈在某个地方的旅途见闻，他这时霎然看到阿灿自会满心狐疑。

周公还有恐惧流言日呢，阿灿辞呈上的理由对教导主任自然说得通；跟王彩霞说想要做回诗人，多少也算袒露了一点心声，不能全当笑话听；至于考研，不过是能够一时安慰和稳住父母的权宜之计。因此，光辉认为阿灿之所以辞职，肯定另有原因。

对此，阿灿只是笑笑。他想要考研并不只是说说而已，第二天便拿出素行，果真去书店买回了一堆考研的复习资料。英语和政治是必须要考过最低分数线的，专业课知识也要尽快熟悉掌握。光辉一一看在眼里，觉得有趣，这个暑假之后，不知道阿灿能不能顺利重新变成一个学生，但不管如何，开弓没有回头箭，他是不可能回去继续当老师了。问题是这么多年下来阿灿对外面的世界到底有多少了解，光辉少不得要拿自己当活生生的例子举。比如说考研的难度。他们当年上中学时老师喜欢用千军万马过独木桥来形容高考，可是千军万马挤过独木桥后出路何在？一旦国家不包分配，大学生毕业找工作就成了新难题，为了解决就业压力只能让应届毕业生继续读书考研深造，现在阿灿考研面临的竞争者数以千计，而不复是光辉当年的几十上百之数。再说研究生就业的压力。以前硕士导师每届只带三五个弟子，现在一个硕士班有八九十来个学生，等到毕业时找工作依然很棘手，看起来不过是把历届本科生的就业问题都顺延三年变成研究生的就业问题罢了。阿灿已是而立之年，比应届毕业生年长七八岁，除了跟他们一样是未婚人士，可以说毫无优势可言。

认完门放下行李，光辉带着阿灿去楼下吃饭。出小区左拐西行五十米，有条不起眼的小巷子，名字却很有意思，叫大方巷，是一条单行道，进去走不多远便有一家夫妻店。确实是夫妻店，丈夫掌勺，妻子打杂，一眼灶具就支在路边，构成极其简易的半个灶台，进门处是一口大肚电饭煲。丈夫的左脸颊下方有一颗痣，很是醒目，穿着白色工作服，整个人看上去清瘦干净。相比而言，妻子的素颜更为出众些。两个人落座后，光辉点了三个菜，一条糖醋鳊鱼，一份青椒土豆丝，一碗菊花蛋汤。又加了两碗米饭，三瓶冰镇大富豪啤酒。菊花蛋汤是南京人夏天最爱喝的汤，清热消暑去乏解毒。水云镇离南京并不远，很多人家也在院子角落里旮旯头种上两三丛菊花，却从来没有听说过菊叶能入菜做汤，阿灿颇觉诧异。味道确实不错，阿灿一口气喝了大半碗，酒却只勉强入肚两杯，已然脸红脖子粗，便不再喝。剩下的酒自然都归光辉。

因为来这里吃饭的时间点不对，午餐早就过了，距离晚餐还要很久，人家夫妻俩本来趁此空当，一个在默默择菜一个在偷闲午休，见有客到便忙开了，以致没有在他们进来后便及时打开空调，为此疏忽，不停道歉。其实，光辉的住处位于小区顶楼，正当西晒，闷热无比，房间里也没有安装空调，早就热习惯了。老板又赠送了一瓶冰啤酒。光辉大口喝酒，源源不断地出汗，自觉很舒爽。

他们边吃边聊，彼此的生活都是外甥打灯笼——照舅（旧）。要说大的变化，七年前光辉辞职是一件，十年后的现在阿灿辞职是一件，辞职之后两人还都动了考研的心思，也算是英雄所见略同。想当年，光辉辞职的时候，阿灿去信问过具体原因，现在光辉也当面锣对面鼓地过问一下，不算唐突，还显得礼尚往来，虽然都心知肚明对方不可能将真相和盘托出。再有一件，两人还都是单身汉，此前却都一味回避着这一现实，讳莫如深。不见面还好假装视而不见，面对面就无法继续在各自面前伪造出一面空心墙来。为了转移话题，阿灿为光辉再点一瓶酒，光辉自己又多要一瓶酒。至此，两个人的四只耳朵里不知不觉响起"酒干倘卖无"的歌声，那是电影《搭错车》的主题曲。

六瓶啤酒喝完之后，光辉已有醉意。回去的路上，他不停地暗示阿灿，刚才夫妻店的老板娘有没有让他想起谁。西施吗？阿灿顺口接话，狠狠心把历史上的这个著名美人抛到南京漫无止境的暑热中。光辉非常失望，大声背出了朱丽娟的名字。正值夕阳西下，热风徐来，他不相信阿灿竟然会忘了朱丽娟，阿灿怎么会忘了朱丽娟，要不然阿灿为什么还一直没有结婚呢？阿灿把这个问题同样不动声色地踢还给光辉，光辉自己不也是没有结婚吗？他们两个人，互相知根知底，两省两便，大哥哥就不用说二哥哥了。

朱丽娟是他们在师专的女同学，同窗共读期间，三小无猜，最是合得来。班级出黑板报，光辉和朱丽娟给阿灿打下手，因为阿灿是才子，能写擅画。组织文艺汇演，朱丽娟善舞，光辉能歌，阿灿酷爱诗歌朗诵，三个人往那随便一站就是一台戏。聚会吃饭的时候，阿灿和光辉两个人加起来都喝不过朱丽娟，光辉觉得不算数，以阿灿的酒量最多只是一个增加负担的添头，但他一个人显然喝不过阿灿朱丽娟组合，他和朱丽娟联手对付阿灿又实在胜之不武。朱丽娟酒量深不可测，性格豪爽，如果不是长发及腰、容貌秀丽，完全就是个男孩。三个人走在一起，朱丽娟反倒像是他们的长姐，是凡事出头拿主意的那个人。这真是奇怪的感觉。

阿灿想，是不是因为这样，自己才一直不愿意来南京见光辉的呢？毕业之后，他们先后有了BP机和手机，但还是习惯托信鸿雁往来，很多事甚至是所有事都交给笔谈。似乎手中的笔更可靠，不会像嘴巴守不牢靠。比如这会儿，光辉喝多了之后，嘴里就会跑出一个朱丽娟来。紧随在朱丽娟之后，所有往事和曾经的过去全都奔涌而出，拦都拦不住，洪水决堤一般。像星空倒悬，让人徜徉在梦里不知身是客；又如无底深渊，逼得人在噩梦中醒来独自面对路一条。为了留住美梦，赶走噩梦，阿灿读诗，阿灿写诗，因为诗里有一个美好的朱丽娟，一个当年的朱丽娟，一个完好无损的朱丽娟。

如同有魔力一般，朱丽娟三个字仿佛提供了无穷动力，光辉拉着阿灿几乎是跑起来。夕照把他们的影子在身前投得很长，影子像是另外两个面沉似水的年轻人，引领着步入中年的光辉和阿灿大步向前。巷子尽头有一间花店，花店里面有一个女孩，背影正忙着给花花草草修枝剪叶补水。一条大辫子触目惊心。他们没有走进花店，在门外徘徊了许久，女孩还是没有回转过身来。因此除了那条长辫子，阿灿并不确定女孩长得像不像朱丽娟。并不是每个长辫子姑娘都会长得像朱丽娟，可话说回来，有一条长长的大辫子确实已经足够让人觉得亲切，甚至感动。现而今留长辫子的姑娘越来越少了。麻花辫子的诱惑，正是青春的诱惑。

阿灿恍惚了，他不知道酒醉的光辉在南京城里究竟发现或者隐藏了多少个像朱丽娟的姑娘，这是光辉滞留在南京不去的原因吗？住在那样一个狭小空间里，光辉自我解嘲地称之为"鸽子笼"的地方，从来没有想过更换或改善自己的处境，习以为常，甘之若素，这不是很奇怪吗？从眼前醉态可掬释放出部分真实自我的光辉反观诸己，自己不也是因为某种原因恪守不变的吗？此时相望不相闻，愿逐月华流照君。既是自我惩罚，也像同盟铁誓。

他们默默地往回走。光辉现在租住的房子，原来是他的同门师兄携其女友住着，因为单位分到房后计划搬走。正巧光辉和他的研究生室友临近毕业也要找房子过渡，便接手了。和往届的师兄们相比，光辉这一届已经失去了分房的福利。但同以后的师弟们相比，光辉又是幸运的，毕竟还能顺利解决户口和工作。年轻人的命运真是每况愈下，但站在风口浪尖上，谁敢得了便宜还卖乖呢，只能自求多福。当年光辉与室友打电话给那位师兄，在约定好的时间去看房子。房子位于七楼——因为七层以上必须要配电梯，所以整个南京城无一例外，所有非高层小区都通了气似的最多都只盖到七层高，显得世故而小气——在六层到七层楼梯转角处的墙壁上，有人用炭笔写下四个大字"享受寂寞"，竖版如切，一气呵成，犹如飞流直下四千尺。这让光辉一见如故，即使室友一度犹豫动摇，他一个人也决定把七楼的房间租下来，只是为了每天上下楼梯时能够看到它们。和孤独比起来，寂寞似乎多了一点人间的烟火气。孤独的是猎人，寂寞的是恋人。尤其是暗恋者更能体会寂寞的况味，不会为了排遣那种好的孤独，便像猎人一般伺机而动。室友可能觉得面积太小了，住三个人会显得拥挤，他和光辉说好是要带着女朋友一起住进来的。原来只是个一居室，前后有两个阳台，精明的房东便把朝北的阳台加工成一个小房间，不过是竖起两面纤维板，安上一扇大窗户，再覆盖一个顶棚而已。一居因此摇身变为二居，北小间凑合着也能住人，但难免会冬冷夏热。师兄住的时候，原也只是用作书房和储物间。搬进来后，小房间自然归给单身一人的光辉，室友及其女友这对鸳鸯便把大房间铺作爱巢。光辉倒也很快住习惯了，无外乎夏天热时晚点睡，冬天冷时多盖一床被子。原本相熟的三个人住在一起，有时候光辉不得不扮演老父亲的角色，当邻室这对年轻恋人产生他觉得很没有必要的矛盾和争吵时，予以劝和，有时候又觉得自己颇受照顾，像是他们未来的孩子。转眼间，室友买房结婚，也像师兄一样搬走了。光辉觉得自己一个人住在小房间里挺好，住两个房间太过浪费，便在互联网上把大房间转租出去。现在那边住着几个人，彼此是什么关系，各自做什么营生，光辉也不是很清楚。要说和陌生人同住一个屋檐下有什么不便，就是不得不共用厨房和卫生间，平时光辉想要出去煮方便面或上厕所，碰到厨房或卫生间被占用着，便只能迅速转身返回自己的房间。"转身"是光辉在七楼使用频率最高的动词。

刚开始和研究生同学一起住的时候，常有一些同学结伴来玩，便是一场小聚会，每个人都争着贡献一道拿手菜。虽然厨房里连站的空间都没有，光辉的单人床上甚至也要安排坐三五个人。做饭时，别人成双成对，光辉在旁边插不上手帮不上忙，反而觉得自己成了多余的局外人，经常找借口出门透气。七楼之上没有八楼，但有半节楼梯通向天台。天台被一道铁门隔开，上着锁，铁门前倒是空出了两米见方的面积。不知谁家将几张破旧的家具堆放于此，时间一长积满了灰，但也没有挤满空间，还留有 个人的容身之地。光辉便多次潜身其中，有时听到屋内喊自己的名字也不出声，像小时候百玩不倦的捉迷藏游戏。有一次，时间久了，又憋着一泡尿，实在不想回去，没有办法，便半蹲着就地解决。谁知道那泡尿尤其长，尿液甚至沿着楼梯一路向下，几乎要流淌到七楼的门前。光辉躲在高处看着那摊水迹水银泻地，很是紧张，又觉得刺激。

这让阿灿想起多年前冬天的一个傍晚，他看到光辉穿着皮裤在抽干了水的鱼塘里捉鱼。一道残阳铺在光辉的肩上，他真像居住在奥林匹斯山上的古希腊神灵一样，一连串的意象堪比诗人谢默斯·希尼聆听到的父辈弯腰在地里挖掘土豆的声响。那个神奇的傍晚并没有被阿灿写成诗，尽管他经常回想起这个细节。阿灿从来没有为自己的朋友光辉写过哪怕一首诗。他把自己的诗都献给了朱丽娟，尽管朱丽娟对此一无所知，甚至没有读过其中的一节诗行。阿灿只是向光辉读了其中的一部分，犹如借用了一双聆听的耳朵。也许正是这个原因，他才始终无法把光辉写到自己的诗里。

到了十一二点钟光景，房间里果然凉爽很多。从纱窗里吹进来的不再是热风，透过窗户看到远近处城市的霓虹灯，也不觉得那是一个让人难以忍受的热源。光辉在地上铺了一张凉席。阿灿远来是客，单人床便让给阿灿睡。临睡前两个人又聊起夫妻店的那位西施。光辉身体里的酒早就变成汗淌光了，言谈恢复了冷静与克制。自从同学搬出去，住进陌生的室友后，他很少在宿舍做饭，最多在饥肠辘辘时煮碗方便面，平时吃饭都在那家夫妻店解决，简直把那里当成了小食堂。不仅仅是因为那个妻子长得像朱丽娟，还因为看到他们守着这样一个苍蝇店团团忙碌，配合默契，毫无怨言，觉得非常美好，替他们感到由衷的幸福。有时又忍不住担心，他们辛辛苦苦好不容易换来的一点成就，只怕抵不过生活的一口恶气。这种想法太让人沮丧，似乎虚无才是人始终无法摆脱和必须面对的，就像死亡一样。

低处的光辉很快传出了鼾声。这里毕竟是他的房间，哪怕是躺在地板上，他也熟悉这里，能够很快入睡。不像阿灿，在陌生的环境里，睡眠迟迟未能来给他开门，好像在赶过来的途中迷路了。像伟大的但丁正在和可怕的三种动物周旋。难以入眠的阿灿，只是换了个地方继续想着朱丽娟。那位妻子的眉眼处确实和朱丽娟有几分相似，如果再配上花店女孩垂到腰际的大辫子，那就更像读书时候的朱丽娟了。至于光辉，他是不是经常重复今天的路径，在夫妻店吃饭，然后散步到花店，根据沿途所见最后拼贴出一个朱丽娟来？可惜万变不离其宗，依然是当年的朱丽娟，依然离现在的朱丽娟隔着千山万水。现在朱丽娟长什么样，是不是还留着大辫子，有两口深酒窝，并因此酒量惊人，这些都难以想象，倒是记忆中那个天真烂漫不知忧愁为何物的朱丽娟更容易跳出来。谁会愿意对如斯美好吹出一口恶气呢？他会吗？光辉会吗？或者说，当那口致命的恶气袭来时，他会冲过去挡在前面吗？他能做到吗？不仅以身蔽翼，还能善加保全。

第二天一大早，阿灿被一阵迅疾的豆大雨声惊醒，睁开眼却看到窗外透出的是明媚无比的清晨。原来是一群鸽子在头顶上散步，并非梦里的凄风苦雨突然之间变大变猛。如果鸽子互相追逐，便引发一阵快速的步点，恰如大珠小珠落在顶棚上，发出"哒哒哒"爆裂的声响。"醉弹琴，如击鼓，直到手指流血。"光辉也醒了，笑着说他第一次听到时还以为是一群老鼠在屋顶坚持晨跑锻炼身体。这么一说，鸽子和老鼠的脚爪竟然有了奇怪的相似之处，比如动起来的声音都像雨声。虽然晨梦难免会被破坏无遗，不过好处是光辉再也不需要闹钟叫醒了。过了一会儿，地面又向上蒸腾起孩子们的声音。楼下是一家托儿所，有的孩子很早就被父母送过来。这让阿灿倍感熟悉，他第一次在七楼这么高的位置俯视一所学校，哪怕只是很小的一家托儿所，充塞其间的依旧是学生和老师。到点了，光辉自去上班，他要到下班后才能回来。他给阿灿留了屋门和房门的备用钥匙。接下来的白天阿灿可以在南京四处游走。愿意的话，他们的晚饭可以继续在夫妻店解决。

4.

南京的夏天除了酷热难当，其他还是很不错的，比如说不会像刚刚过去的梅雨季节那般潮湿，能够接触最好的阳光，还有紫霞湖和紫金山的璀璨夜景可以欣赏。为此，中山陵专门建有一座天文台，天文台附近还有一座露天音乐台，是恋爱中的男女流连忘返之处。但阿灿这次不为游山玩水，他带着明确的目的而来，考研需要复习的空间，很显然光辉的空中楼阁并不合适。在这里住了三个晚上之后，阿灿很快找到了新的下榻之处。他在南京城外租到一个便宜而安静的房间，紧挨长江，毗邻燕子矶，便带着考研资料住了过去。

在这个可能会住上几个月甚至半年以上的新住处，阿灿列了一份详细到不能再详细的计划表贴在墙上，具体到早上几点起床，夜里几点入睡，清晨几点到几点背英语单词，晚上几点到几点看政治常识，上午几点到几点熟悉专业课，下午几点到几点做历届考研真题。就像严谨而不能随意更改的学校课时表一样，这对阿灿来说是熟门熟路。一个老师若因为老人孩子生病或家里有事不能到校上课，需要和其他老师提前协商调课，往往牵扯到一个教研组或整个年级组，鸡飞狗跳不说，尤其消耗人的精力，好像每个人在适应了自己的惯常周期之后，一旦链条打破便无所适从，容易引发细密的恐慌。所有人都因此给自己的身体和精神拧紧了发条，最好一点意外都不要出，最好就这样一路安劳本分，到一堂课结束，到一天入夜，到一个学期告终，到一年进入岁末，到退休，到辞世。无须效仿穷途之哭的阮籍，也不必追慕高举自由火炬的拜伦，更不要赞赏离经叛道的兰波。他们驰心于世，却都未得善待。世俗人生就好像这份计划表，内外都罕见地独少了诗歌的一席之地。对于阿灿来说，在被计划表充塞的房间里读诗是不可能了，家中书架上拆除书皮重见天日的诗集他一本也没有带出，在南京大学旁的先锋书店他倒是看到几本特别想入手的诗集，但总算克制住了购买的强烈冲动。好像只要不旁骛于诗歌，便能增加考研的胜算。事实上这不过是阿灿自己求诸心安而已。

　　从早到晚闭门不出，与复习资料连续痛打了几天交道之后，阿灿顿觉疲躁，以为考研之事不可求快，决定给自己放半天假，前往附近的一座公园游目散心。这座燕子矶公园并不免费对外开放，游客需要购买门票，三十元一张，并不便宜。售票窗里的那位老人一脸丘壑，显示着"风景有价"，说一口城北老南京话，阿灿觉得他总是把

"你"说成"泥"。想来老人心中的南京和光辉心中的南京大有不同。光辉总是强调"我的南京",是因为对这座历史名城所知有限,而且无一例外都打上了个人的烙印。老人口中的"难进",前面不加"我的""我们的",好像南京之于他也和敬亭山一般。不知道是因为祖辈举族皆生活在南京城一隅,还是因为遭逢时事挟持被迫于此落地生根,看起来就是一个南京人,不独在精神上和南京相对相望,身心也已与古城融为一体,其超然而不像是看不起外乡人的态度中自有一股虚无和任性在,似乎终日耳濡目染于槛外空自流的长江,也有了如斯乎的困惑与豁达。公园的至高处便是燕子矶,号称扬子江第一矶,人登临其上便可以俯瞰滚滚东流水,远眺八卦洲。人的出生有八字一说,江心中一座小岛为什么也会取名叫八卦洲?带着这样的疑问,阿灿漫游燕子矶,或站或坐或卧,但见上行下行的船舶如织,间有汽笛声声,短短长长,缭绕于江上。江风习习,江水平缓流淌,没有卷起千堆雪,但看起来依旧深不可测,不容有失。时近傍晚,彩霞漫天,半江瑟瑟半江红。阿灿站在高处,俯仰之间,归鸟帆影皆入眼帘,心中大快,既欲长啸,又想吟诗。只是眼前有景写不得,考研复习不可弃。正百爪挠心苦受熬煎,售票的老人突然冒出颗头来。原来公园闭门在即,他上山督促阿灿抓紧时间离开,不可在此逗留。老人近乎粗鲁的驱赶并没有影响阿灿的心情,既已领略了暮晚江色,他还想见识清晨江景,于是第二天早早起身,将晨读早课皆抛到脑后,在公园开门前便已等候多时。还是那位老人在售票,看到阿灿,他皱纹中间毫不掩饰"你怎么又来了"的表情。阿灿买了票,便直奔矶头,没想到老人竟然一路尾随，好像打定主意要与阿灿一起做第一拨登高健身的人，而忘了自己的职责是卖门票。阿灿走快，他便一路小跑，阿灿走慢，他便一步三挨，阿灿站住，他也停下，像乡下夜间荒郊中突然拱出的一团磷火，与人气若即若离。阿灿觉得奇怪，主动迎过去和老人说话。老人支支吾吾，但阿灿多少还是明白了他的意思。这个公园平素少有新鲜面孔出现，都是附近居民办张年卡，来此活动健身。一旦有生人冒出来，很有可能是想要魂托长江的轻生者。此处环境幽邃，适合抒发"前不见古人后不见来者"的怆然胸臆，谁能想到竟然是失意者割念永诀之地（还有一处据说是南京长江大桥）。阿灿孤身寡人一个，先于前一日傍晚徘徊于江畔不去，又于当天一早没人时攀爬山顶，形迹大为可疑，老人于是把他当成了生活中走投无路欲寻短路的人。阿灿不禁苦笑，难道他的额头上刻着"生亦何欢死亦何苦"的大字吗？虽然是一场误会，阿灿对老人还是心存感激，告诉老人自己是准备考研的学生——而不是辞了职的老师，让他放一百二十颗心。待阿灿中午果真守约安然离开公园时，热心肠的老人再次指点迷津，不买门票也可以进公园，有一处围墙已然破损，可以自由逾越，并没有人管。很多当地人都是通过那里进出公园，一样畅通无阻。阿灿特地绕道过去查看，果然一堵围墙上开了个形似月牙的门洞。第三天，阿灿便带上一条红南京香烟送给老人，而他自此以后便与当地人一样享受起这一"特权"，不再另行购买门票了。

　　一开始，阿灿还只是打算带着参考书去公园换个地方苦读，当书的天头地脚落下第一首诗后，参考书便毫无阻力地让位给了空白的纸

张，白纸诗笺很快积累成厚厚的一沓。诗意简直像江上清风与山间明
月，随意奔泻倾注，俯拾皆是，目不暇给，手忙不停。第三个周末，
阿灿按捺不住激动的心情，带着诗稿，换乘了好几路公交车，容光焕
发地再次出现在光辉面前。相比考研，显然还是写诗更让人心情愉悦。
这天底下哪里有比写诗更美的差事？一连好几天，他诗兴勃发，随便
挠挠头发，都能揪出一首诗来。曹子建那句"仰手接飞猱，俯身散马
蹄"，阿灿认为说的正是自己现在这样的状态。阿灿面带潮红，掏出
诗稿，对着光辉一气读完，也不管光辉有没有做好洗耳恭听状。至此，
考研一事可以休矣，他此番前来南京，不过是为了换个地方写出和在
老家一样或不一样的诗歌。这才是唯一有意义的正经事。当然，朱丽
娟仍旧是诗歌的享有者，是那个与天使为伴的永恒少女贝雅特丽采。
她的目光从记忆深处浮现，引领着诗人阿灿在大地上漫游。甚至可以
说，朱丽娟的形象在江畔被强化了。

5.

光辉告诉好不容易冷静下来的阿灿，当晚位于半坡村的金虎酒吧
正好要举行一场"最燃青春"诗歌朗诵会，一些年轻诗人，主要是在
校大学生，还有刚毕业参加工作不久的年轻人，都会从南京的各个角
落冒出来，齐聚一堂。更加难得的是，久负盛名的南京诗人飞骏、蕲
艾、回迪等也会前来参加，并做主题演讲。最吸引光辉的是，金虎酒

吧的老板，作为南京最著名的前诗人和成功了一小半的商人，会款待所有诗人畅饮一番。想想吧，南京的仲夏之夜，酷热难当，而酒吧里开着冷气，各款啤酒、葡萄酒和洋酒，应有尽有。也许，阿灿会愿意亲身感受一下古城南京的诗意，并负责把肯定要烂醉一场的光辉安全地带回住处。既然阿灿把考研复习资料落在了租房里，却揣着一沓诗稿出现在光辉眼前，简直就是踏破铁鞋无觅处，得来全不费工夫。

　　光辉和蕲艾的友谊源于光辉有幸担任了蕲艾新诗集《生活如长眠，爱是梦境》的责任编辑，这本诗集让二十世纪八十年代即已成名的诗人蕲艾在新世纪又火了一把，甚至有评论家将诗人蕲艾与小说家苏童比作南京双璧：苏童的很多小说被搬上了大银幕，蕲艾的很多诗歌被谱成歌曲广为传唱，两个人都是南京的骄傲。蕲艾特意打电话邀请光辉，叮嘱他多带一个人来，最好是年轻姑娘。因为现场可能会来几名女大学生，到时候粥少僧多，难免争风吃醋，甚至可能会大打出手。蕲艾的意思，他们这一桌应该有一两个姑娘相陪，不然就全是一帮老男人，无趣得很。蕲艾显然心系八十年代，彼时诗人是不折不扣的明星，即使天上掉下一块砖，砸中一位诗人也是大概率事件，而那个诗人即使被砸得头破血流，嘴里依然不忘念念有诗。几乎群体走火入魔，但哪一个时代会缺席这种魔怔呢？可惜阿灿在八十年代还是一个小学生，就像他曾经教过的那些孩子一样，尽管会无一例外被裹挟在时代的洪流中不由自主地勇往直前，但毕竟还处于懵懂的年纪。十一二岁的阿灿，怎么可能知道自己日后会与诗歌结缘呢？光辉放眼望去，自己的同龄朋友中，估计也只有阿灿能和蕲艾们坐在一起畅聊诗歌。光辉本人即使编辑过诗集，但毕竟没有写过诗歌，这是本质上的不同，除了和诗人们把酒言欢，他唯一能贡献出去的只有自己的那双耳朵，虽然很多时候也只是摆设。但又有什么不是摆设呢？誓言之于关系，鲜花之于爱情，美酒之于宿醉。说实话，光辉宁愿带上阿灿与会——他山之石可以攻玉，至少说不定阿灿以后就用不着一个人闭门造诗了——也不想费心寻找一个姑娘。她们多半会假话连篇，对外宣称是诗歌的信徒，不过是乔装打扮围观一下所谓诗人的怪徒，如果有机会增加一点情感或性的经历，借以积累或许可以向同伴炫耀的素材，在某种场合此番经历也许会像乘坐玛莎拉蒂敞篷跑车兜风一样让人艳羡。时代不一样了，能够安静坐在角落里，不仅理解诗歌还欣赏诗人，脸红的同时不忘多愁善感的姑娘，已经越来越少。但这是好事情。姑娘们有选择权，一个风度翩翩的电台主持人、一个优雅冷漠的萨克斯演奏者、一个热情好客的打口碟店主，甚至是一个在小区门口卖西瓜的强壮小贩、一个风趣体贴的出租车司机，都应该有同等机会博得年轻女孩的青睐，在她们还没有被这世界的金子完全吸引住眼球之前。

　　年轻的诗人鱼贯上台，朗读自己的诗歌。他们精神潦草，举止随便，形容糟糕，似乎从来没有经历过那种不幸——在溪水中照见过自己的倒影。这是怎么回事？阿灿有些恍惚，这些年轻人要是放入校园中，肯定会受到老师的训斥，因为他们的状态让人担忧，简直是不想学好，自暴自弃。如果他们是诗人，那么自己是诗人吗？如果自己是确凿无疑的诗人，那么他们呢？阿灿曾被同事们戏称为水云镇第一诗人，第一是他，第末也是他，因为放眼水云镇只有他一个写诗佬，以和周边人有所区别划分，现在阿灿自忖与这些正年轻或不再年轻的诗人迥异，自己显然也不会被得意扬扬者和陶醉于自我表演者视为同类。现在重要的问题出现了，自己还是诗人吗？或者说，诗人的定义会因人而异吗？

光辉带着阿灿，与飞骏、蕲艾、回迪等诗人坐在同一桌。直觉主义大师蕲艾指出阿灿不太像是一个诗人，更像是一个老师。蕲艾有一位诗友是在大学里任教的，蕲艾因此觉得做高校老师挺好，一拨拨的女孩儿，像地里一茬茬割了又长的白菜，总不乏乐于献身的爱慕者，即使师生不在同一个维度，但这种交叉跑动也令人着迷。好白菜不能总是让猪给拱了，哪怕那是一只特立独行的猪，或者为了拱白菜之乐，人人不惜化身猪狼。不过阿灿是一个前小学教员，这让蕲艾稍感意外，他建议阿灿不妨考研，或者做驻校诗人。接着，在座的诗人开始谈论爱情。不是喝酒抽烟，就是读诗写诗，不是忙于陷入恋爱就是为了分手之事焦头烂额。似乎这就是诗人的日常，真实写照，诗意栖居，人间游戏。阿灿感到困惑，好像他们都是中国的缪塞，热衷于在两性世界中冒险，虽然他们在受到情感灼伤的同时，也会假装看透地说出"勿以爱情为戏"的话语。这时候，有一个人——阿灿忘了是飞骏还是回迪，只能肯定不是蕲艾，因为只有蕲艾和他说过几句话，给他留下了足够鲜明的印象——那个人说，是他们教会了现在的中国人说话、抒情和表达。没有诗人，很多人估计连话都说不周全。阿灿吓了一跳。一直以来，他以为诗歌只是诗人秘密的苗圃、心灵献祭的祭台，除了流水、微风、星空偶然得以窥见——那也是因为诗歌世界向它们全然敞开，不会被外人所知。拿阿灿自己来说，他作为诗人，是不自信的，敏感的、羞怯的，最不愿意向外界公开自己的诗人身份，好像他的封闭，只是为了有效避免他人对自己的影响。作为一个诗人，要么爱一人，要么爱天下万物。这或许是狭隘的、矛盾的、绝无可能的。蕲艾开始聊起另外一个不在场诗人的情感经历，据说严格奉行"不主动，不拒绝，不负责"的三不原则，既狡猾，又诚实，既功利，又虚无。蕲艾总结说，由此可见这个人是自卑的，同时又是狂妄的，不自卑者不会自甘卑劣，不狂妄者不会自觉践险。阿灿觉得蕲艾说的可能包括了在场的每一个人，是蕲艾自己，也是光辉和阿灿。爱一个人，不管说没说，做没做，可不就是既自卑到尘埃里又狂妄到云端上吗？爱一个人，不就是人生旅途中最伟大也最难以预料吉凶的冒险吗？除此之外，阿灿尤其不喜欢几个诗人的致辞，他没能看清楚他们在灯光暗处的长相，总觉得像致幻的菌类，在表达自己和诗歌的关系时也像是在提供蕲艾所说"自卑和狂妄"的佐证。这种证词既不新鲜，又毫无意义。

　　诗歌的夜晚突然毫无征兆地结束了，酒精和体内的荷尔蒙加速融合，很快叫嚣着占领了整座酒吧。有人主动上台呐喊，"如果我们手无寸铁，我们是不是注定要一无所有"，即使无人倾听，嚎叫者也全不在意。有人跳到了桌上，开始一件件脱衣服，由于夏天穿得少，在别人还没有察觉时他已经把自己剥得精光，像一条鱼用尾巴兀立空中。诗意如茧，写诗就是抽丝剥茧的过程，最后裸露出僵死的身体，而灵魂正在奋力长出翅膀。一个女孩轮流坐到诗人们的怀里，频频接吻，像在玩击鼓传花的游戏。几乎是一瞬间，酒吧陷入瘫痪般的混乱不堪中，被醉意和情欲点燃，很快沸腾起来。谁说话都不管用了。因为每个人都在同时对几副耳朵喊话，好像那是扩音喇叭，一边又听着另外几张鱼唇的喋语，像吐出的彩色肥皂泡。时间变慢了，被抽掉了秒针，再抽掉了分针，又抽掉了时针，最后整个钟表被反扣在桌上，只露出后脑勺，如同眼前的夜晚一样混沌，因为置身其中而难识其真面目。光辉喝醉了。很多人喝醉了。喝醉的人彻底忘掉了诗歌、爱情，因为他们不知道自己身居何处、今夕何夕，甚至连自己是谁也模糊了。他们就像陌生人，打了鸡血一般到处寻找自己，以便进行被突然中断的交流，包括但不限于讨论、争吵、拥抱、接吻和斗殴。就像光辉一样，他以为自己是被带回了阿灿的住处。

既然如此，阿灿就让光辉睡在了床上，自己打了个地铺。光辉很快鼾声四起，阿灿却迟迟不能入睡，一半原因是诗歌，一半原因是朱丽娟。他写了无数诗篇，但听起来或看起来更像是自封的诗人。他不会因为这场莫名其妙的疯狂诗会而否定自己，但确实开始感到不安，就好像十年来从不怀疑自己的写作是因为狂妄，而不敢正面自己的感情则源于自卑。十年来，阿灿无时无刻不想去看看朱丽娟，但找不出能够说服自己的理由。十年间，阿灿便是沿着以朱丽娟为圆心的圆周做着无用功的外切逡巡，无法进一步接近，又不能抽身而退，进退都不啻冒险，构成冒犯。想见，又怕见。怕见，更想见。心里于是再也放不下。周而复始，层层堆积，形成长江三叠浪，心潮更是逐浪高涨。阿灿突然意识到，自己这么多年来之所以不来南京见光辉，正是害怕光辉再次提出建议，就像十年前那样，两个人结伴同去看望朱丽娟。阿灿自己在心中早已反复想象并拒绝了多次。想象和拒绝难道不应该被质疑吗？想象和拒绝的组合就像是一副手铐，戴着无数副手铐的阿灿几乎一夜未曾合眼。从光辉体内溢出的酒气在狭小的房间弥漫，呼吸着含有酒精的空气，阿灿觉着自己快要醉了，但偏偏一点睡意也没有。朱丽娟异常清晰地从脑海中跳出来，一笑一颦，一言一动，都逼真又生动。朱丽娟说："你们两个人不能总是像小孩子，能不能都快点长大！"朱丽娟这么说的时候，顺手理了一下自己背后的大辫子。那条大辫子，又黑又粗又亮，走到哪里都能被视线聚焦。看到大辫子的人，无不想加快脚步赶超到前面，回头再看大辫子长了一张什么样的脸庞。因为朱丽娟是一个美人胚子，这种美又由于她本人的不自知和不以为然而被无限放大，容易烧灼无意撞见者和存心觊觎者的灵魂，让他们魂牵梦萦，或者缄默于心，或者冒犯于行。阿灿和光辉两个人，既被视为美的同行人和守护者，更让人妒火中烧，以为是障碍。还好他们焦不离孟，才能相视一笑，与身边层出不穷的饱含敌意的言行相抗衡。即使被嘲弄为两只癞蛤蟆，他们也忠于职守；即使在运动场上被特意针对，遭受黑手黑脚无数，他们也迎难而上。此情此景，历历在目。鸿雁长飞光不度，鱼龙潜跃水成文。尽管外面还是黑蒙蒙的，第一只鸽子已经悄然落在屋顶上。阿灿仔细聆听，很快捕捉和辨别出第二只鸽子的脚步。两只鸽子一前一后飞抵这里，像站岗的哨兵，精神昂扬地迎接旭日东升。随后越来越多的鸽子加入进来，屋顶上很快达到可想而知的拥挤。鸽子们开始在上面散步，有时像一条蜿蜒的湍急河流，有时像分叉的汩汩溪流。光辉也醒了。他梦到自己和阿灿一起去看朱丽娟，阿灿和朱丽娟走在前，他尾随。那是村头的一条小路，不够三人并排走，也不允许后面的人超到前面去。光辉自觉自愿压阵，想让阿灿和朱丽娟多说说话。走着走着，三人突然停下了脚步，朱丽娟惊觉离村子已经很远，建议往回走。于是变成光辉走在前面，阿灿和朱丽娟跟在后面。这是最美的一段旅程，让光辉永生难忘，尽在不言中。光辉醒来后的第一个念头是，阿灿既然打破十年的习惯，来南京见了自己，那么对于去深圳见一下朱丽娟还有什么好犹豫的呢？早晨的第一缕阳光被远处的高楼玻璃反射，像剑一般刺入房间。屋顶上的鸽子似乎也受到惊吓，同时展翅飞走，留下的寂静像鼓面。阿灿试探着提出建议，希望像十年前那样，两个人结伴同去看望朱丽娟。但不出阿灿所料，光辉一口拒绝了。十年时间，毕竟流逝了很多东西，又似乎什么也没有改变。

"既然爱恋还燃烧着你，谁又能使相思停止？"

6.

阿灿一个人终于坐上了驶向深圳的火车。他本以为也希望身旁的座位上会坐着光辉，一如十年前，他们一起去探视朱丽娟。

他怎么会忘了那一天！光辉打来电话，问他知不知道朱丽娟出事了。朱丽娟出什么事了？朱丽娟能出什么事？他们刚刚毕业，手里捏着盖上钢印的派遣证，前往各自的学校报到。朱丽娟去了市区一所小学，光辉远一点，被派遣到紧邻县的实验小学，阿灿分得最远，回到家乡水云镇中心小学，也是他的母校。阿灿本来可以争取和朱丽娟做同事，或者去光辉的学校，再不济也能够在县里小学谋一个教职，可惜他父母当年与镇政府签了定向委培的一纸合约，必须从哪里来回哪里去。这束缚像镣铐，这原则像禁锢。三个人便如同三颗行星，进入各自的轨道，准备就绪，待命起航，像迎接新生一样踌躇满志。朱丽娟送给阿灿的临别赠言是，希望踏上工作岗位的阿灿，能够好好把酒量练一练，下一次聚会不醉无归。光辉写的则是，诗人在诗行里栽种的玫瑰和红豆，是时候赠予爱人了。返乡的途中，阿灿托运的行李中的拉奥孔石膏像因为一路颠簸而断成几截。

"为什么拉奥孔在雕刻里不哀号，而在诗里却哀号？"

阿灿于是火急火燎地坐车赶到光辉的学校，两个人会合之后便由光辉骑着摩托车再马不停蹄地直奔朱丽娟家。朱丽娟现在在家中闭门不出，电话也关了机，情况让光辉非常担忧。在路上，光辉把自己所能知道的情况大致说给阿灿听。车速很快，呼啸的风把光辉的话扯成了碎片。有一个学生家长喜欢朱丽娟……那个男人是社会上的所谓成功人士……一个银行分行的行长……有家庭，妻子是公务员，女儿上小学……女儿正好在朱丽娟的班上……痴家伙对朱丽娟展开疯狂的追求……弄得学校老师人尽皆知……朱丽娟一直拒绝……同床异梦的丈夫想要先和妻子离婚，妻子不同意……铤而走险雇凶制造了一起交通事故……妻子死了……犯罪分子被判了无期徒刑……电视和报纸都有报道……社会舆论很不好，说什么的都有……学校给朱丽娟休了长假……朱丽娟现在情绪很坏，什么人也不见，什么话也不说……为了听清每一个字，阿灿取下了头盔，迎面长风痛击在他的脸上，如同掌掴，他觉得自己脸上的肉在打哆嗦。他平素不看电视，不听新闻，不翻报纸，因为初来乍到，在办公室里和其他老师也很少交流。他们似乎聊起过这件事，只确定是市里的一个小学女老师，但具体学校和老师姓名一无所知。他怎么会把这样的事和朱丽娟联系到一起呢？朱丽娟和自己一样是新老师，工作才几个月，连学校里的老师和班级里的学生也未必认清认全，怎么会招惹上学生的家长引发这样大的悲剧和惨案呢？

在村人别样的目光中，他们一路打听找到朱丽娟的家。朱丽娟和奶奶生活在一起，她父亲在外地工作，只有逢年过节才回家，平时定期汇来生活费。对于阿灿和光辉的到来，朱丽娟并不意外，他们一路上的担心在她脸上也没有看到一丝一毫。朱丽娟的奶奶神色平静，好像经历了人生太多的风雨，一切都看开了。老人话不多，一直在厨房忙碌着，只当是招待来家里的两个小亲戚。菜肴很丰盛，还特地准备了酒。朱丽娟的奶奶也能喝酒，平时每天晚饭都会雷打不动地喝两小盅，活气益血。朱丽娟、光辉和阿灿都没有喝酒，毕竟这不是一次期待中的理想聚会。吃饭的时候，有一个女人来了，没有进门，奶奶出去和她站在大门外说了一会儿话。朱丽娟趁机说，她能喝酒有一半是遗传自奶奶，别看奶奶现在一次只喝两盅酒，真的喝起来半斤八两不在话下。那个女人来了又走了。晚餐用毕，奶奶开始收拾灶头。朱丽

娟带着他们两个出去散步。一开始谁也没说话，一轮月亮很早就挂在
了东方，天已经很凉了。阿灿看着月亮，他不知道今天竟然接近农历
月半，月亮真是又大又圆。朱丽娟走在前面，阿灿和光辉跟在后面，
慢慢地光辉便拖在了最后。只能听到三个人的脚步声，唰唰地响，像
风声有序地掠过不近人情的旷野。回头再看身后的村庄，已经矮了几
分小了几寸，差不多能够看到整个轮廓，漫长的时间被压缩其中。朱
丽娟就生活在这里。她的酒量在这里变大，头发在这里变长。走在夜
风中，月亮一直飘在前面，像白色的灯笼一样为他们照路。刚才来的
那个女人，竟然是朱丽娟的母亲，她和朱丽娟的父亲离婚后，嫁给了
村里的另外一个男人。当时朱丽娟才六岁，自此之后，她的头发似乎
就一直没有剪过，越长越长，几乎拖到了脚后跟。很多年后，她没有
让自己的头发长过腰，也没有短过腰，一直那么长，新长出来的就用
剪刀咔嚓铰掉。长长的头发一直被编成粗黑油亮的麻花辫子，拖在身
后。她的母亲后来又生了一个儿子和一个女儿。同住一村的两家毫无
往来。朱丽娟的父亲没有再婚，事实上和妻子离婚后，他便远遁他乡，
留下老母和幼女祖孙俩相依为命。朱丽娟并不知道父亲在外面从事什
么工作，有没有起过重组家庭的念头，对此她一无所知。她知道那个
女人是她的妈妈，记忆里也曾经喊过那个女人做妈妈，但现在那个女
人不再是她的妈妈了。有时候在路上撞见，她格外躲闪那个女人的眼
神，认为自己若是被那张开的双手圈住便等于是奇耻大辱。童年时的
朱丽娟，阴郁冷漠，从来不会笑。等到初中，才突然变得开朗起来，
好像禁锢住心灵的冰层终于融化。朱丽娟珍惜自己的这番改变，在心

底发誓再也不要回到从前。从前对她而言是一个不堪回首的噩梦。

很奇怪，一路上朱丽娟对眼前发生的变故只字不提，却抓住过去的经历不放。似乎在对他们坦承：瞧，在你们眼面前的就是这样一个女孩，她有着什么样的过去，她的心路历程如何，她将选择怎样的生活。似乎以此来铺垫，只为了方便说出更为惊骇的不幸。

所有这一切，都不是她的错。他们只能这样安慰朱丽娟。然而又能怎么样，错不在她，她却要承担一切。母亲的另嫁他人是这样，那个男人的错爱也是如此。朱丽娟能原谅母亲抛家弃女，却不能忍受她作为其他孩子的母亲依旧和自己朝夕生活在同一个村子里，这实在是太残忍了。朱丽娟无法阻止一个年长男性对自己萌生熊熊爱意，就好像她不愿意鼓励一个同龄男孩大胆追求自己一样，虽然她可以明言拒绝或暗自期待，但她惧怕那种不管不顾的疯狂，反感那种瞻前顾后的懦弱。她的母亲便很疯狂，而她的父亲又太过懦弱，其核心都是自私。她何其不幸，人生之初便摊到了这样一对父母。她又何其无辜，正当青春的大好年华却遇到了大言不惭又敢轻易冒险的男人。那个母亲和她有什么关系，虽然她生出了她，但旋即又抛弃了她。那个男人和她又有什么关系，虽然他爱她，但得到她的首肯了吗？他爱她，是他的自由。可她拒绝这份唐突而疯狂的爱，不也是她的自由吗？如果他因为这种荒唐的爱而不是她的不予理睬做出了毁灭家庭残害妻子的行为，这也是她的错吗？他的无情和自大，难道不是源于他的成功，而这种成功不正是社会慷慨地给予他的吗？当他堕落，成为凶汉恶徒，她怎么就成了他的犯罪同伙，同样甚至更加十恶不赦的人？当他在不健全的社会中还能收获一些同情，所有的脏水便全泼向了她。对此朱丽娟无话可说，唯有紧咬牙关，保持沉默。

　　往事多么沉重，哪怕回忆的是他人的遭际。阿灿此刻睡意全无，看着窗外。这是一辆驶向深圳的慢车。这也是一辆驶向黑夜的慢车。起初窗外还有两三点微火，那是城市边缘的霓虹或者村庄的孤灯，慢慢地就什么光明也没有了。在长夜的漫漫黑暗中，阿灿能感觉到的只有火车本身。

　　"旷地里的那列火车，不断向前，它走着，像一列火车那样。"

　　火车如此，人也是如此。世上的每一个人，也在不断向前，像一个人那样走着。所不同的是，火车有固定的轨道，而人的轨道即使存在却看不见。人生也是有轨道的吧。朱丽娟的父母，那个男人，还有光辉以及阿灿，不管是盲目或固执，自以为在坚守或求变，不过是殊途同归而已。那个男人心甘情愿为朱丽娟犯罪坐牢，甚至借采访的记者之口不断向朱丽娟捎话。他让朱丽娟等着他。他会争取减刑。他要活着出狱。他要和她在一起。他要证明所有一切都是值得的。他毫无悔过之心，既不向冤死的妻子祈求宽恕，也不为年幼的女儿感到歉疚。他在替朱丽娟擅自向整个社会宣战。他把人们所有的愤怒和矛头都引向了朱丽娟。怎么，这个世界上还有这样的女人！好像所有悲剧都是她一手造成的，既源于她，也归于她。直到有一天，一个总角女童被一个白发老妇人用手牵着，出现在朱丽娟面前，那是她的学生和学生的外婆。学生已经不再尊她为老师，用坏女人和恶魔来称呼她。正是这个坏女人，害死了她的妈妈，让她的爸爸坐了牢。朱丽娟看着自己的学生，从孩子嘴里扔出来的话像砖头和剪刀，让她遍体鳞伤。朱丽娟就是在这时崩溃的。此前她即使心情糟糕，无法工作，必须躲起来生活，但依然坚信自己是清白的是无辜的。而现在她愿意相信自己有罪。怀璧其罪，她的容貌是罪，由此激发的诱惑是罪。面对孩子，就像面对曾经的自己，她投降了。她愿意向孩子说一声对不起。她真的觉得自己伤害了孩子，还有那位横遭不测的母亲，以及眼前这位母亲的母亲。朱丽娟再难看清自己的人生轨迹，她本以为会一直生活在此处，长伴着奶奶，离自己的几个好友很近，随时都可以聚上一聚，现在她就像这列火车一样在漫无边际的黑暗中开往深圳。深夜的火车把朱丽娟带往珠江边上曾经的小渔村。阿灿和光辉甚至没有赶得及前去送行。

　　想到时隔十年即将要再见到朱丽娟，盘旋在阿灿心头的依然还是当年那句未曾说出口的话。考虑到朱丽娟当时的处境，阿灿一心想要劝说她调到自己所在的小学教书，为此还专门找校长和教导主任探听过口风，得知此事并不难。难的是如何向朱丽娟启齿，毕竟这相当于一次情感告白。更难的是朱丽娟知道后会怎么想怎么做。果然不出阿灿所料，朱丽娟选择彻底放逐自己，只身闯荡深圳。也许只有在深圳，可怕的流言才不会如影随形，继续搅扰她，让她无法得到安宁和新生。只有离开得远远的，流言才不会波及和伤害她的亲人。然而，第二年可怜的奶奶便去世了，也许是死于心碎。之后，朱丽娟便把深圳当成家乡，再也没有回来过。他们三个人的最后一次相见，便长久地停留在那次晚饭后的散步途中。

"离远了看，这个村庄真的好小，就像一个空火柴盒，里面一根火柴也没有。"

如果是从深圳远远看过来，那个村庄或许更小，齑粉一般，但即使化为齑粉，也是一种存在。

7.

意外总是不期而至。朱丽娟并没有出现在阿灿面前，来接站的是陶子姐。尽管第一次见面，陶子姐和阿灿倒是一点都不生分，一路上讲个不停，也许她是怕阿灿感到拘束，或者担心阿灿会多想。就这样，差不多是一站到深圳的土地上，阿灿就完全沉浸在一对北妹之间的姊妹情中。陶子姐是朱丽娟在深圳认识的第一个朋友，她比朱丽娟早一年到深圳，当时找了一份家政服务的活计。第二年，她成为朱丽娟所在酒业公司的保洁员，那时候朱丽娟刚签了试用期合同。也许是同病相怜，在慢慢接近和互相照顾中她们成了好朋友。五年后，朱丽娟帮助陶子姐成立了自己的家政公司。那时候来深圳的人，不管是年轻人还是中年人，每一个人都很拼。朱丽娟是陶子姐见过的最拼的人。因为在酒业公司做销售，朱丽娟做得最多的就是被客户劝酒，几乎是完全不顾身体和不要命的架势。即使她是陶子姐见过的酒量最大的女孩，还是难免要经常喝醉。每次喝醉，陶子姐都会赶过来照料朱丽娟，为她在深夜熬一碗粥，甚至好几次在接到朱丽娟的电话后，于凌晨时分赶到餐厅把朱丽娟从那些不怀好意的男人中间接走。照此看来，陶子姐确实是朱丽娟对他人所言如假包换的老家表姐。

而陶子姐口中的朱莉不免让阿灿感到陌生和惊讶。他不知道朱丽娟在深圳期间，是为了工作便利使用了与她本名接近的英文名朱莉，还是直接在身份证上改掉了名字。朱丽娟和朱莉，虽然发音只有一字之差，但含在阿灿的口中，却咂出百般滋味。初中时，阿灿的同班同学花木忠因为擅自去派出所将名字改成花小忠，被父母痛打了一顿。花木忠改名字的原因很简单，他下边有一个妹妹，叫花木兰。兄妹俩感情一直很好，本来相安无事，无奈在初中语文课本中有一篇《木兰辞》，妹妹花木兰还好，不过是与古代女英雄同名同姓，哥哥花木忠却觉得羞辱，他以为父母是先想好了妹妹的名字，才为他起名叫花木忠。一前一后的误解，差点儿让父子断绝关系，让花木忠成为羁留看守所的不良少年。

因为临时接到重要差使，朱莉只能委托陶子姐代为接待表哥阿灿。这么些年，朱莉和陶子姐交心交肺，唯独对前尘往事闭口不谈。陶子姐当然知道，南下深圳的人无外乎三种：淘金者、寻梦者、逃婚者。三者眼睛里的光是不一样的。淘金者眼里是闪烁的绿光，像深夜潜行捕猎的腹中饥饿的猛兽，深圳号称不夜城，黎明前还拖着疲惫的身躯在大排档消夜的大都是淘金者；寻梦者眼里是淡淡的蓝光，但对梦想的无尽向往很容易变成对名与利的贪婪，蓝光里掩映不住的荧光闪烁，最终可能彻底覆盖住蓝光；只有逃婚者，她们大都是女性，眼神坚定，具有打死不往后看的决绝。陶子姐就是一个逃婚者。家在湖北荆门市，和丈夫结婚后育有一儿一女。可惜丈夫酗酒，酒后行为无端，在外寻衅生事惹麻烦，在家更是动辄詈骂殴打自己的女人。陶子姐不堪虐待，于是只身跑到了深圳，一方面是走避酒鬼丈夫，一方面是未雨绸缪给未及成年的儿女准备些钱财，现在的上学日后的成家都能用得着，而孩子们的父亲是根本指望不上的。最初几年，陶子姐还是会受到丈夫的骚扰，通常是打着也来深圳打工挣钱的幌子，不停地伸手问陶子姐要钱，其间旧习难改，依然会酗酒和家暴。朱莉说服陶子姐鼓足勇气辞职单干，并给予资金支持。在朱莉看来，男人是自卑和狂妄的结合体，有了钱会肆意妄为，没有钱会胡搅蛮缠。想要摆脱那个浑蛋老公，陶子姐只有变得更强和更有钱。终于，酒鬼和胆小鬼灰溜溜地回了荆门。他并不适合深圳，深圳也不欢迎他这样的游手好闲者。陶子姐在深圳什么苦都肯吃，人踏实又善良，她的家政公司聘用的职员也都一律具有这些美德，深受业主信赖和好评，生意蒸蒸日上。陶子姐在深圳成为一个创业者，虽然挣的是小钱，但已经让丈夫及其势利的家人望尘莫及。想到妻子毕竟是为了一双儿女，丈夫最后勉强同意离婚，陶子姐也终得自由。这便是陶子姐来深圳的最初原因、经历的漫长过程和取得的阶段性结果。作为过来人，陶子姐心里清楚朱莉很有可能也是一个逃婚者，但朱莉不说她也就不问，只是奇怪，为什么除了两个表哥，朱莉从来不谈家人，她的家人包括她偶尔提及的两个表哥也从未来深圳看过她。

听到这里，阿灿唯有默然，朱莉口中的表哥肯定是他和光辉了，心中又是痛又是苦又是悲又是怜，一时黯然神伤。从陶子姐所说看来，朱莉现在生活得很好，但早年在深圳的经历却不可能一帆风顺，必然遭受了很多苦难。想到朱莉在深圳的风雨中奋命拼搏时，他所做的不过是读书写诗备课上课，把自己的生活在形式上强行分成明暗两个部分，明里众人可见，暗中只有他一个人在收获持续的自我感动。此刻置身深圳回望过去，竟然都有了拙劣表演的成分与痕迹，真是可鄙之至。他在表演给谁看，他又在欺骗谁？他以为时间在拘禁，地点在淹留，却没有想到生活一直在往前奔涌。只有生活在不舍昼夜地不停奔涌，尔曹身与名俱灭，不废江河万古流。可笑他还在池塘边沉吟，在长江边赋诗，在南京的酒吧里对究竟谁是诗人产生了恍惚的思辨。

在深圳确实只有三种人，有的人迷恋于淘金，有的人寄心于寻梦，有的人只是一个劲儿地逃。阿灿在深圳什么也不是，他无意于淘金，他的梦想也已接近枯萎，逃跑他倒是在行，不过他既没有逃到南京，也没有逃到深圳，他只是在原地逃遁，画地为牢。如果每次只是寄望于暑假的破千里路之行，他又能逃到哪里去呢。当年朱丽娟只身闯深圳，他紧张不安过，以为朱丽娟是再向虎山行。他所关注的新闻中的深圳，不断创造奇迹，积累大量财富，也创造了很多有钱人。这些坐拥股票、证券、公司和地产的人，谁都比那个入狱者的能量更大也更可怕。他不知道朱丽娟心里怎么想，但是身畔同伴的离奇遭遇，让他在一定程度上也成为惊弓之鸟。他厌恶金钱、财富，以及与之相关的心机盘算、贪婪欲望和功成名就，他对身边的这个世界深感失望，并轻易产生了举世皆浊我独醒的宏愿。他要走在自己的林中路上，绝对不被周遭的图像和沸腾声响所扰。他愿沉浸在过于喧嚣的孤独中，哪怕被人看成怪胎和异类。

现在，置身朱丽娟位于深圳罗湖区的家中，阿灿终于得以长出一口气。朱丽娟在深圳的生活真实可感，触手可及，但也遥不可攀。作为一个大部分时间和酒打交道的人，最醒目的就是整面墙的大酒柜。就像他一样，他整天看书，因此卧室里便竖着两排书架。然而让他吃惊的是，他历年来花在买书上的钱，竟然有可能抵不过其中的一瓶酒。朱莉临行前特意交代过，只要阿灿想喝，可以任意打开酒柜上的酒。陶子姐这么一说，那些价格不菲的名酒便像是在集体嘲笑他的酒量多年没有长进，依旧浅薄。如果不是陶子姐，而是朱丽娟在，他会不会拚却醉颜红呢？这么一想，阿灿顿时泄气。深圳之行不再如同预想中那么复杂，只是来了一趟深圳而已。十年前，朱丽娟也来了深圳，想必也没附加更多无谓的意义。朱丽娟到底算不上是逃婚者，也未曾自视为寻梦者，更称不上是淘金者，她只是来到深圳，像一个快要窒息的人渴求大口呼吸，像逆旅之人蓬飘万里，终于系舟登岸。她经过不懈努力，打下了一片天地，得以倾心投入生活，好比孤鸟筑巢，小心翼翼，只求固若金汤。墙上挂着朱莉的照片，折翼的天使依然是飞天，不过少了那条大辫子而已。短发的朱莉飒爽明靓，眼光朝前射出去，坚定而充满希望。陶子姐说，她成功说服朱莉做出的唯一改变，是剪掉背后的大辫子。来到深圳的人应该轻装上阵，再也不要往回看。短发的朱莉，瞬间像换了一个人。阿灿抬头仰望墙上的朱莉。毫无疑问，这依然是朱丽娟，但也是朱莉。朱丽娟也好朱莉也好，是同一个人，

是不同时间段的真实呈现，一个在青春期，一个在成熟期。谁在逃避
生活可怕的追击，谁又在拥抱不完美但值得正面和珍惜的生活，不是
一目了然吗？

　　深圳确实是一座包容的城市，来到深圳的第一夜阿灿便睡得如此
沉静、踏实。晚上起夜，他仿佛看见朱莉不开灯坐在客厅沙发上，面
前的圆肚玻璃酒樽里盛放着幽暗而珍贵的液体。窗帘未拉上，传说中
不夜城很碎的天光细碎地掉到屋内。他渐渐适应了室内的光线，看到
相框里朱莉雪白的颈子，柔和的双肩，仿佛春天树枝吐出的一枚新绿，
生机悄然，殊为可爱。朱丽娟肯定也会经常看一看墙上的朱莉罢。"生
命越美善，就越能深切感受快乐和忧悒。"这么想时，墙上瞬间便挂满
了从朱丽娟到朱莉的各个时期的照片，他为之尴尬、恍惚、忐忑，一
张张看过去。朱丽娟就是朱莉，朱莉就是朱丽娟，能有什么不同呢？
所谓不幸不过是生活中的一段插曲，而幸福呢？幸福也许是生活的起
点，或者是生活的终点，更有可能贯穿于生命的始终。

　　这座南方城市真是个好地方，难怪陶子姐一直炫耀地说，随便在
坡上插根竹筷子，也会长出一棵竹子来。她和朱莉真的这么做过，在
某处小坡上，她们每周都带一把竹筷子过去，深深浅浅地植入地中，
宛似一炷炷高香。她们称之为"筷活林"。他信然，但拒绝了陶子姐
满怀期待的邀请。他没有资格去那里，哪怕不种筷子，只是远远地观
摩。就让那片成长起来的茂林修竹在想象中摇曳生姿吧。即使不能和
朱丽娟重逢，但他遇见了照片中的朱莉，已经不虚此行。"我从远方赶
来，恰巧你们也在。"

　　虽然朱丽娟一再叮嘱他务必等她回到深圳，她不愿意两个人不见一面他就在她回来之前离开，那真是太遗憾了。两天之后，依旧是陶子姐送阿灿去车站。陶子姐早就猜到阿灿并非朱莉的表哥，更像是老同学。阿灿心里已经释然。在南京他以为自己是诗人却开始自我怀疑，在深圳他做回久别未见的老同学而不是扮演一位不称职的表哥，这样都挺好。他坐着火车来深圳，又坐着火车离开。除了车次不一样，在铁轨上奔跑的火车并没有什么区别，而他却不再是原来的他了，就好像朱莉和朱丽娟一样。

　　坐在火车上，阿灿心绪平静。他打开陶子姐交给他的包裹，里面竟然是深圳十年来的十版地图。十年真是一个奇妙的时间段。十年过去，发生了太多事情，可以说物是人非，可似乎又什么也没有改变，依然是昔我往矣和今我来思。算来他去了南京又到过深圳，这个暑假也只过去了一半，还有足够的时间让他可以在大地上做一次随性的漫游，就像以前每一个暑假一样。他依然可以不必停下匆匆的脚步，急于做回他自己。

番外

　　亲爱的老同学：见字如面。

　　一连数日，我在神农架浓密的山林里穿行，双脚不时陷入绿色的污泥中，树枝重重抽打着我的躯体，花粉和鸟粪扑簌簌掉在我的头发里。光斑有时伴着巨大的水滴从树杈间跌落。我觉得自己形同山魈，完全看不出人样，如果迎面过来一只熊或者老虎，也许都会被我的气势吓到，退避三舍，屏气凝神等我过去。诗人拥有王者不及的荣耀。在我的想象中，肯定有过不止一次这样的相遇，猛兽躲在林间小心翼翼地观测我的举动。这让我异常兴奋，甚至幻想，如果我能就此一路走回自己生活与工作的水云小镇，那真是妙不可言。

后来，在一座因山体滑坡形成的堰塞湖边，我终于看到了自己水中的倒影。天空的神曾用庄严之声说："不可使那喀索斯认识自己。"连续几天，我沉浸于孤身漫游，慌不择路，像一朵云，直到在这复被人工用石头堆砌加固的湖畔，蓦然遇到成千上万朵摇曳的黄水仙，心也忍不住随之翩翩起舞。这不正是我一直所渴慕的吗？在人生的穷途末路，看到了久慕的天堂景象。瑰丽的诗篇一旦打开，美妙的诗句就会像一串诱人的葡萄，夜晚助我安睡，清晨伴我醒来。

请想象一下这幅画面，我像狗一样趴在水边，将整颗头颅插入水中，感受到在水的微漾下，板结的头发正慢慢散开，在水中如簇拥的蛇群一样摆动。泥垢在我的脸上消融剥落，如同闭目沉思的美杜莎，心里装有闪电的折尺。我体味着水的清凉与干净，甚至领略到温柔的善意，慢慢睁开眼睛。也许水库里会有一群香蕉鱼正巧经过，在我的目光中瞬间石化，沉落水底。然而，令我万分诧异的是，我在水中竟然看到了一副面具。一副人类使用的面具。面具从十几米深的水底冉冉上升。面具后面，还隐藏着一个阴影般的躯体，好似鲛人或夜叉，但更像海神波塞冬，踏着翻涌的水浪升上水面。我太吃惊了，翻滚的水泡差点儿呛入我的肺中。我赶忙从水中抬起头，随即精疲力竭地瘫坐在岸边。

我没有想到，自己并不是此间唯一的访客。或许我是误打误撞来到此处的客人不假，但上得岸来的波塞冬先生，那个潜水员，却不折不扣是位主人。曾经的主人。为了防止堰塞湖有可能溃堤带来次生灾害，当地政府便在堰塞湖的基础上修建了大型人工水库，为此必须淹没附近的几个村庄，把成百上千的村民都迁移出去。潜水员对我这位远方来客，也是不速之客，充满了好奇。在他眼里，我显然不是神农架的野人，也不像探索野人之谜的考古学家。我告诉他我是一位刚离职的小学语文教师，同时还是默默无名的诗人。至于为什么只身出现在这里，不过是为了和行将沉入水底的白帝城及诗仙李白告别。随后我诵读了李白的那首诗："朝辞白帝彩云间，千里江陵一日还。两岸猿声啼不住，轻舟已过万重山。"因为教了十年书，我已经熟悉小学教材上的每一篇课文。

潜水员以一个当地的传说款待我。我觉得很有意思，特别想复述给你听。

古时，村子里住着一位独居老人。老人夜里梦见一条龙，龙对她说："某年某月某日，村子会被大水淹没。"老人急忙遍告村人，但没一个人信她，还哄骗她说："既然龙在梦中提醒你，你不妨再去梦中向它求救，看看如何才能避免这场滔天大祸。"这是因为老人没有自己的孩子，像一截枯萎的老树，再也抽不出嫩绿的枝条。老人再次梦到龙，龙被她的心诚感动，说："解救的法子确实有，只是担心横生枝节，到时不仅不能免灾，倒会速祸。"老人再三哀求，龙不得已才泄露天机："明天中午午时三刻，村头的桑梓之荫下，有肉色白虫困于蚁群。如果你能解去白虫的劫难，带回家中，仔细照顾，或许可以弭灾。"次日，老人发现龙在梦中的点化都一一应验。被老人从蚁口救出的白虫，和二眠之后的桑蚕一般大小，村人因此绝不相信它能纾灾解祸，还嘲笑老人肯定被梦中的龙给骗了。只有老人坚信不疑，虔诚地供养它。白虫以水为食，食量很大，身体迅速变长变粗，像一条白蟒，额头有两处凸起。老人心里明白，自己供奉的其实是龙。白龙白天盘在老人的床下睡觉，晚上出去到处找水喝，一口气能喝掉半塘水，即使是大河，也会顿时浅上两指的水位。村人多次撞见白龙饮水，以为是妖孽，对白龙的害怕甚于灭顶的大水，于是带着棍棒刀叉，一起涌到老人家中。白龙早有察觉，已经先行离开了。村人只在床下发现一个洞，又深又长，不知通向哪里。大家大着胆子下到洞里，走了很久都没有走到尽头，心里越发害怕，不敢继续往前，赶紧顺着原路返回。等出了洞口，村人才发现彼此都变成了鱼，鱼头鱼身鱼尾，鱼须鱼鳍鱼鳞，想要说话，张嘴冒出的却是一串水泡。不知不觉间，村子已经被大水淹没，水位高出最高的屋顶都有几十米。

谁能想到呢，传说突然就变成了现实。村人不得已作别故土，进入陌生的城市谋生，其中一个成为在长江里作业的潜水员。他时刻不忘沦陷在水底的故乡，一有休假，便带着潜水装备回来，一个人下潜到十几米的深处，与淹没在水底的村落静静相望。有多少回忆在深处涌起啊！我不独理解了他，还起了同病相怜之感。同是天涯沦落人，相逢何必曾相识。一瞬间，我们便如同交往了十多年的老朋友。

　　"既然你有缘出现在这里，你想看看这座被大水封存完好的村庄吗？"面对这样的邀请，我简直受宠若惊，但又很羞愧，因为我甚至不会游泳，虽然我生长在长江下游，身边是星罗棋布的河流湖泊。"其实，潜水并不需要先学会游泳。"潜水员笑了，安慰我说，"世界上很多最优秀的潜水员，说出来你估计都不会相信，居然都是旱鸭子。"

　　就这样，我变身潜水员，走进荡漾着黄金和玛瑙的水中，下沉到水底去体验，满心以为事实和真相就在眼前。你肯定要好奇，在水底我究竟看到了什么？湖底世界和迪士尼的海底乐园难道不是很接近吗？完全不是。朱莉，我告诉你，我在湖底看到一个很小的村子，就像一个空火柴盒，里面一根火柴也没有，鱼类和螃蟹，贝壳和水藻，好像都抛弃了这里。但更为神奇的是，这不仅是新朋友的村庄，也是我本人长期以来生活的地方。十年前我曾想邀请你来这里生活和工作，但因为太过冒昧未敢启齿。现在想来我的审慎还是对的，毕竟它对我来说也不是一块乐土。

　　肯定是长途跋涉带来的身体疲劳，还有深处水压对大脑的影响，以及层层柔波晃动形成的效果，让我在恍惚中看到了自己的故乡。除了在外读书的五年时间，我在水云镇生活了二十五年，这个刚刚下定决心告别离开的地方，却在我完全没有预料到的情况下，赫然出现在我的眼前。我清晰地看到了自己的日常生活。从星期一到星期五，还有周六和周日，那些日复一日重复发生的事情，仿佛转移到了镜子里，仿佛从未发生。我的母亲在时代大潮里变得精明而坚强，适时做起了饭店和旅馆生意，因为镇子上的外来人口越来越多，傻瓜都能看到这是挣钱的大好机会。把家变成饭店，把家变成旅馆，对我来说也是好事情，因为这样一来我就不再是家里唯一的房客和食客。而我的母亲，那位被房客和食客交口称赞的老板娘，手里攒着钞票，眼睛却悲哀地盯着儿子的背影，像鱼吐泡泡一样喃喃自语："儿子啊，这一天到晚的，你心里到底在想什么呢？"什么都不想，那是不可能的。镇上几乎所有人都知道，我耽于幻想和沉思，除了做老师上课教书，几乎是一个没有长大的孩子。这是对我不思进取且没有健全心智的含蓄表达。如果在我的内心世界里住着一个野心家，哪怕是像极度渴望成功的于连一样，时刻都掀起一场暴风雨，也就好了。我的母亲就不用再时时刻刻担心我不适应时代，其他人也不至于大胆无礼地嘲笑我，编排我的流言蜚语。只有这一点，才是让我彻底心烦的，但竟然束手无策。

在深水湖底，我再一次对望自己颇为可笑的形象。多少年了，我还是一喝酒就醉，酒量相比读书时更差劲了，简直羞于提及；一害羞就脸红；一感到拘束就习惯性地用右手摸自己的后脑勺。对于很多人对我发出的疑问，我都一概无言以对。从一开始，我在师专毕业后为什么选择回镇上工作——那是因为我母亲和镇政府签了委培合同，想来正是这笔钱开启了她生意上的迷你王国；以及后来，我为什么不谈恋爱不结婚——这和局外人似乎没有任何关系；还有关于工作的，我为什么不考虑升迁，无意调到市里去——这让我和他们看起来大为不同。不想当将军的士兵不是好士兵。在这件事上他们竟然用拿破仑的名言来审视我，真是好笑。

　　唯一觉得遗憾的是，在水云镇新旧两条街中间穿过的柏油马路，还有青石板铺就的老街，辞职后我大概不会再有机会每天徜徉其上。我家后面的那眼小水塘，估计很快就会被平掉，连同我上千次的流连忘返，还有兰波想象的水面醉舟，劳伦斯讴歌的草丛中的长蛇，胡适眼里蹁跹的黄蝴蝶，都会消失不见。多年来诗歌营造的幻境破灭了。提前面对所有这些可能的变化，我难免怅然若失。为了这一刻，我准备了差不多十年。总有可能离开自己想离开的。而那些渴望靠近和抵达的呢？就好比水底淤泥里产生的一个气泡，升上水面后迅即破裂，它离开了吗？它抵达了吗？

　　在繁密升腾的水泡中，我还看到自己站在讲台上，坐在办公桌前。在我的办公桌上，是打开的包有书衣的诗集，里面藏着二十首情诗和一首绝望的歌。在我的面前，是孩子们一张张红扑扑的小面孔和一双双乌溜溜的大眼睛。亲爱的老同学，这是属于我的真实生活。这是我第一次爱上一个集体——想来你也一样，曾经的你也是这么说的——爱他们的朴实无瑕，爱他们的天真烂漫，爱他们的求知若渴。每周一次，我组织班上的男生打扫男厕所，调皮的孩子们即使在厕所里仍然冲着彼此挥舞扫帚，浑然不惧沾上的零星黄白之物。爱有污秽。道在屎溺。请原谅我说起打扫厕所这样的小事。彼时彼刻，他们更像是我的老师。遇到镇上赶集，我带着几个作文好的学生在人群里挤得满头大汗，教他们如何观察生活。看着他们的好奇被一一满足，我重温了热爱。春节前，我协助学生在街上张罗免费赠送春联的摊位，我负责书写，学生们负责发放。在这样的社会实践中，孩子们学到了很多对联常识，排队领取到对联的人都感到庆幸，只有我的老板娘母亲气煞，指责埋怨我有生意不会做，还要倒贴买红纸的钱，比三呆子都不如。三呆子是我们镇上的憨伢，四十岁光景，无父无母，无儿无女。钱真的有那么重要吗？我有时难免要任性负气地想。很少有人会在摊位旁驻足欣赏，觉得那真是一幅幅好字。我又开始自恋了。虽然我更喜欢写诗，但自信以后在书法上的造诣将会更高，如果不嫌弃的话，我倒愿意为你写一幅字，可以挂在你的客厅里。在深圳的时候，我就想好了要写的内容。可是，在水云镇谁会在意这些呢，毕竟应景的春联贴在大门上的时间只需熬过正月半即可。似乎只有在春节前后的大半个月时间里，从前慢的生活才借助春联象征性地走进千家万户。现而今，每一个人都是忙碌不堪地生活的。从地升天，从天落地，从东到西，从南往北，再无鱼戏莲叶间的从容不迫。没有谁被生活落下，都在不知不觉中被裹挟着往前跑，想停也停不下来。只等着回忆迅速倒灌封存，回顾时便好像穿着潜水服下沉到堰塞湖的底部，作近在咫尺隔了一层的观望，但进入不到内部。曾经的生活真的这么容易摆脱，且永远无法进入吗？在水底，我就是这般浮想联翩。

　　凝视着水底的村庄原型和生活实景，虽然它们都是空的，我的耳畔似乎又响起父母高声唤我吃饭餐的回音："阿灿，阿灿，下楼来吃饭。菜和汤都凉了快。"在那一刻，我似乎并未完成远游，没有在古城南京（光辉的住所）和新城深圳（你的家）作短暂逗留，也错过了与白帝城的最后话别，我人生中的最后一个暑假就此戛然而止——我依旧坐在自己的阁楼里，那是我的卧室、书房和画室，面对着我当作宝贝收藏的书籍以及雕像。桌子上的荷马、孔子、但丁、伏尔泰们，像是结束了一场亘古及今的会议，无不显得庄严肃穆，沉浸在让人不安的默思中。